戲非戲155

步步生蓮

卷二十六

零落幾多紅藕花

月關作品

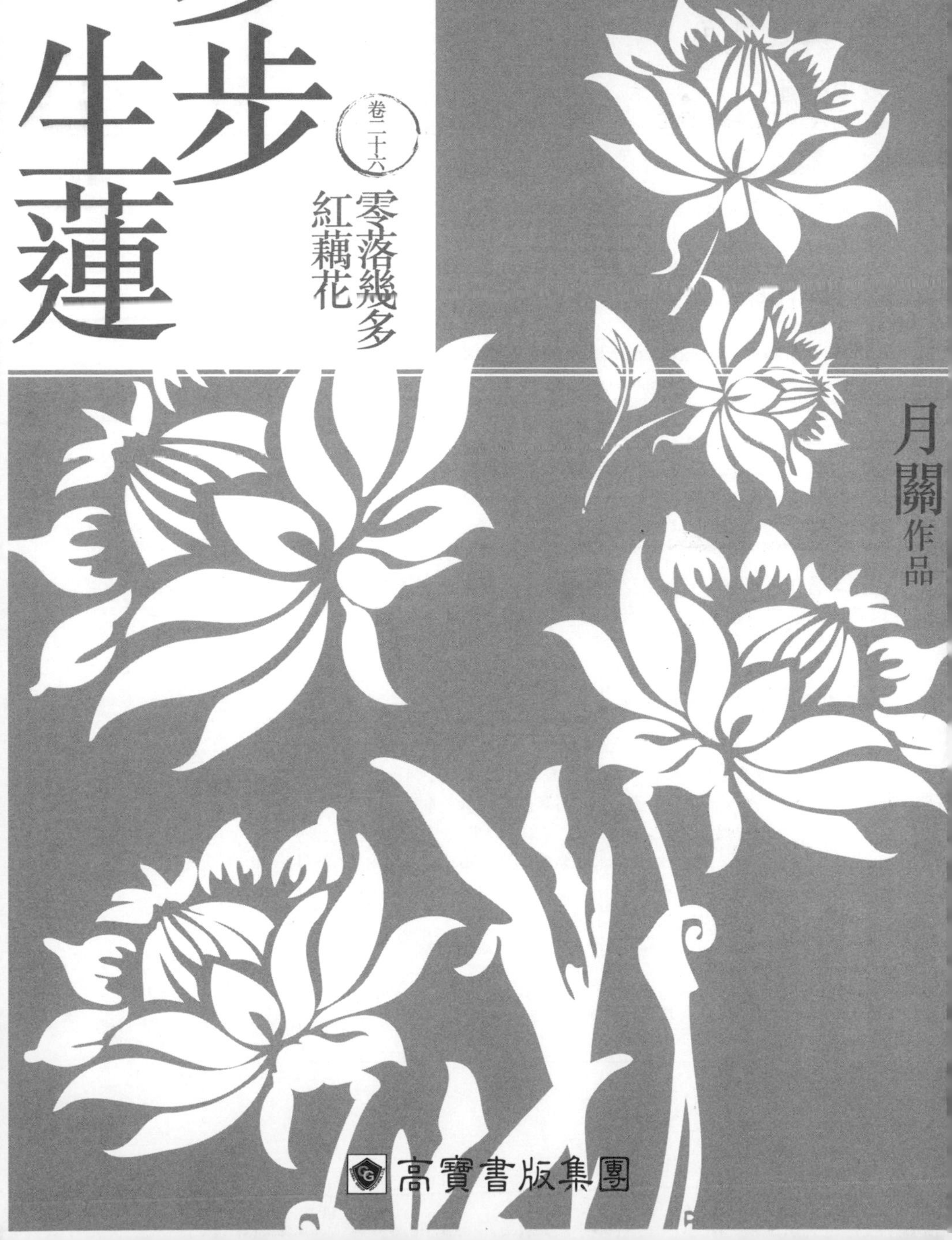

高寶書版集團

戲非戲 DN155

步步生蓮

卷二十六：零落幾多紅藕花

作　　者：月　關
責任編輯：李國祥
出 版 者：英屬維京群島商高寶國際有限公司臺灣分公司
Global Group Holdings, Ltd.
地　　址：臺北市內湖區洲子街88號3樓
網　　址：gobooks.com.tw
電　　話：（02）27992788
E-mail：readers@gobooks.com.tw（讀者服務部）
pr@gobooks.com.tw（公關諮詢部）
電　　傳：出版部（02）27990909　行銷部（02）27993088
郵政劃撥：19394552
戶　　名：英屬維京群島商高寶國際有限公司臺灣分公司
發　　行：希代多媒體書版股份有限公司發行/Printed in Taiwan
初版日期：2011 年 6 月

國家圖書館出版品預行編目資料

步步生蓮. 卷二十六, 零落幾多紅藕花 / 月關著.
--初版 . -- 臺北市 : 高寶國際出版 : 希代多媒體發行, 2011.06
面； 公分. -- (戲非戲 ; DN155)

ISBN 978-986-185-606-3(平裝)

857.7　　100010387

目次

五百九七　螳螂捕蟬　5
五百九八　甕中捉鱉　17
五百九九　收網　30
第六百章　飄雪之夜　39
六百一章　無言之死　55
六百二章　柳暗花明　65
六百三章　陰差陽錯　76
六百四章　心有所欲　87
六百五章　受縛　100
六百六章　作繭　113
六百七章　男兒　128
六百八章　搶新娘　154
六百九章　有情人終成眷屬　178
六百十章　閨中何止軍師　188
六百十一　放眼天下　199
六百十二　火起　213
六百十三　出手　224
六百十四　興兵　238
六百十五　過招　251
六百十六　千鈞一髮　260
六百十七　勝敗　274

五百九七　螳螂捕蟬

已經正式進入冬季了，傍晚的時候零星地飄了些雪花，雪不大，雪花尚未落地便化作了溼潤的空氣，待到風一來，陡然便有了幾分寒意，溫度較之白天時一下子下降了許多。

狗娃挾著槍，一上街被寒風一吹，便不由自主地打了個哆嗦：「他娘的，今晚上還真夠冷的，虧得婆娘心細，翻出了狗皮坎肩來，要不這半宿的值宿下來，還不凍成了人乾？」

他扭頭看了看自己這一小隊的士卒，一個個都瑟縮著脖子，不由得嘿嘿一笑：「還是娶了媳婦的人有福啊，俺家秋香模樣是不怎麼樣，可是知冷知熱的，知道疼自己的男人。」

他摸了摸媳婦又硬塞到自己懷裡的兩個饃饃，一大塊燉牛肉，嘖嘖，還有點熱氣呢，狗娃得意洋洋地挺起胸膛，低喝了一聲：「都精神著點，巡夜啦！」

於是，一個小隊便在街頭巡弋起來……

拓跋武的家裡，此刻人頭攢動，族人們都擁擠在後宅裡，一個個執著明晃晃的兵器，有的還披掛著簡陋的皮甲，瞪著一雙雙兇狠的眼睛，滿臉嗜血的神情，一副殺氣騰騰的架勢。

「這西夏國，是咱們拓跋氏的西夏國，大王能有今日天下，可是倚仗咱們定難五州，倚仗咱們党項人起家的，現在如何呢？大王坐了龍庭，咱們拓跋家的人不但沒有什麼好處，沒得到最豐美的草場，沒分派各處城池做城主，還得拿出些好處來分給其他部族。這也罷了，大王前些日子又藉口拓跋寒蟬兄弟兩個不遵王命，砍了他們的頭，取消該部世襲之制，把嵬武部落從此除名了！

「沒有了頭人，你們就像沒了爹娘的娃兒，還不盡受別人的欺侮？沒有了頭人，誰為你們當家作主？在這大草原上，一家一戶，人單勢微，如何生存？大王是咱們拓跋氏李光岑大人的義子，為什麼要這麼對待咱們的族人？就因為他身邊……有种放、丁承宗、林朋宇、秦江，還有姓徐的、姓蕭的那些人蠱惑大王，還有李繼談、李天輪、拓跋蒼木這些吃裡扒外的敗類屢進讒言，迷惑大王。

「今晚，我們殺奸佞、清君側，這不只是為了爭取咱們族人的利益，也是在維護大王，維護咱們拓跋家的天下。今晚，不止我們動手，拓跋百部齊心協力，共襄盛舉。大家都把分發下去的白毛巾繫在左臂上，只要不是繫著毛巾的，就不是咱們的人，格殺勿論！」

院中一片窸窸窣窣的聲音，片刻之後，拓跋武檢視準備停當的族人，把手中的長刀一揮，喝道：「出發！」

狗娃正巡弋在街頭，忽見前方亂哄哄地湧來一群人，立即挺身迎上去，大喝道：「站住，三更半夜，什麼人擅自上街？不知道朝廷下了宵禁令嗎？」

一邊說著，他已攥緊了手中的長槍，不料迎面那些人根本不予應答，劈頭蓋臉便是一頓亂箭，這隊巡城的士兵猝不及防，登時被射倒一片，慘呼連連。隨即就見一條條臂上繫著白巾的胡服大漢猛撲過來，滿臉猙獰揮刀便砍。

那一輪箭雨已將這支巡弋的小隊人馬傷了個七七八八，有幾個幸未中箭的也沒來得及逃脫，如狼似虎的敵人已猛撲上來，片刻工夫就把他們斫為肉泥。拓跋武血淋淋的長刀輕輕拔起，地上一個中箭慘呼的士兵已然停止了呼吸。

拓跋武一揮手，低喝道：「時間緊急，直奔王宮！」

數百名族人隨著他急急離去。皮靴踏在滿地鮮血上唧唧作響。

等到這群人離去之後，死屍堆裡忽然一動，爬出一個滿臉鮮血的人來，他心有餘悸地摸了摸胸口，心口正中一枝箭矢，慶幸的是，被揣在心口的一大塊牛肉和兩個饃饃給擋住了，箭頭入肉不深，並不足以致命。他使勁一拔，把箭往地上狠狠一扔，又看了看伏屍當地的眾多袍澤，嘴唇顫抖了一下，迅速閃進了一條小巷。

片刻工夫之後，小巷中一枝穿雲煙花彈破空而出，在黑寂寂的天空中響起，炸開了一朵燦爛的煙花……

此時，拓跋蒼木手執雙刀率領族人剛剛殺退一群圍攻他府邸的人，這群人隸屬於拓跋氏的一個小部落，部落頭人是個身材矮墩墩的胖子，平時見了他總是未語先笑，諂媚無比，想不到此時這矮胖子居然像頭豹子，一刀在他大腿上削下一塊肉去，足有半斤重吶，疼得拓跋蒼木齜牙咧嘴。

「他媽的，幸虧聽了繼談的提醒，早把家人悄悄送了出去，要不然真要栽在這兒，我一家人就全交代了，我那兒媳婦瑪布伊爾可剛懷了我的小孫子吶。」

拓跋蒼木慶幸地喘了口粗氣，這時夜空中一枝煙花旗箭破空而綻，絢麗無比，緊接著，城中各處次第亮起了煙花，拓跋蒼木臉皮子一緊，叫道：「不好，這些賊子果然奔著王宮去了。」

他回頭看了看緊緊隨在自己左右的數百名族人，大叫道：「來啊，隨老夫殺向王宮，勤王救駕！」

與此同時，拓跋武也看到了夜空中煙花亮起，不由獰笑道：「大王倒也小心，哼哼，即然行蹤已露，便無需遮掩行藏了，往前衝，只要衝過去就好，無需戀戰糾纏，速速趕去宮門，與其他部落會合！」

部下答應一聲，放開手腳，廝殺吶喊著直撲王宮方向，迎面，一隊官兵一手槍、一手盾，已然列陣相迎，又是一番廝殺……

＊　＊　＊

朝廷的反應不可謂不快，宮衛軍掌握在丁承宗的手中，早已緊閉內城宮門，城頭上甲士林立，箭矢如雨，拚命壓制著會聚到廣場上的越來越多的拓跋族人，而城衛軍分別由楊延浦、拓跋昊風、李繼談、木星四位將領掌握，城中生變，他們立即揮師往援，此時城中已到處火起，原本逃往興州避難的無數百姓驚惶失措地四處流竄，一時亂匪與百姓難辨，大大遲滯了四路兵馬回援的時間。

宮門前，拓跋武、拓跋青雲等各路兵馬會合了。

「种放抓到沒有？」

「沒有，這老小子不在府中，據說與丁承宗喝酒去了。」

「哼哼，我早知道他們沆瀣一氣，狼狽為奸。一樣，抓到丁承宗，也就抓到了种放。」

「林朋羽抓到了沒有？」

「沒有，抓了個家人逼供，說這老傢伙去城西劉寡婦家過夜了，我已派了人去。」

「嘿，這老王八蛋，人老心不老，老子成全他，讓他做個風流鬼，范思棋呢？這可是咱們西夏國的財神爺，把他控制住了吧？」

負責突襲范尚書府邸的一個頭人氣喘吁吁地擠進來：「沒抓到他，也不知道這小子到哪兒風流去了。」

「沒關係，抓到他的家人了吧？姓范的就一個寶貝兒子，控制了小的，不怕老的翻上天去。」

「也沒抓到，據說他的老婆孩子回娘家了。」

「回娘……回你媽個頭！」

拓跋武急了，也顧不得對方也是一族頭人的身分，破口大罵道：「那個混蛋本是漢國人，娘家距此山高路遠，如今又是宋國治下，眼看著就要數九寒冬，這個時候他的老婆孩子回娘家？你個不長心眼的東西……」

「不好！」還沒罵完，拓跋武忽然臉色大變：「怎麼那麼巧？一個個全都不在家，正主兒沒有抓到，他們的家人可有抓到的嗎？」

拓跋武瞪眼望去，各路頭人面面相覷，沒有一個回答，拓跋的心頓時沉到了深深的谷底。

「轟！」一朵火蓮騰空綻放，緊跟著四面八方亮起無數火把，及時趕到的城衛軍三面合圍，長槍大戟，短刀巨盾，一層層銅牆鐵壁，氣壯如山！

而他們身後，就是高大巍峨的宮牆，宮牆上行兵道上，密密麻麻站滿了宮衛將士，一個個俱都手執弓弩，嚴陣以待。

眾頭人相顧失色，忽地午門上燈光大作，兩旁旗旛招展，城樓中緩緩出現一人，身穿圓領白袍，頭紮青色諸葛巾，端坐在一輛木輪方椅車上，手中……手中居然輕搖一把羽扇，正是丁承宗。

大冷天的，羽扇綸巾，充諸葛亮嗎？一見丁承宗這副模樣，拓跋武鼻子都快氣歪了。

諸葛亮在夷蠻胡狄之族威名赫赫，其形象深入民心，拓跋武自然也是知道的。

「拓跋青雲、拔拓武……竟有這麼多位頭人深更半夜來到午門？本官迎接來遲，恕罪，恕罪。」

城樓上，丁承宗哈哈一笑，大聲道：「只是不知，諸位明火執仗，夜聚宮門，意欲何為啊？」

「如此情形，事機必已早早敗露，莫非我們當中有內奸？」

拓跋武看了眼自己身後，強捺心中疑慮，仰起頭來，戟指喝道：「丁承宗，不要惺惺作態，你以為早早得了消息便勝券在握嗎？我們各部人馬會合起來，兵力不下於宮衛、城衛之總和，拚個你死我活，勝敗殊未可料。」

拓跋武振臂高呼道：「大王，是我拓跋氏之大王，丁承宗挾持大王，排擠我族，心懷不軌，我等要清君側，復王權，肅宮廷，殺奸佞。各族頭人們，為了大業江山，殺啊！」

拓跋武一聲令下，無數箭矢頓時騰空飛起，直撲午門城樓，丁承宗一聲輕笑，輪車倏然滑向後去，兩面巨盾在面前一合，就像兩扇門板，「篤篤篤」一陣響，門板頓時變了刺蝟。

隨即，城樓上燈光一暗，火把全熄，完全陷入寂靜之中，緊接著，幾個烏沉沉的東西自夜空中拋了出來，眼下雖是夜晚，天空畢竟稍有清明，所以顏色比天色更深的東西，隱約還可看見。

「那是什麼東西？快快閃開！」

拓跋氏族人還道內城中安放了拋石機，這東西用來破壞城池容易，用來殺人作用實在不大，眾人紛紛閃開，就見七、八個烏沉沉的東西轟然落地，頓時成了碎片，拓跋青雲不由一奇，劈手自部下手中奪過一枝火把，靠近了去看。

一低頭，只見地上有一種黑油油的液體正隨處蔓延，他抬了抬皮鞭，只覺特別黏腳，於是又湊近了去看，鼻子嗅到一股味道，不由大驚道：「這是猛火油！」

一語未了，城頭上星星點點，好似燈火璀璨，數百枝火箭漫天灑下，轟地一下引燃了猛火油，拓跋青雲正站在猛火油中，頓時燒成了個火人，一聲慘叫之下，烈火撲面，烘得雙眼難開，只能閉著眼睛往外跑，腳下火油黏溼，這一跑，皮靴一滑，整個人仰面朝天倒了下去，整個人頓時與大火一色了。

四下裡，拓跋氏族人目瞪口呆地看著那像火焰般起舞，發出殺豬一般慘叫的拓跋青雲，緊接著，只聽嗖嗖風響，許多部落勇士慘呼著倒下，拓跋武身邊就直挺挺倒下一人，後背上筆直插著一枝利箭，那箭已貫至箭羽，力道驚人，必是宮衛配備的一品良弓了。

拓跋武眼睛都紅了，大喝道：「弓箭壓制城頭，三面進攻！」

他們在府邸中也祕密造就了一些攻城器械，內城不比外城高大險峻，這些比較簡陋的器械也夠用了，不過眼下不可能順利攻城了，城衛軍三面虎視眈眈，會容許他們攻打王宮嗎？況且人堆裡燃起了七、八叢火焰，他們眼下就是一群活靶子，宮衛軍隱在暗處，只用箭矢就能收割他們的性命，只有把三圍包圍的城衛軍拉進來混戰，才能制止城頭箭矢的威脅。論人數，他們的人數不在三面合圍的城衛軍之下，宮衛軍不開門迎敵的話，他們的兵力還在城衛軍之上，料來還有勝算。

在付出上千條人命之後，李繼談和楊延浦的軍陣被率先攻破，雙方陷入了混戰之中，混戰一起，城頭的箭矢就失去了作用，拓跋武一方的人再無後顧之憂，開始放手一搏。

火光熊熊，無數的戰士拚死搏殺，浴血中的士兵一個一個倒下，但是沒有人後退，也無路可退，身前身後、身左身右，不是敵就是友，每個人都雙眼充血，恣意屠戮著，什麼招式、什麼武功，在這樣的兩軍混戰之中全無作用，刀槍劍戟如狂風暴雨一般，比拚的就是誰的力氣更大、誰的速度更快、誰的出手更果斷狠辣、誰更強壯捱得住砍殺，一個照面，生死立現。

終於，拓跋武一方的人被完全壓制住了，猛火油的火光已經有些微弱，拓跋武的人被完全壓制在中間，他們還有一搏之力，負隅頑抗，至少也能再消耗掉城衛軍一半兵力，但是敗勢已不可避免，每個人心中都充滿了絕望。

「繳械投降！」

「繳械投降！」

吶喊聲氣壯山河，自四面八方響起，城樓上燈光重現，丁承宗再度出現，沉著臉色高聲大喝道：「爾等大勢已去，還不投降？」

「投降！」

「投降！」

宮衛軍齊聲吶喊，聲震天地，拓跋部的人面如土色，卻仍緊咬牙關，嚴陣以待。

李繼談高聲喝道：「拓跋武、拓跋青雲，為一己私利，蠱惑爾等謀反，今大勢已去，敗象已定，你們還要執迷不悟，追隨他們同赴黃泉之路嗎？立即棄械投降，大王必會網開一面，饒爾等不死。」

李繼談已受了傷，再加上身上所濺的鮮血，整個人如殺神一般更顯威武，宮門前黑壓壓的人群沉默了一會兒，一個靠前的頭人顫聲道：「繼談，你……你說的是真的嗎？大王……大王真可以饒恕我們？」

李繼談看了他一眼，認得是本族一位長輩，論輩分該是自己的堂叔，便道：「六叔，大王是我佛護法，行霹靂手段，有菩薩心腸，首惡當誅，你們只要幡然悔悟，大王必不屠戮，只不過……法度森嚴，懲誡是在所難免的了。」

「不要聽他胡說，他是我們拓跋一族的敗類，把他殺掉！我們拓跋氏，只有站著死，沒人跪著生！」

人群中一聲大喝，卻是拓跋武說話了，拓跋武在混戰中斷了一臂，失血過多，臉色蒼白，站在那兒搖搖欲倒，卻仍強力支撐。

李繼談也是一聲大喝：「拓跋武就是罪魁禍首，殺了他，提頭來降，向我王請罪！」

拓跋武面色猙獰，有心撲到李繼談面前一刀生劈了他，只可惜自家事自己知，他也知道以自己強弩之末的身子，真要衝到李繼談面前，不過是替他試刀罷了。

人群繼續沉默著，過了許久，一雙雙目光漸漸從前方敵人身上移回來，投到拓跋武身上。一開始，那些目光還有些逡巡，但是漸漸地，開始鎖定了他，火光下那一雙雙幽幽的目光，就像一群擇人而噬的野狼……

「轟……」

當拓跋武被自己的族人亂刃分屍，頭顱滾落在地，猶自雙眼圓睜，死不瞑目的時候，宮門緩緩打開了，儀仗緩緩排開，中間黃羅傘蓋，楊浩蟒袍玉帶，胯下一匹雄駿的白馬，在禁衛們眾星拱月般的保護下閃亮登場。

楊延浦一聲大喝：「大王到了，還不棄械！」

「叮叮噹噹」一陣響，丟下遍地的武器，想要清君側的拓跋氏族人黑壓壓跪了一地，四下裡城衛軍以弓弩監視著他們，稍有異動，就是亂箭齊射。

王駕儀仗在塗滿鮮血的廣場上停住了，環伺三面的城衛軍將士都把目光投向他們的大王，其中有一雙眼睛，在這幽深的夜色中忽地光芒一閃，就像方才那些拓跋氏族人盯著拓跋武時的目光，如狼一般，好像看到了最鮮美的一塊肉……

五百九八　甕中捉鱉

楊浩緩緩掃視臣服於前的黑壓壓的人群，朗聲說道：「本王得天下，河西諸族皆曾出過大力；本王坐天下，更離不開各族各部的竭誠效力。若說功勞，蘆嶺州、銀州、党項七氏占得首功。而你們，不過是順天應命罷了，自始至終，可曾鞍前馬後為本王出生入死？

「本王得天下，並未虧待了你們，本王的子民，不只是拓跋氏一族，厚愛各族，平等待之，乃是安社稷定天下之根本，可是爾等不思報效，一味索取，索而不得，竟怨人尤天，悍然興兵，以武力犯上，真虧得你們口口聲聲以西夏砥柱、党項中堅而自居！」

楊延浦高聲喝道：「大王代天司命，君命即是天命，天命所在，逆而反之，當誅九族！」

下跪的拓跋氏族人早已失去了往日囂張的氣焰，拓跋氏建立的北魏王朝已亡國四百多年了，他們雖以皇室血統而自豪，卻早已恢復了草原人的習慣，忘卻了君權王命的威重，國法刑律的森嚴，而這一刻，他們深深地感受到了那種不容挑釁、凌駕於一切之上的權力。

一個頭人戰戰兢兢地分辯道：「大王，我……我等只是……只是覺得大王對其他諸族諸部有所偏袒，這都是因為……因為大王身邊幾位近臣屢進讒言，今日圍困王宮，並無意加害大王，只是想誅除這些奸佞，清君側，肅朝綱。」

楊浩大笑：「清君側？什麼清君側，不過是以臣凌君的大好藉口，你們現在還不知罪？」

「臣……臣等知罪。」下跪的拓跋族人不敢再多作分辯，只能俯首謝罪。

楊浩道：「首惡已誅，爾等受人蒙蔽，罪不致死……」

拓跋諸部頭人聞言心中一喜，不料楊浩接著又道：「然死罪可免，活罪難饒，爾等興兵叛亂，圍困王宮，誅戮大臣，若不嚴加懲戒，豈非縱容他人？來人吶，把這些人盡皆捆縛，投入大牢，待明日交付三司，依罪論處！他們的部族，盡皆依照嵬武部規例，由內閣、戶部重新整編。」

此言一出，那些拓跋氏頭人盡皆面如土色，就在這時，夜空中一枝冷箭突兀飛來，這一箭真有百步穿楊之功，夜色之中直取他的心口，竟是分毫不差。

「鏘」的一聲，楊浩身邊一個嬌小的身影拔劍躍起，足尖在馬背上一點，如乳燕投林一般一躍而起，凌空掠出三丈有餘，足尖在一個跪著的拓跋氏族人肩頭一點，又復縱出三丈多遠，竟是足不沾塵地撲向那放箭之人，根本未管楊浩。

「噗！」冷箭準之又準地射中了楊浩的心口，箭尾微一搖晃，便墮下地去。楊浩趨身急退，七、八名騎在高頭大馬上的騎士向前一擁，一堵肉牆已將他嚴嚴實實地攔在後面。

難怪狗兒根本不顧楊浩死活，顯然他袍下已穿了軟甲，這一箭襲來頓時引起一陣騷動，只見李天輪手執利刀，高聲喝道：「圖窮匕現，大王終於現出你的本來目的了。各位族人，還要束手待斃嗎？拿起刀槍，跟他拚了！」

方才還是剿叛的將領，忽然之間就站到了他們這一邊，那些部族頭人一個個都呆在那兒，一時竟反應不過來。

「李天輪，你想造反不成？」護衛的隊伍微微閃開一條線，楊浩凝視著原宥州防禦使李思安的兒子李天輪，冷冷問道。

宥州，是定難五州中迫於大勢所趨，不戰而降的一州，自投降之後，他們並沒有為楊浩東征西討出兵出力，只是安分守己不惹事端罷了。為了安撫這一方州府，楊浩也不為已甚，仍然委之以要職，在他表現出明顯的臣服和擁護的時候，更是對其進一步做出了提拔，想不到關鍵時刻站出來的，竟是一直偃伏不動的他。

這時狗兒已撲到李天輪的隊伍前面，幾十桿長槍大戟攢刺過來，狗兒嬌軀一轉，半空中借力一探，又向前掠出五尺，十幾面大盾合成一面鐵牆向她猛推過來，狗兒足尖在盾面上一點，盾隙中鋒利的長槍剛剛刺出來，她已像靈雀一般又復彈起，手中利劍輕揮，「噹噹噹噹」一陣兵器交擊之聲，已然格架開七、八件兵器。

戰陣之中，個人武藝大受限制，任你有蓋世絕學，訓練有素的士兵相互配合，彷彿長了七手八腳，大大擺脫了個人武力的束縛，讓你根本施展不開，狗兒一刻不停，稍縱即走，在李天輪的軍陣中縱掠如飛，攪得李天輪手下的士兵一陣手忙腳亂，可是她想衝到嚴陣以待的李天輪面前卻也大大不易。

「小燚，回來！」

楊浩生怕馬燚有失，急喚一聲，狗兒對楊浩的話無有不從，一聽他喊，立即團身讓開兩桿斜刺裡挑來的長槍，利劍從當面一個士兵咽喉中拔出，血花濺射中，已飛身退了回來，她孤身一人衝進李天輪陣中，片刻之間連殺十四人，身上竟滴血未濺，這分身手，一時震懾全城，整個午門前雖有千軍萬馬，此時卻靜悄悄的毫無聲息。

楊浩寒聲道：「李天輪，你率軍平叛，本有大功，本王還待厚賞你的，何意……竟起了弒君之心？」

楊浩有意點出他剛剛還與在場的拓跋氏頭人們為敵的事實，那些躍躍欲動的拓跋氏頭人頓時又猶豫起來。

李天輪怒吒一聲，戟指喝道：「楊浩，你口蜜腹劍，佛口蛇心，還想狡辯嗎？不錯，各部落頭人試圖對你不利，我毅然出兵抗之，原因只有一個，他們是我的族人，大王也是我的族人，更是我拓跋氏之主。兩者權衡取其重，李天輪唯有大義滅親，以維護大王！」

他慷慨陳詞，一副正氣凜然的模樣道：「可是你對他們的處置，終於讓我意識到你真正的目的了。你若不是早就有心吞併諸部，將諸部統統納入你的治下，何至於尋個由頭，便要吞沒各部子民？對拓跋寒蟬兄弟是如此，對在場的各部頭人還是如此，哼！即便他們沒有欺君犯上，你既懷此心，早晚也會揑造個罪名以達到你不可告人的目的吧？

「你如此心計，所作所為，哪有一點像是我拓跋氏之主？照你這麼做，用不了幾年，我拓跋一族就與其他部族泯然眾矣，不復存在。當你說出要分解諸部的話時，你就不再是我党項人之王了。各部頭人試圖犯上，在大王與各部頭人之間，李天輪自然是要站在大王一邊，而今大王背叛了我拓跋氏，我李天輪身為拓跋氏子孫，在大王和拓跋氏之間，自然要選擇忠於拓跋氏，這有錯嗎？」

他環目一掃，振臂高呼道：「大丈夫死則死耳，又有何懼？如果讓楊浩奸計得逞，我們俱都是生不如死！各部頭人，現在是我拓跋氏生死存亡的關鍵時刻，還望我們能拋棄前嫌，為保我族共赴於難。拓跋昊風、李繼談，你們怎麼說，是與我們站在一起，還是繼續維護這個吃裡扒外的楊浩？如果你們還當自己是拓跋氏的人，這個時候就該做出明智的選擇！」

李天輪此言一出，所有的人都把目光投向了這兩個人，一股無形的壓力沉甸甸地壓在每個人的心頭，大家都在等著這兩個人的抉擇。

李天輪突然反水，就連束手待斃的拓跋諸部頭人也大感意外，雖說方才李天輪還與他們竭死一戰，可是與楊浩比起來，那李天輪方才對他們造成的些許死傷，完全就可以忽略不計了。人死了可以再生，可要是整個部族都被剝奪，他們馬上就要從高高的權力神壇上跌下來，再也無法作威作福，再也無法父傳子、子傳孫，世世代代把他們的祖宗基業傳下去。

如果一定要他們做一個選擇，他們寧願選擇與李天輪合作，哪怕李天輪剛殺了他的親爹，但是他們沒有那個勇氣。眼下楊浩依然占著上風，他們已被團團圍住，只有一個李天輪站過來，在死亡和僅僅被吞沒其族之間，他們唯有選擇後者。

現在，左右他們的砝碼就是拓跋昊風和李繼談，如果他們也肯站出來反對楊浩，哪怕他們之中只有一個站出來，整個力量分布形勢就會馬上被打破，實力重心就會向他們一方傾斜，他們就有勇氣重新拿起刀槍，從清君側，直接轉變為弑君自立。

廣場上靜悄悄的，就連楊浩也把目光投向了李繼談和拓跋昊風，楊延浦和木星都有些緊張，手心都沁出汗來，他們攥緊了手中的兵器，卻不敢發出半點聲息，生怕稍有異動，引起二人誤解，釀成不可預料的變故。

廣場上，只有低低嗚咽的寒風帶出一點聲息……

許久許久，李繼談清咳一聲，漫聲道：「先西平王、定難節度使李光睿大人，是繼談的親叔父。無定河邊一戰，叔父大敗，光岑大人入主夏州。繼談非不忠於西平王，實因一人與一族，輕重利害，後者為重，當時我党項八氏內亂頻仍，又與吐蕃、回紇連年征戰，再也經不起折騰了。

「自歸順光岑大人以來，及至楊浩繼承光岑大人衣缽，繼談一直忠心耿耿，天地可鑑。可是，楊浩實在是有些讓人失望，自他稱王以來，外則失和於宋、隴右，內則激起甘州回紇之變，又令得拓跋諸部不和，可謂天怒人怨。今日，諸部落頭人以武力清君側，雖然行為不當，卻正應予以安撫，而你，先究其罪，再吞其族，野心昭昭，不言而喻。

「現在，一人與一族，再次需要讓我做出一個抉擇。我，李繼談，決心維護我族，順應天意，願與諸位族人一起，誅除昏君，還我拓跋一族的榮光！」

他舉起帶血的長刀，痛心疾首地道：「楊浩，不是李繼談不忠，實在是你……太讓人失望了！」

看到李繼談那副「我本將心托明月，誰知明月照溝渠」的德性，楊浩不由啞然失笑：「原來是他！他應該就是潛伏最深的幕後之人了，現在已是圖窮匕現的時候，應該不會另有其人。能挖出這個深埋於我腹心的禍患，不枉我一番精心布置，現在，終於可以收網了。」

李繼談說罷，轉首又向拓跋昊風的陣營中喊道：「拓跋昊風，我決心已定，你待怎麼說？」

眼見如此變故，很多党項頭人都又驚又喜，紛紛抓起刀槍，再度站了起來，有那與拓跋昊風交情不錯的，馬上便喊：「昊風大哥，站過來吧！楊浩一個官職，就能收買了你？你就不怕有朝一日楊浩把你的蒼石部落也給收了去？你能做官，你的子子孫孫也都能做官嗎？」

「昊風賢姪，反了他吧！現在，繼談、天輪都已經站過來了，咱們的兵力已經超過了楊浩的城衛、宮衛，你還要執迷不悟，為了一個外人出生入死嗎？站過來，憑咱們的武力，整個興州城，已無人能抵抗咱們了。」

李天輪、李繼談的譁變，再加上這些人的喊叫，使得拓跋昊風的隊伍裡一陣騷動，許多人都把目光投向他們的少族長，而木星和楊延浦已開始收縮部隊，準備應付一場硬仗了。」

拓跋昊風往楊浩那裡望了一眼，一咬牙，大聲道：「別聽李繼談、李天輪他們胡說八道，我拓跋氏自失中原，流落河西歷四百年，整日除了內戰就是與其他部族不停地打仗，到了大王手中，這河西才算一統，你們的父母妻兒才能過上太太平平的好日子，現在還要再掀戰火？我拓跋昊風是個頂天立地的男子漢，既已向白石大神宣誓效忠於大王，這一生一世就是大王的人，兒郎們，握緊你們的刀槍，剷除這些亂臣賊子。」

楊延浦抓住時機，馬上把長槍一舉，大叫道：「將士們，奮勇殺賊！」

木星則率人向楊浩身邊急趕：「大王，且請回宮，緊閉宮門！」

李天輪冷笑道：「來不及了！」

方才與拓跋氏諸部混戰的時候，李天輪、李繼談都有意保存著實力，看著打得熱熱鬧鬧，主要壓力卻由楊延浦和木星承擔了，他們兩隊人馬，有意地靠近了宮門兩側，現在大戰一起，兩部人馬立即截向楊浩的儀仗，要把他們統統留在宮外。

木星、楊延浦、拓跋昊風催馬向前，那些本要棄械投降的拓跋武士重又撿起了刀槍與他們廝殺在一處，李繼談一馬當先直撲楊浩，李天輪則兵分兩處，一路去抄楊浩的後路，一邊返身抵敵楊延浦的人馬，雙方立即混戰起來。

城頭上，丁承宗高呼道：「速速掩護大王回宮城，快，快快！」

楊浩儀仗急退，李繼談緊追不捨，宮門處侍衛一俟楊浩退入，急急就欲掩上宮門，可那宮門沉重，數噸重的大門推動起來並不快，被李繼談率人一通廝殺，衝進了宮門。

追兵一湧而入，和迎面撲來的宮衛軍混戰在一起，馬燚緊緊護在楊浩面前，前面不遠，就是大盾長矛掩護下的李繼談，李繼談神采飛揚，再也不是平時在楊浩面前拘謹少言的那副老實模樣。只不過他知道楊浩身邊那少女一身武功十分了得，楊浩自己也劍術非凡，仍是提著十分的小心，不敢靠他太近。

「李繼談，你以為，憑著你這些陰謀詭計，就能成功嗎？」

「為什麼不能？」

李繼談大笑：「拓跋武、拓跋青雲那些人的異動根本就瞞不過你的耳目，可笑這些妄自尊大的蠢貨還以為能輕輕巧巧地兵諫成功。我正好利用他們來吸引你的注意，更利用他們來消耗你的兵力，現在你大勢已去，還能如何？」

眼下衝進王宮的都是李繼談的人，所以他說話肆無忌憚。

楊浩道：「李繼筠借兵入蕭關，想來是你的同謀了？就算你成功了，坐天下的也是他，你有什麼好處？」

李繼談神色一正，肅然道：「說起來，我一開始確實沒有反你的意思，在李繼筠手下和在你手下並沒有什麼區別，可是……當你想要把我們的部落都直接納入你的麾下時，我就不得不反了。」

他的神色有些猙獰起來：「楊浩，是你逼我反你的。」

「這麼說，你起意造反，也不過就是拓跋寒蟬兩兄弟被殺前後，短短時間，你能策劃這樣巧妙的手段，李繼談，我以前真是小瞧了你。」

「呵呵呵，若是沒有些手段，當初怎能得我叔父信任，派到無定河畔去督戰張崇巍的人馬？不過話又說回來了，在你想殺拓跋寒蟬，吞沒他的部落之前，就已經有人跟我堂弟繼筠聯繫，想要聯手對付你了，我只不過是適逢其會罷了。」

「那人是誰？」

「告訴你也不打緊，那人是李天遠，李之意李老爺子的親姪子，原靜州防禦使，嘿！你靠我拓跋氏發家，卻對我拓跋氏始終懷有戒心，不肯重用，就算你不殺拓跋寒蟬，不吞沒他的部落，這一天早晚還是要來的。」

楊浩輕笑：「聽你這麼一說，我倒不必內疚了，李繼談，不管我對他們如何，對你我總是不錯的，你既決心反我，就不怕事敗之後，被我誅戮九族？」

「你沒有機會了。」李繼談也笑：「你的宮城都已被我攻破，只要你的人頭到手，就算木星、楊延浦仍然要戰，他們手下的兵還肯戰嗎？張浦屢立大功，卻屢屢受你打壓，早已心懷不滿，張崇巍等人手握重兵，雖說他未參與我的計畫，可是你活著，他肯聽你號令，你死了，他肯為一個死人拚命嗎？阿古麗在甘州反了，切斷了對你最忠心的木恩、木魁東返的路線；你放逐折御勳，折家舊部對你恐怕也是怨憎多於感恩；只剩下一個楊家，在你身死的情形下，他們還能如何？」

「你蓄意利用那些族人，就不怕他們事後找你算帳？」

「這身邊都是我的人，他們怎麼會知道呢？就算知道了，他們已是元氣大傷，今後只能仰我鼻息，又敢如何反抗？再者，不利用他們，如何能除掉你？不除掉你，他們便無法保全自己的部落，被我小小利用一下，他們應該感我的恩才是！」

李繼談得意洋洋說罷，一字一句地道：「天作孽，猶可違；自作孽，不可活。楊浩，這可都是你自找的。」

他長長吸了口氣，振臂高呼道：「兒郎們，衝進去，楊浩的金銀財寶隨便拿，楊浩的妃嬪宮女，誰搶到了就是誰的，給我衝！」

這一聲喊，就像一帖最猛烈的春藥，楊浩幾位王妃如花似玉、百媚千嬌，整個西域誰不知道？一時間李繼談的部下就像一群發情的公牛，嗷嗷叫著往前衝，以宮衛軍之驍勇，竟然抵擋不住。李天輪也知道殺楊浩才是首務，外面楊延浦和木星如瘋虎一般猛衝，他承受的壓力本來就最大，一見李繼談的人全衝進王宮去了，立即也退了進來，守住了宮門。

楊浩一路急退，匆匆避入禁宮，禁宮已是後宮嬪妃居住之所，這道宮門雖也富麗堂皇，一顆顆鉚釘都像碗口般大，但是門的厚重和宮牆的高度已遠不能和王城的宮門相比了。王宮禁衛捨生忘死，拚命阻攔，而李繼談和李天輪則用功名利祿、財帛女色激勵著部族將士捨死廝殺。宮門處現在成了那些隨拓跋武、拓跋青雲造反，而先後被楊浩和李繼談所利用的傻鳥頭人們及其部下與拓跋昊風、楊延浦、木星廝殺的戰場。

丁承宗如果沒有逃的話，現在應該還在城樓上，但是沒有人去顧及他，誰都知道，楊浩才是終結一切的根本。他活著，那些人就會在這裡堅守，他死了，所有抵抗力量立刻就會煙消雲散，只有殺了他，才能最終解決問題。

「通！通！通！」

李繼談從尚未完全完工的王宮建築裡找來一根巨木，叫人抱著充當撞城木，一下一下重重地撞在宮門上，宮門已經出現了些裂隙，很快就要被撞得四五分裂。

「通！通！通！」

這聲音聽著真是一種美妙的音樂，不過……節奏似乎有點太快了，這樣的頻率，力道怎麼能夠用足呢？李繼談皺了皺眉，正要提醒前方的侍衛調整一下撞門的節奏，忽然感覺那明顯節奏更快的通通聲是從左右傳過來的，而且聲音越來越大，似乎地皮都在顫抖。

李繼談訝然回顧，就見密密麻麻的人群排成最緊密的隊形，像一面活動的宮牆般自左右輾壓過來，近了，更近了，已經可以看到他們渾身的披甲，如林的快刀……

「陌刀陣！」

李繼談的瞳孔陡然間縮得像針一般尖銳：「他們不是還駐紮在肅州嗎？什麼時候藏在宮中的？我身為城衛統領，怎麼竟不知道？」

「通！通！通！」心臟應和著那沉重的腳步聲，他的臉色已蒼白如紙……

五百九九　收網

李繼談大吼道：「我們中計了，殺出去！」

「通！通！通！通！」

回答他的，是沉穩而有力的腳步聲，齊刷刷兩排刀山，自左右迅速逼近過來，高舉如林的陌刀映著火把寒光閃爍，氣勢凌人。

「殺……殺啊！」一個殺得正歡的士兵首當其衝，他顫抖著聲音，絕望地嘶叫著，挺起帶血的纓槍猛撲過去。

「通！通！通！通！噗！通！通！通！通！」

逼近的人牆一刻不停，他的纓槍捅在一名陌刀手的胸部，沉重結實的鐵甲完全承受了這一槍之力，被他刺中的那個人甚至沒有稍稍一停，頭頂上，五、六口鋒利的陌刀迎面劈下，血光迸現，人頭兩半，左右兩口刀自他的雙肩將他雙臂齊刷刷斬了下去。

「啊！啊……」

淒厲的慘叫，只叫了兩聲，分成四半的一個人便倒了下去，排成密集隊形的刀手，踏著他的碎屍繼續以穩定的步伐向前邁進。當他們穿上這重甲，舉起這長刀，整個人的感情似乎也一起封閉在了鐵甲之內，他們的心就像他們的刀一樣冷酷無情。

血雨紛飛，「絞肉機」接近了，被擠壓向中間的反軍一層層被削成爛泥，他們竭力的反抗也造成了一些陌刀手的傷亡，可是兩者之間的傷亡完全不成比例。

一支可以正面抗衡騎兵衝鋒的步兵刀陣，在王城之內平坦寬闊的廣場上，兩側又是高大的宮牆，完全無須考慮後背和兩翼會受到衝擊，他們的殺傷力發揮得淋漓盡致。

那屠殺場面讓人不忍卒睹，許多親眼看見這幅屠殺場面的宮娥、內侍，甚至戰陣歷練還不足的宮衛戰士，都看得幾欲嘔吐，而歷經千錘百鍊，又曾遠赴于闐參戰的這些陌刀陣士兵，卻連眼皮都不眨。

鮮血飛似霧，骨肉如雪崩。

鋼是好鋼，刃是好刃，足以一刀劈開快馬的陌刀，劈斬這些皮袍布衣的敵人，簡直就像砍瓜切菜一般，完全無須擔心會捲刃崩豁，至少看那一片片刀叢起起落落的俐落勁，現在所有的刀還都鋒刃未捲。這裡的每一個陌刀手都有著蠻牛一般的膂力，蠻力之力配上這吹髮可斷的快刀，就像割麥子一般，恣意而痛快地收割著人命。

楊浩立在宮牆上，靜靜地注視著下面的情形，一輛輪車無聲地滑到了他的身邊。

「下面，已是一片修羅血海了……」

丁承宗喟然一嘆道：「回頭，請活佛高僧到宮裡來做個法事吧！」

楊浩冷靜地道：「何須如此，我能鎮得住他們的人，還鎮不住他們的鬼？」

丁承宗苦笑道：「你不怕，別人可不見得不怕呀。」

楊浩扭頭一看，才發現仍然立在身後的只有穆羽等貼身侍衛，那些宮娥內侍早已退得遠遠的，一個個臉白如鬼，不由一笑：「也好，明天就請幾位高僧來吧。」

丁承宗左右一看，奇道：「小燚呢？」

馬燚可以說是楊浩心腹侍衛中的心腹，向來不離他的左右，丁承宗已經習慣了她的存在，一時看不到她，不免感到驚訝。

楊浩道：「我讓她到後宮，去保護冬兒、焰焰她們去了。」

丁承宗有些疑惑：「後面有什麼風險？」

楊浩一笑：「找個藉口罷了，她……畢竟是個女孩子，這樣的場面，我不想讓她看到，這種歷練，不要也罷。」

丁承宗向牆外看了一眼，屠殺已接近尾聲，無差別全方位地毯式的劈斬前進，所經之處不管是頭人酋領還是家將部民，俱都喪命刀下，無一倖免，此刻倖存者已經不多了，他們尚未成為刀下之鬼的唯一原因，只是因為陌刀手們前進的步伐變慢了，變得極慢，因為他們腳下都是零碎的肉塊和黏稠的血液，想要不被絆倒，步伐就快不起來。

「咳！活著的人……已經不多了，你看……是不是……可以叫他們收手了？」丁承宗聽著那越來越微弱的慘呼聲，試探著問道。

楊浩遲疑了一下，緩慢而堅定地搖了搖頭：「必要的犧牲，是必需的！」

他又對丁承宗道：「腹心毒蛇已去，大哥可以通知下去，甘州那邊的鬧劇也該結束了。」

丁承宗答應一聲，正欲離開，忽又想起了什麼，回身問道：「李繼筠和呼延傲博那邊……怎麼辦？要不要動用……」

楊浩目光微微閃爍了一下，略作思忖，輕輕搖頭道：「那支伏兵不能動，他們的存在，本來是為了奪取蕭關而部署的，當時並未想到會有今天，如果現在動用這支力量，那就完全起不到奇兵之效了，充其量只能給呼延傲博製造點小麻煩。」

丁承宗道：「如今隴右已預埋了三手伏棋，就算動用了他們這一支，也不打緊吧？」

楊浩搖頭道：「唐朝時候，隴右亦屬關中，那時所謂的關中四鑰，其北鑰就是蕭關。蕭關，鎖喉之地，一夫當關，萬夫莫開，如要硬取，折我十萬大軍，也未必能攻得下來。這支伏兵就是專門為了蕭關而設的，如果現在讓他們暴露了身分，便失去了他們應有的作用。

「縱然小六和狄海景已深得尚波千的信任，蕭關重地也不會交到他們手上，所以這路伏兵動不得。這樣吧，從橫山和銀州各調一路兵馬，立即奔赴韋州待命，等咱們解決了蘇爾曼之後，可令張浦和楊繼業主動出兵，予李繼筠和呼延傲以迎頭痛擊。待其退兵時，再令韋州兵馬由側翼進攻，如能截下他們最好，如果不能，重創也可，隴右，眼下還不是我們考慮的重點，就讓這些跳梁小醜多蹦躂幾天吧。」

丁承宗頷首道：「好，那我馬上通知下去！」

＊　　＊　　＊

峽口要塞，蘇爾曼挑燈夜戰。

金鼓齊鳴，殺聲盈野，數以萬計的燈籠火把如同漫天的繁星，照得戰場上一片通明。

拋石機、駱駝炮，就是蘇爾曼能夠動用的最犀利的攻城武器。

然而峽口要塞是依托黃河和山崖而建的，大量的拋石機是擺布不開的，少量的拋石機面對著就地取材、依托礁岩為城牆的要塞，破壞力極其有限，反倒不如弓弩的作用大。

弩箭、巨石、毒煙火球，一切用得上的武器都在盡情地攻擊，峽口要塞在程世雄的把守之下仍舊是巋然不動。

與此同時，峽口上也在向城下不斷地發射著武器。車弩接連不斷地發射著粗如短矛的利箭，就算以戰馬為掩體，那利箭一旦射中，都能洞穿，破開一個鵝卵般大的口子。因為是居高臨下，城上的拋石機發射的石彈更大更沉，威力驚人，攻城的回紇戰士離開了戰馬，放棄了他們最擅長的衝鋒作戰方式，面對著這樣一座要塞，真有點手足無措的感覺。

陡峭的懸崖城牆下，堆滿了血肉模糊的屍體，殘破的雲梯、撞城車，以及七零八落的屍體，不遠處的黃河水嗚咽著，好像無數的怨魂在幽幽地哭泣……

「蘇爾曼大人，蘇爾曼大人，不能這麼打啦。」

小滿英跌跌撞撞地搶進蘇爾曼的大帳，哭喪著臉道：「我的族人，就這幾天的工夫，已經折扣了足足三千人啦，這就是三千帳人家失去了他們家裡的頂梁柱啊，蘇爾曼大人，我們承受不起這樣的損失啊。」

小滿英滿心的悔恨，當初蘇爾曼大軍壓境時，不該一時利令智昏，殺了斛老溫的弟弟和兒子向蘇爾曼乞降啊，真的硬著頭皮打下去，也未必就有這麼大的損失，打不起還走不起嗎？現在可好，他雖然如願以償地成了一族之長，可是卻被蘇爾曼做了馬前卒，但逢惡仗，總是讓他的部落頂在前面，可惜此時後悔，已經晚了，小滿英只能痛心疾首地乞求蘇爾曼的憐憫。

蘇爾曼臉色一沉：「傷亡這麼多人，你以為我就不著急？可是打仗哪有不死人的，折損了幾千人馬你就來向我訴苦，我又向誰去訴苦？」

小滿英道：「蘇爾曼大人，這城雖不大，可是地勢太險要了，兵馬擺布不開，只能在那狹窄的谷口裡冒著彈石箭雨拿人命往裡填啊……」

「這是必經之路，要不然，調動全軍繞行幾百里，再翻山過去？哼，人過得去，馬匹過得去嗎？馬匹過得去，糧秣輜重過得去嗎？這一仗……」

「大人，我不是說要繞路，你不是說李繼筠和呼延傲博的人馬就快到了嗎？不如等他們來了……」

「哼，等他們來了，難道就能換一個打法？如果咱們連一座小小的峽口都拿不下來，豈不讓他們看輕了咱們？若是讓他們覺得我們不過如此，事成之後，如何與他們平分天下？再者，他們現在受阻於割踏寨，我們這裡打得越狠，甚或拿下峽口，才能吸引足夠多的兵力，使他們順利抵達，與我們合兵一處，如果我們於峽口城下駐足不前，楊繼業就可於靈州分兵赴援割踏寨，一旦李繼筠不能打過來，我們豈不是孤掌難鳴？」

小滿英咬了咬牙：「那……那也不能就我一個部落往裡填人吶，這麼個打法，誰經受得起？」

蘇爾曼臉色一沉，厲聲道：「小滿英，斛老溫的兄弟和兒子，是你親手殺的，你的族人，有多少人對你不服氣？如果不是我在這鎮著，你漫說做這一族之長，恐怕性命都難保全，如果你跟我蘇爾曼玩心眼……哼！」

一旁幾名族中武士一見族長發怒，已然按住了刀柄。

小滿英臉上青一陣紅一陣地道：「大人，不是小滿英對大人心懷二意，實在是這麼個打法，而且只讓我的人衝在前面……」

他頓了頓腳，一下子蹲在了地上：「再讓我們部落往裡拚，我不反，我的族人就要反了，陣前倒戈，到時候我小滿英可是彈壓不住，大人你就看著辦吧。」

蘇爾曼窺了他一眼，見他滿臉懊悔沮喪，神情不似作假，心中暗忖道：「看來他是真的頂不住了。嗯……他的部落已折損了三千青壯，從此以後只能附庸於我，再也無力背叛，這也就夠了，真把他的部落打廢了，那老弱病殘的，還不是要找我這個副汗和宰相來想辦法？」

想到這裡，蘇爾曼笑吟吟地走過去，攙起小滿英，和顏悅色地道：「小滿英是草原上的一隻雄鷹，怎麼現在垂頭喪氣，像一個遭了瘟的母雞呀？哈哈哈，你的苦處，我不是不知道，只不過從我們舉起反旗的那一天起，我們就注定了只能成功，不能失敗，一旦失敗，就再無退路了，我這心裡，也急呀。好吧好吧，你先回去，停止攻城，把人撤下來休整一番，嗯……我再另外想想辦法。」

小滿英一見蘇爾曼終於鬆了口，不禁大喜過望，連忙千恩萬謝地答應著，飛快地跑回去傳令收兵了。

「沙陀，應理，老夫一路攻著輕鬆，怎麼就能栽在這峽口了？」蘇爾曼走到帳口，看著烏沉沉的峽口要塞，沉吟道：「張浦如今就守在峽口寨裡，他本是銀州李繼遷的人，如今在楊浩面前不得意，李繼筠有心要說反了他，可李繼筠一時半晌趕不到，我和張浦又說不上話，這可如何是好？」

蘇爾曼站在帳口思慮良久，冷風拂面，觸面生涼，伸手一摸，竟已飄起了零星的雪花，雪花拂在臉上，瞬間便化成了雪水。蘇爾曼目光一轉，瞟見本陣右側那一片連綿的營寨中零星地還亮著些燈火，那是紇娜穆雅的營盤。

「阿古麗既派了人來，總不能站在一邊看風景吧？小滿英要退下來，那就讓紇娜穆雅頂上去吧。」

蘇爾曼狡黠地一笑，扶了扶腰刀，便大步向紇娜穆雅的營盤走去……

第六百章　飄雪之夜

風很大，天很冷，竹韻在看雪。

眼前的雪並不大，心裡的雪卻是紛紛揚揚，一如那年冬天，她拖著楊浩去蘆河上數星星的時候。

每當想起楊浩，她的臉就是一陣燥熱，隨著離興州越來越近，她的俏臉便一天到晚都處於充血狀態，看起來非常容光煥發。

她是主動請命要求協助阿古麗的，有了這個理由，她才得以離開楊浩身邊，可逃得了和尚逃不了廟，她終究還是要回去的。今天，她就已經接到了興州那邊傳來的消息，準備明天就將由她親手執行引蛇計畫的最後一步：斬首。

此間事了，那時……那時終將面對著他，那時該是如何尷尬的場面？

竹韻仰起臉，看著靜寂一片的夜空，那兩隻眸子就像兩顆明亮的星星，頰上則是一片酡紅，兩瓣桃花……

羞嗎？當然羞，她從沒想過自己居然有那麼大的膽子，居然趴在他的懷裡，大膽地要求給他生孩子，生一個屬於他們兩人的孩子，那醉中的一切，她還記得清清楚楚，他……他當時好像也喝醉了，他應該不記得了吧？

竹韻越想越羞，嚶嚀一聲，竟爾搗住了臉頰，羞不可抑地頓了頓足，那種女兒羞態可是無人見過的動人風情，有幸目睹的，只有那飄零的雪花。

「我不管！我的身子……教你看過了！我的人，陪你睡過了！再說，和……和我生孩子，你也是答應過的！你不娶我，誰娶我？」

竹韻忽然惱羞成怒地放下手，雙手握拳，咬牙切齒，拚命地給自己鼓著勇氣，鬥氣值頃刻間爆滿，膨脹到了一個空前的高度。這個時候如果楊浩就站在她面前，相信古大姑娘能很蠻橫地把他四蹄攢起，扛進洞房，一通烈火把生米煮成糊飯！

就在這時……

「特勤大人。」

一個士兵的聲音突然從身後傳來，以竹韻自幼做為一個殺手培養出來的超人耳力和警覺性，居然完全沒有發覺。

「啊！什麼事？」

竹韻嚇得像兔子般一跳，剛剛鼓舞起來的勇氣剎那間消失得無影無蹤。

竹韻的動作把那士兵也嚇了一跳，他連忙退後一步，畢恭畢敬地道：「特勤大人，蘇爾曼葉護大人到了，有軍機要事與您商量。」

「哦？蘇爾曼……他現在在哪裡？」

「正在您的大帳相候。」

「好，我們過去！」竹韻緊了緊披風，舉步走去。

蘇爾曼坐在竹韻的中軍大帳裡面，正在推敲著準備好的說詞，就聽外邊有人報道：「特勤大人到……」

蘇爾曼連忙站起相迎，就見一個美人步履輕盈，飄然而入，神態無比從容。

「特勤大人，老夫深夜造訪，沒有打擾了大人吧？」蘇爾曼笑呵呵地迎了上去，心中卻想：「哼，一個小丫頭片子，只因為和阿古麗沾親帶故，就能與老夫平起平坐？待妳族的實力也受到削弱，到那時，不只是妳，就算是阿古麗，也要看著老夫的眼色行事了。」

看到眼前這位容色甜美的紇娜穆雅，想到她和小滿英一樣吃個啞巴虧後欲哭無淚的模樣，就好像看到了一個冤大頭，蘇爾曼臉上的笑容越來越盛了。

竹韻看到一臉大鬍子的蘇爾曼，想到興州那邊今天傳來的收網消息，本就甜美的笑容更是像蘸了蜜一樣甜起來。做為一個殺手，當她想要做掉誰的時候，臉上這種人畜無害的笑容，總是很動人的……

* * *

僕干水上游，此時已下了幾天的鵝毛大雪，這裡是女真完顏部的一處重要領地。而此刻，這裡卻已成了安車骨部落剛剛占領的地方。

僕干水的完顏部落被遼宋兩國稱為生女真，是尚未開化的蒙昧一族。他們沒有文字，沒有官府，沒有法律，甚至不知道年月，人們不知道自己的準確年齡，你若問生女真人多少歲，他們會這樣回答：「我看見草綠了幾次。」

完顏阿骨打還沒有出生，他的祖先原本住在原渤海國境內東南角落的咸鏡山，因窮困窘迫，迫於生計，剛剛遷回本族故地僕干水，還沒有掌握部落的權力，利用他們所學習掌握的文化和文明來改造自己的部落，就已喪命在安車骨部落的手裡。

僕干水（牡丹江）流域有上百個大大小小的女真部落，部落間經驗互相攻殺，手段殘酷。做為其中較大的部落，完顏部占有著更多的領地和資源，仇家自然也多。安車骨部落較之完顏部落，此時更加開化一些，自從他們掌握了海運商路的獨家代理權之後，在諸部之中也就擁有了更大的威望和權力，這就觸犯了完顏部的利益。

他們之間有了矛盾和衝突，唯一的解決手段就是武力，於是完顏部向宿仇安車骨部發動了挑戰，如今的安車骨部已非同往常，掌握著海外貿易的獨家代理權，就等於掐住了各個部落的經濟命脈，本來許多中立的部落都站到了安車骨部這一邊，而這是完顏部現任族長始料未及的。

於是，往昔裡一直勢均力敵的雙方，這一次卻從一開始勝利的天平就開始向安車骨部傾斜，十天前在僕干水完顏部落駐地發生的一戰，是兩個部落間的最後一戰。這一戰，安車骨部少族長珠里真不穿鎧甲，半裸上身，手執剛買來的日本長刀，揚旗鳴鼓，奮勇當先。

這一戰，安車骨部連斬完顏部落九位長老，完顏部的敗落已是不可避免，完顏部一倒，其部族百姓再被安車骨部吞併，僕干水流域安車骨部落一家獨大的局面已是必然。

今天，是珠里真的父親安車骨蒲里特迎娶完顏部族長妻子的大喜日子，遠近各個部落都派了人來慶賀，朮虎、徒單、烏林答等幾個原本不弱於安車骨部落的勢力也派了人來，就連與安車骨部落有仇隙的紇石烈部落都派了人來。

他們或乘車，或騎馬，或趕著雪爬犁，絡繹於途，攜帶著禮物，紛紛趕向僕干水。

有這樣一行神祕的行人，也在趕往僕干水的途中，他們乘著雪爬犁，每輛雪爬犁由十幾隻狗拉著，一行四輛雪爬犁，看起來像是一個比較強大的部落。

中間一輛雪爬犁上，坐著兩個比起身邊皮帽皮袍、魁梧如山的大漢要顯得嬌小得多的人，身上穿著臃腫，頭面也都遮得嚴嚴實實，眉際掛著白霜，完全看不出他們的容貌，傍晚時候，這幾輛爬犁，到僕干水完顏部落，就被新郎官安車骨蒲里特親自迎進了原完顏部族長居住的房子，這樣的待遇，可是其他諸部使者無法享受到的。

部落中寬敞的空地上燃起了一堆堆熊熊的烈火，一根根粗大的松木堆成了一座火山，烈焰飛騰，劈啪作響，火星像無數的螢火蟲般在夜空中飛舞，與那零星的雪花相映成趣。

一直待在族長房間裡的兩位神祕貴客由珠里真親自陪同，走到了空地上。圍繞著火堆，已排好了一張張簡陋原始的松木桌子，地上鋪著可以阻斷寒氣的狼皮褥子，安車骨部中的頭腦人物以及各個部落的來使都坐在那兒歡宴痛飲，無人注意到這兩位客人的到來。

兩位客人中的一個向珠里真耳語了幾句，珠里真連連點頭，很快，在光線比較昏暗的下首位置，又增添了一張桌子，地上特意墊了兩層狼皮褥子，兩位神祕的客人斯斯文文地走過去，悄然落座。而珠里真則趕去替父親向各位客人們敬酒了。

「呸呸呸，好腥啊！」

一位客人蹙起眉頭，將到口的食物連忙吐了出去。她的聲音一聽就是女人，說的是漢話，身上頭上包裹的十分嚴密，只露出一張眉清目秀的臉蛋，或許就連往昔最熟悉她的宋國宮娥，也認不出在這冰天雪地中，坐在一群粗獷大漢中的女人就是她們的永慶公主。

「呵呵，這可是正宗原味的燒烤，不過……妳以為什麼東西都是正宗的、原味的，才是最好的嗎？那可不盡然。」另一位比她略顯高眺的女子，自然就是折子渝了。她笑吟吟地拈起小刀，削下一片烤羊肉，又在眼前以木頭剜製的簡陋小碟裡蘸了點鹽巴，很秀氣地放進嘴裡咀嚼著。

永慶不服氣地橫了她一眼，也抓起刀子來削下一片羊肉，丟進嘴裡，像和它有仇似地使勁嚼著。

「宮廷裡的燒烤料理，大概都要把羊肉用各種調味香料精心煨過，燒烤的時候還要一遍遍地刷上摻了香料的鹽水是吧？呵呵，這裡可沒有那樣的條件，他們祖祖輩輩，就是這樣吃東西的。」

折子渝說著，又端起有些發苦的劣茶喝了一口，雖說這裡的食物十分粗劣，但她安之若素，完全不像一個養尊處優的大家閨秀，永慶幾乎是處處以她為攀比目標，立即也端起茶來抿了一口，然後像喝藥似地使勁灌了下去。

回頭看見折子渝一雙眼睛都正帶著笑看她，永慶臉上不由一紅，連忙掩飾地找話，向她側了側身子，小聲道：「完顏部的那位主母，是不是很漂亮呀？」

折子渝用小刀輕輕片著羊肉，睨她一眼，挑眉道：「為什麼這麼問？」

永慶蹙起眉來，不解地道：「剛剛才殺了人家的丈夫，就馬上迎娶人家的娘子，這位完顏部的主母要不是有傾國傾城之貌，安車骨蒲里特身為一族之長，又怎會被迷得神魂顛倒，甘冒天下之大不韙，幹出這種事來？」

折子渝莞爾道：「妳猜錯了，這裡的規矩習俗，與中原不同。殺其夫，奪其妻，也算不得什麼，女人，在他們族裡也算是家裡的一份財產。安車骨蒲里特迎娶完顏部主母，與她是否美貌完全無關，而是出於統治完顏部的需要……」

折子渝頓了頓，又道：「這位完顏部的主母已經年逾六旬了，呵呵，一位六旬老婦，又能如何美貌呢？安車骨蒲里特如今還不到五十歲呢。草原上的部落，在很久很久以前，都是女人掌握大權，做為部落領袖的。那個時候一個部族裡新生的小孩子，只認得自己的母親，而不知道自己的父親是誰。

「完顏部……眼下還殘留著一些這樣的古老習俗，全族的主母，同時擔任著巫嫗的職務，也就是中原所說的珊蠻（薩滿）巫師，不管是狩獵、議盟、出征、作戰，族長有所決定後，都要由巫嫗占卜吉凶，做最後決定，所以她擁有比族長還大的權力。安車骨蒲里特娶她為妻，只是一個名義上的妻子，透過這種手段，完顏部……將從此消失，完全融入安車骨部落了。」

「原來如此……」永慶公主恍然大悟。

就在這時遠處傳來一陣喧譁聲，聲音順風飄來，壓過了廣場上的笑鬧聲，所有人的都探頭向遠處望去，和六旬出嫁、一身新衣、打扮得異常恐怖的薩滿巫師主母並肩坐在一起的安車骨蒲里特眉頭一皺，向兒子遞個眼色，珠里真立即按刀而起，一擺手，帶上幾個族中勇士向前走去。

今日是父親大婚之喜，他們也戒備著完顏部會有人不服鬧事，四下裡早安排了無數勇士，倒也不怕有人惹出是非。片刻工夫，珠里真又急匆匆地回來了，氣喘吁吁地道：「父親，不是……不是完顏部的族人鬧事，是……是遼國來人了。」

「什麼？遼國來人？遼國怎麼會知道？」安車骨蒲里特大驚而起，四下的各族使節們也都驚在那兒作聲不得，全場立即一片靜寂。珠里真道：「遼國使節，並不知道父親已占領完顏部，他……他是來向完顏部傳旨來的。」

珠里真剛說到這兒，就聽到一個陰陽怪氣的聲音道：「安車骨滅了完顏部？哈哈，這可倒好，兩部合一，我就省了多跑一個地方啦。」隨著聲音，一個身著遼國官服的人在幾名衣甲鮮明的侍衛陪同下搖搖擺擺地走了過來，大剌剌地全場一掃，逕奔主位。

安車骨蒲里特連忙起身相迎，各部使者都紛紛上前，自報身分，那位遼國使節一聽樂不可支，大笑道：「哈哈，我還當這趟是個苦差，想不到竟有這樣的便宜，僕干水上下諸部，居然都有人在這兒，這可省事得多了，本官奉太后和皇上的旨意而來，你們各部聽旨吧。」

各部頭人連忙躬身接旨，折子渝一拉永慶公主，也藏進了人群施禮如儀，還把身子縮了縮，永慶公主睨了她一眼，悄聲問道：「妳認得他？」

折子渝點點頭，小聲道：「這人是遼國鴻臚寺的官員，叫墨水痕，曾出使西夏。」

二人在下面悄聲對話，墨水痕站在上首朗聲說道：「今得信報，遼國叛臣耶律三明之餘孽，行蹤出沒於女真領地之內，著令女真諸部立即著手緝拿，搜尋山岳河谷，勿使歹人藏身，朝廷在女真境內盡有耳目，各部若不盡心竭力，一俟查清屬實，族酋必予嚴懲，其部貢賦加倍，北珠由一百顆加至兩百顆，虎皮由十張加至……」

俯首的各部頭領們暗暗叫苦，叫他們找人倒沒什麼，問題是這麼多年來他們已經知道遼國官僚們的作風了，每次有旨意，都是他們搜刮的機會，像這樣似是而非的命令，你到底有沒有盡力，只要人不是在你的領地內抓獲的，完全就可以給你安一個沒有盡心遵行旨意的罪名。

像那北珠，珠大而圓，素為遼宋權貴所喜，可那種珍珠的珠蚌總到冬天方才成熟，此時水已化冰，堅冰數尺，要鑿開冰層、下河撈起蚌蛤才能得到，而且要一百枚左右的蚌蛤，才能採到一顆珍珠，好一點的珍珠當然要撈更多的蚌蛤才行，其中艱辛可想而知。

還有那虎皮，雖說世人傳說女真勇士三人可獵虎，驍勇異常，可那老虎也不是隨隨便便就能獵取的，再說這獸中之王哪能遍地都是。要想少受刁難，少不得要對這位遼國特使孝敬一番，一時間各部使者馬上轉動腦筋，想著立刻派人回去取些財物堵他的嘴了。

墨水痕嘴裡說著苦差，其實這趟往女真境內傳旨，實是一樁大大的優差，他可是費了不少力氣才爭取來的。尤其是在這裡一下子就撞見了這麼多部落的人，還不用他辛苦趕路了，只管坐在完顏部落等著各個部落來送錢就行了，心中更是歡喜不勝，至於哪個部落滅了哪個部落，他才不操心這些事，女真各部在遼人眼中，就像是放養的一群羊，毛肥了就來剪一次，才不理會他們之間的紛爭，他們內部鬧得越兇越好。

墨水痕宣能了旨意，一屁股在主位上坐了下來，笑嘻嘻地看了眼旁邊那個女妖怪，對安車骨蒲里特道：「蒲里特族長，聽說你滅了完顏部落，還要迎娶該部主母呀？呵呵呵，雙喜臨門，恭喜，恭喜。」

蒲里特陪笑道：「不敢當，不敢當，上國天使駕臨，蒲里特榮幸之至。」

遼國派來女真的使節沒有一個不貪的，貪的還算是品性好的，只不過勒索些人參、貂皮、珍珠、蜂蜜等特產，有那品性低劣的，來了還要讓女真部族的女人侍寢，美其名曰「薦枕」，不管是族中頭領的女人，還是部落中的少女，只要姿色美麗，被他看到的，無有倖免。

曾有一個部落首領拒絕用自己的愛妻侍寢，那位遼國特使轉身就找了個由頭，在當時的遼國皇帝面前添油加醋一番，派了兵來打敗他的部落，這位特使做為監軍，把這位首領活活鞭笞而死，丟進了狗圈，他的女人則被直接搶走了。從此以後，女真人妻女被汙辱，財富被奪走，部落被離散，重重仇恨壓於心頭，卻因一盤散沙，無力反抗，而只能逆來順受。

至於蒲里特……他對自己這位新娘子完全放心，要不是她的身分特殊，蒲里特還巴不得眼前這位遼國特使把她搶走呢，所以對此毫不擔心，見他對自己吞併完顏部落反應如此麻木，反而心中大喜。他一面恭維著墨水痕，一面自懷中掏出一只鑲嵌著鑽石的精緻項圈，恭恭敬敬遞到墨水痕手上，陪笑說道：「既是上國旨意，我等自然遵從不怠，只是……我們這裡山高路險，尤其是大雪封山，野獸兇猛，就算是最出色的獵人也不敢深入，緝兇是一定要緝的，要是未能找到上國要抓的人，還請天使在皇上面前代為美言幾句，我們……實在是有說不出的苦衷啊。」

這條項圈是折子渝特意從南洋商船從異域買回來的珍寶中挑選出來帶回中原的寶物之一，聽說蒲里特要娶妻，便送給了他做禮物。這項圈本身價值已貴不可言，其藝術價值也不用多說，折子渝的眼光比在場的所有人都加起來還要高明得多。

那墨水痕一見他能拿出這麼珍貴的一個項圈，大出自己意料之外，立即眉開眼笑地道：「哦，關於這一點嘛，你們大可放心，我走到現在才進了你們的部落，路難不難走我當然知道啦，哈哈哈，你們這裡是真不成啊，行動太也不便，如今太后下旨，正從上京修一條到你們女真五國部（在今黑龍江依蘭縣附近）的御路，專為貢奉海東青所修啊。這條路修好了，快馬高車俱可通行，呵呵，等有機會，我在太后面前為你們美言幾句，也修一條到你們這兒的路來。」

「是是是，天使請上坐，難得天使駕臨，今晚請多喝幾杯在下的喜酒才是。」

蒲里特一眾人哄著墨水痕坐了下來，折子渝則向珠里真打個手勢，珠里真會意，抽空跑了過來，帶著這兩位客人提前退場了。

「這樣的場面，五公子的確不宜露面，就請早些歇息吧，明天，我就要去上京貢奉了，正好護送五公子一起走，送你們返回西夏。」

「如此，有勞少族長了。」折子渝巧笑嫣然，眸波一轉，隨口說道：「遼人為了貢奉海東青方便，竟然開闢了一條直通五國部落的御路，少族長對此怎麼看？」

以前，珠里真也以為他們的一切苦厄都來自於遼人對海東青的垂涎，可是自上次被折子渝點破，已經開了竅，想東西已經不再那麼簡單。他聽折子渝這一問，就曉得必有玄機，略一忖忖，便搖頭道：「不對，其中有鬼，哪有可能為了送鷹方便，就耗費大量人力財力修建這麼一條道路的？再者說，那是鷹，又不是多麼龐大的東西，裝在籠子裡，一匹馬便可送走，用得著修什麼路？」

折子渝微微一笑：「少族長果然英明，遼國人挑起你們內鬥，藉口是海東青，如今想要修一條大軍可以快速抵達的道路，加強對你們的控制，藉口還是海東青，呵呵，遼人是想不出第二個藉口，還是把你們都當了傻瓜呢？」

珠里真聽了又驚又怒，折子渝又道：「等到通往五國部落的路修好了，不用那位特使美言，遼國也會很『好心』地再修一條通往你們這兒的路了，以後……盤剝起你們來，可就更方便了。」

珠里真恨道：「我去告訴父親。」

折子渝笑道：「你急什麼？路又不是一天修成的。話又說回來了，就算你知道了遼人的目的所在，你又能如何？你能拒絕……遼人的『美意』嗎？」

「這……這……」

珠里真無言以對，可他卻也聰明，已知道這位五公子聰明絕頂，論智慧絕非自己所能及，便恭敬地道：「還請五公子指教。」

折子渝笑吟吟地道：「你們各部的領地內，有沒有大股的馬匪流盜？」

珠里真苦笑道：「在這地方能搶什麼？偶有小賊，也不過是三兩個人混口飯吃。遼國游牧部落經常為了草地驅逐鐵勒、烏惹等族百姓，有的時候他們忍無可忍，憤而反抗殺人，就會逃到我們這兒來，還有篡逆失敗的一些王爺從屬，也會逃來避難。遼國一向都會勒令我們將逃犯遣返，不過有些逃犯身攜不少金銀財寶，五公子知道，我們……很窮的，得了好處，就會盡量幫他們遮掩，不過這樣的逃犯遮掩行蹤還來不及呢，不會故意生事。」

折子渝似笑非笑地道：「那就好辦了。沒有，可以無中生有；有，可以栽贓嫁禍。你們和五國部落不是一直有仇隙嗎？要是在他們領地內，有匪眾或者受其庇護的逃犯設埋伏、挖陷阱，破壞遼國修建的道路，射殺遼國築路的百姓，不但能阻止修路，還能……」

珠里真聽到這裡已然明白，大喜過望地道：「五公子高見，珠里真明白了，今晚就和父親商量一下對策。」

折子渝微笑點頭，步入自己的宿處。

珠里真一走，永慶公主便對折子渝道：「妳為什麼要對他說這些？」

折子渝輕笑道：「東邊要是亂了，遼國就會希望西邊穩一些。對我們有好處的事，既然看到了，又只是順口一句話的事，為什麼不去做呢？」

「楊浩……縱橫河西，還需要用這樣的陰謀詭計嗎？」

「妳錯了，有時候百萬大軍做不到的事，一個小小的陰謀詭計，卻能發揮大作用。古來得天下坐江山的英雄豪傑，沒有一個不擁有強大的武力，可是沒有一個只倚仗強大的武力。唯知武功者，不過是楚霸王的下場。能借力時，一定要借力。」

「可是女真人的處境……」

「女真人過的不好，很不好，他們不是不想改變，而是還沒有想到如何改變。他們早晚會想到的，我只是提前一步告訴了他們而已，我並不是在害他們，我給他們想要的，同時得到我想要的結果，兩全齊美，有什麼不好？」

永慶公主在桌面坐下來，凝視著桌上用獸油製作的一盞小小油燈，反覆咀嚼著折子渝說過的話，不覺痴痴入神，折子渝打開鋪蓋，扭頭看時，只見永慶公主凝視著燈火，一雙眸子熠熠放光，如寶石般閃爍，似乎……悟到了什麼……

六百一章　無言之死

天亮了，天色一亮，就將是又一天殘酷的廝殺，斛老溫部落的戰士已經厭倦了這樣無望的戰鬥。他們不畏懼敵人，卻不明白這一次反叛的目的何在。以前，他們和肅州龍家打，和夏州李家打，爭的是草場地盤，搶的是救命糧食，而現在，朝廷給他們找到了許多謀生的營生，去年冬天，本以為會餓死許多人，也靠著朝廷的救濟，雖然艱辛，卻也熬過來了。

今年冬天的日子應該會更好過，搬遷到攤糧城附近務農的親戚們捎信回來說，那裡的土地肥得流油，灑把種子就能長成一大片的莊稼，原來一畝地可以養活那麼多人，他們家裡不但屯滿了糧食，還繳納了大量的糧賦，相信甘州今年會得到朝廷撥付的更多糧食。等到明年，各種手工業有了規模，大家的日子就更好過了。

可是蘇爾曼振臂一呼，一句報仇雪恨，一句回紇人自立天下，他們就頭腦一熱，抓起弓箭、拉過戰馬跟著上了戰場，直到現在，受阻於峽口要塞，死了那麼多親人，他們才開始清醒過來，開始反省自己為什麼要反？

陽光晒滿大地，峽口城下屍積如山，殘肢斷臂散落一地，沒有頭顱的軀幹、沒有軀幹的頭顱，被猛火油燒得焦臭的屍體……

城頭上，守軍正在來回走動，搬運著箭矢、檑木、滾石……今天，他們又將收割多少生命呢？讓斛老溫的族人感到慶幸的是，今天他們不必再去承受峽口守軍猛烈的戰火，小滿英和蘇爾曼大人交涉良久，終於換了王衛軍來攻城，他們可以撤下去休整一番了。

在頭領們的指揮下，斛老溫一族的人陸續撤離前線陣地，衣甲鮮明、精神飽滿的宮衛軍上了戰場。

斛老溫的族人撤到了遠處，依托黃河一側紮下了營寨，傷病殘卒被抬到了後營，更多的士兵抱著他們的兵器，找到一些高處坐下來，沒精打采地看著峽口城下。

曾幾何時，他們來到峽口城下時，也和如今的宮衛軍一般鬥志昂揚，可是血淋淋的事實給了他們一個深刻的教訓，他們開始知道，自己不是無所不能的，城池攻防根本不是他們所擅長的，他們的戰場只有草原。現在，該是宮衛軍接受這個教訓了吧。

在阿古麗一族和蘇爾曼一族間，斛老溫的族人與阿古麗一族更親近些，不管怎麼說，他們的老族長畢竟是死在蘇爾曼手中，他們的少族長也是被蘇爾曼逼死的。如今宮衛軍與他們做了交接，慶幸之餘，他們也不免有一種兔死狐悲的同情心態。

可是接下來的發展令他們大感驚異，紇娜穆雅大人的人馬到了峽口城下紮營布陣中規中矩，但是卻始終沒有向峽口城發動進攻，斛老溫部落族人都訝異地竊竊私語起來，站到高處觀望陣地動靜的人越來越多。

這個消息自然也傳到了蘇爾曼的口中，昨夜紇娜穆雅一口答應替換小滿英的人馬，蘇爾曼還在竊喜不已，薑還是老的辣，一個小丫頭，玩弄心機怎麼能趕得上他這老狐狸？可是……紇娜穆雅既已到了城下卻按兵不動，這是什麼道理？

又驚又怒的蘇爾曼立即親赴陣前，到了紇娜穆雅的營中卻撲了個空，一問消息，才知紇娜穆雅已經到了陣前，蘇爾曼心中頓時一寬：「莫非這小丫頭不曾有過什麼戰陣經驗，所以行動才如此遲緩。這可不行，我雖有心消耗阿古麗本族的實力，卻也不能讓他們白白犧牲，那可是削弱我回紇人的實力。

「這峽口是必須要打的，只不過是由哪一系的人馬去打而已，這個紇娜穆雅根本不懂用兵之法，白白折損她的人馬，豈非對我的大計毫無幫助？」

蘇爾曼皺了皺眉，有心點撥點撥這位特勤大人，立即率領親衛，策馬直奔陣前。

峽口城下，紇娜穆雅帶著一眾親衛，仰首望著建築在懸崖上面的峽口城正在指指點點，也不知說些什麼，蘇爾曼到了她的面前，蹙眉問道：「特勤大人，即已紮下營盤，為何還不進攻？」

紇娜穆雅扭頭看見蘇爾曼，不禁笑顏如花：「蘇爾曼大人，你來的正好，今日塞上，有些古怪呢。」

蘇爾曼提馬到了她的面前，向城頭掃了一眼，只見城上官兵仍如往常，正在匆匆做著備戰，除此之外，並無其他情況，不禁訝然道：「有什麼古怪？」

「蘇爾曼大人，你看城頭天上，是什麼東西……」

紇娜穆雅乖巧的聲音，像極了一隻很萌的小蘿莉，用很童真很誘惑的聲音對一個怪叔叔說：「大叔，快看，天上有飛機……」

蘇爾曼下意識地仰頭望去，他的頭剛一仰起，在他喉下，便是一道雪亮的刀光閃過。

蘇爾曼莫說躲閃，他仰起頭來，根本未曾看到喉下的動作，他的侍衛親兵雖然看到了，但是卻已來不及做任何反應。

刀過，血濺，人頭落，好快的刀！

囂張不可一世的蘇爾曼，就這麼糊里糊塗、窩窩囊囊地死了，至死都是個糊塗鬼，想必到了陰曹地府，仍然是一頭霧水。

這時候，那些侍衛們的驚呼聲才傳了出來。

「紇娜穆雅，妳幹什麼？」

那些侍衛都是蘇爾曼的親族，眼見頭人被殺，驚駭欲狂，立即拔出兵刃，就要衝上來。

化身紇娜穆雅的竹韻冷冷一笑，纖指一點，冷斥道：「全都殺了，一個不留！」一語未了，四下裡屹立如山的隊伍轟然一諾，只聽轟隆隆一陣響，鐵灰色的盾牌陣就像一個環形的鐵牆，自四面八方直壓過來，在冬日的陽光下，盾牌上閃爍著一片凜凜青光。在鐵盾的縫隙中，長矛探出了鋒利的爪牙，隨著那盾牌陣亦步亦趨向前逼近，再後方，利箭如暴雨般攢射而至。

「下馬！舉盾！」

蘇爾曼的這些貼身侍衛共計四十七人，個個都是身經百戰的勇士，戰鬥經驗十分豐富，一見身陷重圍，他們立即滾鞍下馬，用戰馬和袍澤的屍體做掩護，等候著死亡的最終降臨，伺機尋找著萬一的機會。

然而，萬一沒有出現，那些勁弩都是極強勁的弓弩，在這樣的距離內可以箭不虛發，穿甲透冑。而且箭手的箭術也非常好，一排排箭手相繼發射，箭雨持續而密集，根本沒有轉換間隙，這幾十名可以以一當十的侍衛完全被壓制住了，他們唯一能夠等到的，就是被攢射成刺蝟，或者被鐵牆般逼近的盾牌手推倒，由後面的短刀手將他們斫為肉泥。

「蘇爾曼已死，該部群龍無首，程世雄將軍已率部繞到他們的後面，靈州楊繼業將軍已從東面逼近，我們則負責北面。號令下去，後陣變前陣，殺回去！」

滿地碎屍，睹者驚心，竹韻卻是面不改色。

隨著她的一聲殺氣騰騰的號令，早已做好準備的阿古麗部士兵立即調轉兵器，向毫無察覺的蘇爾曼中軍殺去。

城頭上，張浦慢悠悠地踱上城頭，身上有人拿過一把交椅，張浦大馬金刀地往交椅上一坐，無聊地彈了彈手指。雖說是獨守空城，可是無驚無險，對一向喜歡冒險的張浦來說，這日子實在是沒什麼意思。

昨天蘇爾曼夜入竹韻的軍營，她就可以將蘇爾曼當場斬殺，但是那時張浦的人馬還沒有趁夜出城，實施包圍，靈州楊繼業的人馬也尚未趕到指定地點，為防打草驚蛇，竹韻才虛與委蛇，拖延至今。現在，該是全面反擊的時候了。

阿古麗一族的戰士殺了個措手不及，蘇爾曼的軍陣被打懵了，蘇爾曼不在營中，更使得各部將領無所適從，好在他們人多勢眾，還能勉強穩住陣腳，雙方廝殺了不到半個時辰，程世雄親率所部從後面包抄上來，蘇爾曼所部的陣腳立即鬆動起來，又過了半個時辰，靈州兵馬的旗號也從遠方招搖而至，蘇爾曼部落的兵馬被迫向小滿英的營盤駐地靠攏。

而小滿英部落的戰士，已經接到了這位不得人心的族人傳達的最得人心的一個命令：「奉甘州都指揮使阿古麗大人之命，蘇爾曼挾持上官，獨掌大權，蓄意謀反，今日朝廷平叛。該部上下所有將士嚴守本陣，不得出戰，亦不許蘇爾曼所部踏入該族防地半步！」

營地上，小滿英的人馬刀出鞘、箭上弦，面對狼狽逃來的蘇爾曼部族人，嚴陣以待！

*　*　*

雪舞銀蛇，莽莽林海發出一陣陣濤吼。

茫茫雪野間，十幾幢泥草房靜靜地佇立在銀裝素裹的山坳裡，這就是一個遼國鄉村間的小村莊了。

山坳外，十幾架雪爬犁飛快地掠過，風雪很快就將雪爬犁滑出的淺淺痕跡撫平，天地一片莽莽，好似從無人獸生物由此經過。

雪爬犁在兔兒山下停住了，安車骨珠里真走下雪爬犁，在齊膝深的大雪裡深一腳淺一腳地走到折子渝面前，說道：「五公子，上京貢奉之期，珠里真實在不敢延誤，否則一定會親自保護公子返回西夏。」

折子渝在爬犁上坐的身子已經有點麻了，她活動著裹著厚厚獸皮的雙腿，起身笑道：「少族長不必客氣，我雖已離開，不過日本那邊早已安排妥當，你仍然可以和他們繼續交易，以後有什麼事，派個人到西夏來說一聲，如果能幫得上忙，我一定不會吝於相助。」

珠里真感激地道：「珠里真及我全族，都很感激您賜予我們的恩德。您是我們真正的朋友，以後有機會，我及我族，一定會報答您的恩惠。由此往西，還有很長很長的路途，我會派我族最驍勇的武士護送您回去，他們每一個都是箭法如神的勇猛戰士，而且……如此寒冬，就算是馬匪，也很少會出來活動，即便出來，在這樣的荒野中，馬匹也不會快過雪爬犁，您的安全不會有問題的。」

「承蒙盛情，那我就此告辭了。遼人居心叵測，對你們不懷好意，不過……女真諸部一盤散沙，你部雖已確立了諸部之中第一霸主的地位，對其他各部的約束力卻很有限，在沒有完全掌握女真各部力量之前，遼人不管加諸到你們身上多少欺辱，我希望少族長還能以大局為重，隱忍為上。」

珠里真道：「我明白，我會記住五公子講過的句踐的故事，會用您教給我的法子，逐步統一諸部，約束號令，把五指握成一隻拳頭，在此之前，絕不明著與遼人作對，絕不……雞……雞……」

折子渝微微一笑：「雞蛋碰石頭！」

珠里真咧嘴笑道：「對對對，雞蛋碰石頭。」

永慶公主蜷縮在爬犁上，冷眼看著二人。

雖說她身上穿得極厚，柔軟的獸皮袍子裹了好幾層，可是養在深宮大內的嬌貴身子，到底不曾經受過這樣的風雪霜寒，更沒有試過雪爬犁風馳電掣的速度，所以精神有點委頓。

等折子渝上了爬犁，拉犁的狗繼續歡快地向前奔去的時候，她伸出蜷在袖中的雙手，搓了搓臉蛋，向折子渝身邊靠了靠，低聲問道：「妳說，楊浩救我，只為報答我父皇知遇之恩，並無染指中原之意？」

「當然。」折子渝奇怪地看了她一眼：「這次回來，我本要安頓妳從此長住日本，是妳非要跟我去西夏的，怎麼？妳既信不過他和我，又何必跟來？」

「他就沒有野心？」

折子渝露出溫柔的微笑，輕輕而堅定地道：「我相信他，他也許會騙別人，但不會騙我。」

「也許吧，不過……人心是會變的，以前他還沒有想過要做西夏國主呢，現在還不是稱孤道寡？以前他也許沒有染指中原之意，如果現在有了實力、又有了機會呢？他還是不想嗎？」

折子渝遲疑了一下，搖頭道：「我不知道，已經很久沒有見到他了，不過……我很快就能見到他了。」

臉上微微漾起甜蜜的笑意，她忽又瞪起眼睛看著永慶公主道：「妳是什麼意思？」

永慶公主緊緊地盯著她的眼睛，鎮靜地道：「妳是希望……妳的男人，做一個西夏國主就好，還是希望他能問鼎天下，做中原之主、九五至尊？」

這是一個難以抉擇的問題，尤其是對一個女人來說，折子渝陷入沉思之中，過了許久許久，她才抬眼看著永慶公主，低聲問道：「妳是什麼意思？當初他費盡心思要救妳母女姐弟脫困時，妳念著家國天下，念著趙氏基業，不肯相信他，反而利用了他的好意，現在……妳改變主意了？」

永慶公主避開她灼灼的目光，扭過頭去，看著不斷飛逝於視線之內的山川樹木河流，幽幽地道：「爹爹的遺願，是要收復幽燕；皇兄的遺願，是要報殺父之仇……這些，我一樣都做不到。子渝姑娘，永慶只是一個弱女子，離開了這皇女身分，什麼都不成。但是……有人做得到。我沒有改變什麼心意，如妳所說，借力而為，各達目的。我只是……想做一筆交易。」

「妳想……得到……他的合作？為什麼要對我說？」

永慶回過頭來看著她，誠懇地道：「因為，我知道瞞不過妳，在妳面前，我根本無所遁形。不過，五公子不是尋常人，我想……妳也希望，妳的男人是個頂天立地、名留青史的大英雄吧？」

六百二章　柳暗花明

蘇爾曼身死，所部在四面夾擊之下被迫投降後，「紇娜穆雅」便將清洗之責交給了小滿英。小滿英是個見風使舵的小人，但是不可諱言，有的時候，想要達到某種目的，用小人比用君子更加適合。

小滿英一方面為了報復這些時日蘇爾曼對他的排擠和打壓，一方面也是存了討好楊浩和阿古麗的心思，因此對「紇娜穆雅」的吩咐執行得不遺餘力。

與此同時，甘州阿古麗那邊也已開始動手，回紇諸部在這內部傾軋的殘酷鬥爭中必然要受到削弱，三個部落之間更是產生了不可彌合的嫌隙，甘州回紇的部落頭人如今上位的都是比較年輕的頭領，就算楊浩垂衣端拱，無為而治，不對甘州回紇進行任何進一步的措施，他們想要重新形成合力，那也是三、五十年之後的事了。

興州方面更不必說了，意圖謀反的李繼談、李天輪一夥人和幻想以兵諫手段挾主竊權的拓跋武、拓跋青雲一夥人，盡皆戰死宮門，首腦與精英一夕之間消滅殆盡，敢予反抗的部落已是寥寥無幾，大部分部落被迫向楊浩交出了權力。

去年，楊浩先是與宋國展開一場戰爭，消耗了大量糧秣物資；隨後稱臣立國，重新調整、劃分各部落領地，各部落大多經歷了一場遷徙和調動；同時楊浩又籌集大量糧食賑濟甘州，在此之後，將興州建為國都，大興土木，積蓄耗費更巨。

由於政治、軍事、經濟各個方面的大動作，朝廷府庫一空，各個部落的積蓄也耗空了，今年朝廷開荒墾田雖大獲成功，收成了許多糧食，可是由於這些謀反和兵諫的參與部落，恰在此時對朝廷開始了不合作的態度，驅趕朝廷委任的流官，中止稅賦的繳納和商業行為的交流，所以糧食都儲積於興州周圍幾座受到楊浩完全控制的堅城大阜之中，那些部落並未得到一粒糧食。

這樣一來，楊浩取締這些涉及謀反重罪的部落世襲制度，對其重新規劃整編、選拔官員，除了軍事手段，也有了一個強有力的經濟手段來箝制。如果沒有朝廷的糧食供應，這個冬天這些部落的日子都不會好過，也不知要餓死多少人，因此即便不是十分畏懼楊浩的兵馬，他們對糧食的迫切渴求，也使得他們不得不全盤接受了楊浩的條件。

這只是有利的一方面，甘州那邊的要職大多都掌握在蘇爾曼的親信手裡，儘管阿古麗突然發動清洗，打了他們一個措手不及，消滅了他們的主要力量，可其餘部仍在負隅頑抗，阿古麗大軍在外，雖有木魁從側翼相助，如果指揮上稍有不慎，仍然不免有傾覆之險。

而興州這邊也做不到一戰定天下，百餘個部落的頭人參與謀反和兵諫，其能量非同小可，他們雖在闖宮一戰中全軍覆滅，可是餘波未息，這餘波的處理較之那晚險之又險的一戰更加複雜，並不是只靠武力就能解決的。因此楊浩已然下令，一俟解決了蘇爾曼這個內戰頭子，張浦立即趕赴甘州，而楊繼業則速速回京，坐鎮興州。

楊繼業在折楊系將領中聲望崇高，張浦在党項系將領中地位尊崇，有這兩個人坐鎮這兩個內亂之源，可保內部無虞。楊浩如此安排，與是否事必躬親無關，實因他的縱敵之策太過凶險，本來就是劍走偏鋒，這樣做雖有奇效，卻也容易引火燒身。如今初步目的已經達到，必須謹慎對待。

楊浩一手棒子、一手胡蘿蔔，緊鑼密鼓地利用這個寒冬，抓緊對各個部落的改造，極力爭取在明年開春前讓一切重新步上軌道，免得影響明年的農牧各業發展。至於來犯的呼延傲博和李繼筠，內應已除，他們是玩不出什麼花樣的，目前剩下的，只是能給他們造成多大的打擊罷了。

*　　*　　*

峽口城也下起了鵝毛大雪，一夜之間，銀裝素裹，把多日來峽口城牆上的累累傷痕和城下暴虐的血腥之氣盡皆掩蓋了。

一大早，程世雄只著單衣，在院中雪地上練著劍。

大君制六合，猛將清九垓。戰馬若龍虎，騰陵何壯哉。將軍臨北荒，恆赫耀英材。

劍舞躍遊雷，隨風縈且迴。登高望天山，白雲正崔嵬。入陣破驕虜，威聲雄震雷。一射百馬倒，再射萬夫開。匈奴不敢敵，相呼歸去來。功成報天子，可以畫麟臺。

一手〈裴將軍滿堂勢〉在程世雄手中使來，劍光繚繞，上下翻飛，雪花隨劍風迴舞，妙不可言。

「好，好劍法！久聞程將軍劍技神乎其神，今日一見，果然名不虛傳。」

程世雄收劍定身，回頭一看，卻是楊繼業和張浦聯袂而至，在他們後面，還有三個人，頭一個身材修長，穿一身雪貂皮裘，罩一件灰鼠披風，項上圍著雪白的狐領，昭君暖套覆額，足蹬鹿皮小靴，亭亭玉立，神清氣爽，那一雙湛湛秋水的眸子微帶笑意，宛若神仙中人。

任誰看了，都只道這樣的美人不是使相千金，也是名門閨秀，絕不會想到這人竟是一個談笑間取人性命的女殺手。

在她後面還跟著兩個人，俱都是斜穿皮袍，頭戴皮帽，身材高大，神情卻有些謹小慎微的模樣，這兩位一個是小滿英，另一個則是蘇爾曼部落新推舉出來的頭人阿布斯陀。

程世雄還劍入鞘，笑臉迎上道：「呵呵，諸位大人來啦，程某有失遠迎，恕罪，恕罪。」

初雪之後，天氣寒冷，程世雄只著單衣，方才在風中舞劍倒還沒有什麼，這時停下，只見他渾身上下熱氣蒸騰，瞧來真是驚人。

楊繼業道：「噯，本是我等不請自來，程將軍何罪之有？此處風大，咱們先進廳去，蘇爾曼之亂已然平定，被他引進來的那兩頭狼，咱們得合計合計如何應對。」

程世雄笑應著，一行人進了大廳，程世雄抓了件袍子披起，又叫人送上茶來，諸人坐定，楊繼業便開門見山地道：「程將軍，昨日平定蘇爾曼之亂，阿布斯陀頭人被推舉為該部新的首領……」

阿布斯陀連忙欠了欠身，向眾人笑臉示意。

楊繼業接著道：「阿布斯陀頭人在小滿英頭人的協助下，清理了該部鐵了心隨蘇爾曼造反的心腹叛黨，從他們口中得到了一些消息。阿布斯陀大人，你來說吧。」

阿布斯陀忙道：「是。是這樣的，奉紇娜穆雅大人之命，在下清理我族蘇爾曼餘黨，抓到了一些他的心腹，經過一番審問，其中有些人招認了蘇爾曼與李繼筠、呼延傲博勾結的內幕，在我部落中，就隱藏著幾個李繼筠的人，蘇爾曼授首後，對這些人進行檢認，發現有兩個已經下落不明，死屍中也沒有他們，應該是趁亂逃走了……」

楊繼業道：「本來，如能誘敵深入，截其退路，再關門打狗，那最理想不過了。可是人算不如天算，我們費盡心思，還是逃走了兩條小魚，就這兩條小魚，卻足以壞了我們的大事，李繼筠和呼延傲博一旦得知消息，絕不會再繼續北上。我們不能讓他們就這樣毫髮無傷地返回蕭關去，要盡最大可能折損他們的實力。」

張浦道：「當然，這兩個下落不明的人，未必就是逃走了，昨日死傷無數，一時未必查點的那麼清楚，可是這種事不可抱著萬一之幻想而坐失戰機，放呼延傲博和李繼筠逃去。眼下，我們只能按照消息已洩露來打算，立即出兵，趁其尚未及應變的機會，予之迎頭痛擊。」

程世雄笑道：「幾位大人既聯袂而來，想必路上已經磋商過了，不知需要老程做些什麼？」

楊繼業和張浦對視了一眼，還是由張浦開了口。

興州和甘州如今都是餘波未息，楊浩的重心現在是放在國內的，可是李繼筠和呼延傲博既然來了，一仗未打就放他們回去，把河西當作了無人之地，任意出入，豈不貽笑天下？該做的姿態還要是做的，打是一定要打一打的，可是楊張二人都走了，由誰去打？

平定蘇爾曼這亂，程世雄所部承受的壓力最大，而功勞卻不顯。張楊二人一走，論資歷論地位，此地皆以程世雄為尊，按理來說該由程世雄掛帥出征，迎戰來敵。李繼筠和呼延傲博內應已失，掀不起多大的風浪，必然敗走，這便是輕而易舉的一樁功勞了。

可是不怕一萬，就怕萬一，要是呼延傲博和李繼筠不退反進，繞過程世雄，趁其後方空虛的機會直搗西夏都城，就算興州無失，回援及時，但造成的損害，尤其是對剛剛立國的西夏來說，尊嚴體面上的損害，也是得不償失的。這種冒險的事，李繼筠已經幹過一回，天知道他會不會再來一次，眼下興州的安定可是比什麼都重要的。

這樣的話，就需要一位老成持重的將領守住興州的門戶，無後顧之憂後，才好迎頭痛擊來犯之敵。二人屬意的人選都是程世雄，而迎擊呼延傲博的將領，則由從蕭關退下來的楊延朗掛帥，由銀州和橫山調到韋州的兵馬配合，兩翼夾擊。

這樣的安排從道理上來說沒有什麼，不過一分唾手可得的功勞便歸了楊延朗，程世雄出力最多，功勞最少，心中不會有想法嗎？楊繼業雖問心無愧，總是有些顧忌。

張浦便道：「我和楊大人馬上就要離開，興州拓跋百部謀反，聲勢浩大，餘濤洶湧，此處是我都城的門戶，蘇爾曼已然授首，李繼筠失去了內應，只要我們守得住這裡，便已穩立於不敗之地，所以這一仗，首先是求穩，這樣，就需要一位老將鎮守此處，唯有如此，不管是我們趕赴興甘二州的人，還是領兵迎擊李繼筠的人，才放心得下呀。」

他搓了搓手，有些為難地道：「因此嘛……這峽口……」

程世雄綠豆眼一轉，已是心中瞭然，他捋了捋鬍須，黠笑道：「兩位大人不用再說了，古語有云：將相大臣，均體元首，共輿而馳，同舟而濟，輿傾舟覆，患實共之。眼下我西夏風雨飄搖，過得去就是晴空萬里，過不去就是輿傾舟覆，大家完蛋。呵呵，老程是個粗魯人，不過這些粗淺的道理還是明白的，豈會貪功戀戰呢？好吧，我老程就守在這兒啦，兩位大人儘管放心地用兵遣將，只要把呼延傲博和李繼筠那兩個小兔崽子打個屁滾尿流，誰動手不是一樣？」

*　　　*　　　*

呼延傲博和李繼筠用了兩天的工夫才拿下割踏寨，在此休整半天，將寨中糧草輜重補充了軍需，立即沿葫蘆河繼續前進，行至殺熊嶺時，正撞見從蘇爾曼軍中逃回來的兩個心腹。

得知蘇爾曼陣前被殺，死得莫名其妙，李繼筠不禁大失所望，少了這股力量，他的成算便大大降低了。蘇爾曼陣前被殺，其部被四面圍剿，唯一的解釋就是楊浩對他的圖謀早有察覺，直到把這股潛在的反對力量全部引出來現形於天下，這才聚而殲之，一勞永逸。

若是見機得早的話，他們應該馬上撥轉馬頭，以更快的速度退回蕭關去，可是李繼筠還有些割捨不下，天知道為了製造這麼個機會，他耗費了多少心血。

楊浩發現了蘇爾曼的陰謀，蘇爾曼失敗了，但是興州那邊呢？李天遠、李天輪、李繼談呢？擒賊擒王，如果他們成功除掉了楊浩，外線的任何勝利都毫無意義，聚合在楊浩周圍的各種勢力，馬上就得變成一盤散沙，他仍然有機會。

李繼筠把他的全部計畫向呼延傲博和盤托出，呼延傲博也是藝高人膽大，仔細盤算了一陣，他的人馬進入西夏境內還不深，尤其是這一段屬於河西隴右交界地區，沒有大城大阜，只有一座割踏寨，如今也在他的掌握之中，後路無虞，不必杯弓蛇影，急急逃竄，再看看風色，若真的無機可乘再走不遲，便在殺熊嶺駐紮下來，同時派出斥候探馬打聽消息。

很快，消息一一傳來，敗走的楊延朗提靈州兵馬捲土重來，正沿葫蘆河急急南下，韋州則集結了近兩萬從銀州和橫山駐軍中抽調來的人馬，正自右翼殺來。而興州那邊李天遠等人是否得手，目前還不得而知。

呼延傲博心有不甘，又有李繼筠不斷蠱惑，遂於大雪之中佯作退卻。當日大雪，平地數寸，呼延傲博明修棧道，暗渡陳倉，冒風雪急奔八十里，趕到西邊的青蘭原，正堵上奉命趕來夾擊的韋州人馬。

呼延傲博與西夏韋州兵馬各布偃月陣，相持不下，呼延傲博見西夏軍固守不攻，知道他們是想等待從靈州殺回來的楊延朗，立即蹚雪前進，由偃月陣改為橫陣，西夏軍將領賴有為見呼延傲博進逼，只得分兵應戰，令大將公孫慶率騎兵蕩陣，殺敵數百，突入敵陣。

不料呼延傲博忽又蔽盾為陣，用大盾死死扛住這支騎兵，將之團團圍住，騎兵一旦失去衝鋒機動之力，便成了待宰的羔羊，公孫慶所部浴血奮戰，全軍盡沒，賴有為情知中計，親率所部發起進攻，流矢射穿了耳朵，臂上被削去一塊皮肉。

該部西夏軍作戰不可謂不勇，奈何呼延傲博這本就是困敵打援之計，該部西夏軍死傷慘重，等不及楊延朗的援軍，只得全面退卻，逃向韋州。兵敗如山倒，這一退便一發而不可收拾，本來的夾擊戰略在呼延傲博的主動進攻下告破。呼延傲博親率所部追擊，大造聲勢，卻令李繼筠所部就近掩藏，只待楊延朗援兵一到，發動突襲。

不料楊延朗率大軍趕到，聞得探馬回報，得知韋州兵馬敗退，卻不來援，反而馬不停蹄繼續南下，直奔割踏寨去了。

初生牛犢不怕虎，正當青年的楊延朗排兵布陣、指揮調度方面或許還要經歷許多的戰陣經驗才能成熟起來，但是這時的他，衝勁和鬥志卻也是最旺盛的時候。

割踏寨是從他手裡丟的，他當然不甘心，再者，韋州兵馬已經敗了，這時追去，不過是收拾殘局，與其如此，不如攻取割踏寨，斷敵退路再作打算。救援是補缺，攻打割踏寨卻是扭轉戰局、創造機會的一個開端。

楊延朗是這麼打算的，卻不知無意中避過了呼延傲博針對他的援軍定下的一招毒計。

呼延傲博留守割踏寨的人馬倒也可觀，只是這處兵塞本是楊延朗的戍守之地，內外情形一清二楚，藉著大雪，楊延朗先使幾個箭術出眾的小校攀援入城，射殺警哨，然後打開大門，潛伏於外的步卒迅速搶占門口，與敵浴血一戰，也不過一盞茶的工夫，遠避在外的騎兵便飛馳而至。

楊延朗一馬當先，手持大槍橫衝直撞，如入無人之境，僅用了一個時辰，割踏寨便易主，攻守再度易勢。

天亮了，楊延朗站在割踏寨高處，望著皚皚雪原，欣然微笑：「主動重新掌於手中，我一定能一雪前恥！」

*　　*　　*

旭日東升，折子渝坐在雪爬犁上，順著陽光投射的方向飛快地前進著，山石、樹木、雪丘……飛快地向後退去，沙沙的聲音驚飛了樹梢間棲息的山雀，震落了樹枝上貼著的浮雪，眼前豁然開朗，一片平原，她已進入西夏境內，進入了濁輪川。

「為了那個冤家，歷經許多波折，連海外扶桑都去過了，從今後，該苦盡甘來了吧……」

雪沫揚在臉上，子渝微微地瞇起了眼睛，雙眼彎如弦月，好不勾人！

六百三章　陰差陽錯

呼延傲博本欲引楊延朗入伏，結果楊延朗不為所動，你打你的，我打我的，結果呼延傲博打了勝仗，卻陷入了被動。

獲悉割踏寨失守後，呼延傲博立即放棄對賴有為的追擊，反撲割踏寨。清晨，楊延朗利用一夜的工夫，剛剛對割踏寨重新進行了防禦部署，呼延傲博就揮軍殺至。

此番楊延朗自靈州帶來的軍隊，兵力上雖較呼延傲博仍遜色一籌，但是比上次急赴兜嶺接替嵬武部防務時的兵力要超出三倍，只守不攻，足以抵住呼延傲博的攻勢。呼延傲博使人寨前罵戰，楊延朗不為所動，高掛免戰牌，你來攻我便打，你退卻我絕不進攻，只是牢牢地卡在呼延傲博回返蕭關的這條必經之路上。

呼延傲博沒有讀過兵書，全是戎馬生涯磨練出來的經驗，一見楊延朗如此反應，便知道楊延朗是存心把自己這一路人馬全留在這兒，一連攻了兩天，始終難進寸步，韋州賴有為此時又收拾殘兵趕來撿便宜，不斷地對他的軍營進行襲擾作戰，李繼筠開始擔心起來。

他當初奇襲夏州失敗，被楊浩的人馬趕得如喪家之犬，他的難兄難弟夜落紇險些在銀州城西引頸自刎，那十面埋伏、步步凶險的滋味至今想來心有餘悸，他可不想再重複一次那樣的體驗，眼下楊延朗死守割踏寨，殺開一條血路的希望不大，這一帶又沒有其他的道路可以通行，再耗下去，等到各路兵馬合圍，就是甕中之鱉了。

李繼筠坐立不安，急忙去尋呼延傲博商議，呼延傲博也知道多耗一日，陷入西夏軍重圍的危險便多一分，割踏寨雖是最佳的出路，如今有楊延朗死守，卻成了一條死路，與其坐以待斃，不如另謀生路。

李繼筠熟悉河西山川地理，呼延傲博知道隴右吐蕃在祁連山沿線的詳細軍事部署，兩個人互通有無，商議了半宿，擬定了一個大膽的計畫：壯士解腕，棄割踏寨東去，擊潰陰魂不散的賴有為，繞過韋州，直撲萌井，萌井是一座小城，城牆不高，幾乎提馬可躍。不過這裡接近鹽州，而鹽州是河西極其富庶的一處城池，所以這座小城相對也較富裕。

在萌井補充軍需給養之後，則佯撲鹽州。鹽州是西夏有數的大城，每年為西夏國提供的稅賦收入，楊浩是絕不會讓鹽州有失的，不管呼延傲博和李繼筠是真打還是佯攻，楊浩冒不起這個風險。這樣的話，就可以把前堵後趕的各路西夏兵馬引向鹽州。

這時則迅速脫離戰場，以一日一夜的工夫急馳數百里，趕到蝦蟆寨。蝦蟆寨背倚祁連山，那裡有一處連接河西隴右的通道，山道如羊腸，叫作「一線天」，並不適宜大軍通行，所以兩邊的駐軍都不多。如果自外面向山裡攻，就好打多了，可以先剪除守山的西夏戍卒，取道一線天返回隴右。

烏雲蔽月，冬寒料峭。

生死存亡關頭，呼延傲博放下了一向倨傲狂妄的性子，和李繼筠秉燭夜話，徹夜未眠，對整個行動計畫的每一步，乃至每一步可能面臨的變數，擬定應變之策。

割踏寨，營盤裡燈火高挑，刁斗聲聲，戰士們眠不解衣，枕戈而睡，時刻戒備著呼延傲博的夜襲。狗急跳牆，面對這唯一的生路，吐蕃人不拚命才怪。

楊延朗披掛整齊，夜巡軍營，又登高遠眺，看著呼延傲博營中燈火，急切地盼望著援軍的趕來。今冬一場大亂，甘州回紇被徹底削弱，再無興風作浪的本錢，心懷不軌者被掃蕩一空。而興州那邊矜功自傲、耀武揚威的拓跋氏頭人們也在兵諫之夜被斬殺殆盡，經過那一個血腥之夜，朝廷內部對楊浩掣肘最重的一股勢力也徹底消失。從現在起，楊浩才是海闊憑魚躍、天高任鳥飛，一時的動盪，換來的是長久的太平。

如果在這時候，能把來犯的這股吐蕃力量全殲於境內，無疑是錦上添花，更壯聲勢。在朝廷方面的估計，一俟得知蘇爾曼失手，他們就會迅速後撤，攔是攔不住的，因此楊延朗的使命，就是風風光光地「送」他們滾回隴右去。

誰知道因為大雪，楊延朗部比預定時間晚了幾個時辰，側翼配合的賴有為部準時趕到，呼延傲博主動出擊，楊延朗趁機直取割踏寨，將原本的策劃全盤打亂。

戰場形勢，瞬息萬變，牽一髮而動全局，就會使得整個情況完全改變，很大程度上就要靠前鋒將領的自主決定了。

＊　＊　＊

又是一天太陽初升。

割踏寨裡，官兵們排著隊在井口打水，洗漱頭面，灶煙升騰，一片忙碌。按照這幾天的習慣，用不了多久，呼延傲博的人馬就該如兵蟻叢集，再度展開一天的鏖戰。

太陽已經升到了一竿高，遠處呼延傲博的營盤裡仍是毫無動靜，營盤裡倒是可見炊煙處處，戰旗獵獵，卻不見有人走動，更遑論結陣出戰了。

楊延朗立在高處，翹首觀望半晌，見對方營中仍然沒有動靜，這才派出幾名斥候，壯著膽子靠近。

雖是斥候，此時卻根本談不上藏匿蹤跡，完全就是直接走過去，如果對方營中一陣亂箭射來，能逃回來那就是奇蹟。這幾個斥候兵走走停停，磨磨蹭蹭，不斷地試探著，對方營中始終不見動靜，等到他們提心吊膽地直接步入對方的營盤，這才發現營盤中已經沒有一個人、一匹馬，完全就是一座空營。

呼延傲博竟已連夜逃遁，不知去向。

幾名斥候不敢置信地在營裡繞來繞去轉了半天，確信營中絕對沒有一兵一卒，這才急急返回割踏寨向楊延朗稟報。楊延朗也是大惑不解，河西山川地理，他還不能瞭然於心，攤開地圖看了許久，始終難以揣測呼延傲博和李繼筠的去向。

楊延朗召集諸將一番計議，對於呼延傲博擺了這齣空營計，大都傾向於認為呼延傲博難以攻取割破寨，於是以假遁手法誘其追擊，重複楊延朗取割踏寨的故事，以便調虎離山，衝開生路。及至傍晚，賴有為送來消息，呼延傲博夜奔數十里，攻打他的營盤，擊潰他之後，已逕奔韋州去了，這個消息與楊延朗等人的分析相印證，更加堅定他們的看法。

不管呼延傲博怎麼折騰，他孤軍懸於外，沒有援軍，沒有糧草給養，守住了這裡，就是掐住了他的咽喉，只管以不變應萬變就是。其實，楊延朗就算沒有做出這樣的判斷，他也無法追擊，一旦離開，割踏寨就有再度落入呼延傲博手中的可能，既已占據要道，斷了他的退路，豈有讓開的道理？他再怎麼折騰，都跑不出河西，各路援軍也該到了，圍殲的使命，只好交給其他友軍了。

* * *

「對，再往左一點，大約十里路，就有一個部落。」折子渝坐在雪爬犁上，對護送她的女真勇士指點道。

冬季本不宜遠行，可是有了這狗拉的爬犁，速度真比快馬還疾，這莽莽雪原處處是路，行動起來真是快捷無比。自進入西夏境內後，每走一天，便離興州更近了一步，與同行的永慶該聊的也早都聊盡了，無聊乏味的旅程上，大多數時間都是把自己整個人都包在皮袍裡似睡非睡地度過，不過心裡的歡喜卻是與日俱增。

前邊那個部落，折子渝記得很清楚，為了趕路，一路上她都沒有稍作停歇，今日想在那個部落停下來，補充些食物，同時打聽一下西夏這一年來發生的種種事情，遠在海外的這段日子，她對這裡發生的一切都全無所知，不管是楊浩還是她大哥，都是她牽掛的人。

雪爬犁在那座村寨裡停下了，折子渝走下雪橇，訝異地看著四周的動靜。

草廬泥牆還有那麼幾幢，破敗不堪地矗在雪野中，至於那些更加簡陋的棚式建築，也不知是被人拆毀了還是被風雪撲倒了，已蕩然無存。

折子渝記得很清楚，這座寨子有兩百多口人家，因為接近橫山一線，與漢人常有生意往來，是党項人多年來形成的一個集市型村寨，很少像游牧部落一樣遷徙活動。可是這座小寨，怎麼就不見了蹤影？難道這裡發生過什麼殘酷猛烈的戰鬥，以致一個與世無爭的小村莊盡皆毀於戰火？

張十三四顧半晌，疑惑地道：「五公子，妳……是不是記錯啦？」

折子渝輕輕搖了搖頭，永慶公主也已走下了雪橇，活動著疲乏的筋骨，草原上的雪晶瑩雪白，捧一口在手裡，就像一捧玉屑瓊英，永慶臉上難得地露出一絲少女時候的歡喜與童真。

折子渝本想吩咐繼續趕路，瞧見永慶玩雪的神情，不由莞爾一笑，便招呼大家都下來，舒展一下身子。

休息了小半個時辰，他們才繼續上路，又行半日，傍晚時分，在一條凍結的冰河邊，他們意外地發現了一個小部落。折子渝欣喜若狂，連忙叫人停下，到部落中打尖休息。

草原上的牧人常常一家人流浪在草原上，幾個月也見不到其他的人，他們只能跟羊兒說話，向白雲唱歌，因此養成了他們最為好客的性格，儘管是素不相識的旅人，只要進了家門，他們都會拿出自己最珍貴的食物來與你分享，讓客人滿意，就是他們最大的榮耀。

可是折子渝一行人的到來，卻沒有受到一向好客的牧人歡迎，他們的態度很冷淡，甚至帶著幾分警惕和戒備，後來看在張十三取出的金錠分上，一對夫妻才把他們讓進了自己的氈包。

手扒肉，奶茶，酸乳酪……不是非常合乎他們的口味，卻是漫長旅途中難得的一頓熱湯熱飯，幾個女真大漢在靠門的一桌胡吃海喝，折子渝、永慶公主和張十三則與主人夫婦坐在一起，這對夫婦家裡有四個孩子，都很懂事地待在一邊，靜靜地、好奇地打量著這些客人。

這戶人家的男主人叫扎列，女主人叫吉婦，顯得有些木訥少語。

「我以前來過這兒，那時候這兒還沒有部落駐紮呢，你們是隸屬於哪個部落的呀？對了，東去六十里有一個集市，怎麼也不見了？」

扎列瞥了折子渝一眼，雖然折子渝和永慶公主都穿著男裝，但他認得出這是兩個女人，所以神情語氣緩和了一些：「妳們已經很久沒有到過這裡了吧？」

折子渝一笑，眨眨眼道：「也沒有許久，才一年多而已。」

「一年多嗎？」扎列有些茫然，想了想才苦笑著說：「可不是嘛，才一年多而已，我感覺……像是已經過了十年、二十年……」

他嘆了口氣道：「這一年的變化……比以前三十年加起來都多啊。」

折子渝和張十三對視一眼，張十三忙端起酒，親親熱熱地勸酒，扎列雖然話不多，倒是嗜酒，只要有人敬，必然是酒到杯乾，一碗酒喝罷，抹了抹嘴巴，他才說道：「咱們西北這片地方，打仗……從來就沒斷過。可是以前打歸打，打完了該怎麼過日子還怎麼過日子。可現在不是啦，咱們党項人流浪於草原幾百年，現在也立了國，有了咱們自己的大王……」

他吃了口肉，咂巴咂巴嘴道：「嗯，應該是年初的事吧，大王按照人數多少、草原貧沃，重新劃分了各部落的領地，有的部落遷走了，有的部落遷來了，整個草原大變樣，你們一年不來，現在想按照以前的路找什麼人吶，難嘍。」

「哦？」折子渝切了一小塊肉遞到嘴裡，笑吟吟地道：「那麼，對這種變化，你們喜不喜歡呢？」

扎列道：「喜歡不喜歡的，不是我們這樣的小民說了算的。要說呢，大王劃分領地還算公道，我們……是拓跋氏部落的，這一劃分，最好的草場劃了一部分給了其他的部落，這不……我們部落還被遷到了原來細風氏部落的領地，可大王處事公道，我們也沒啥說的。」

女主人吉婦給折子渝續滿了奶茶，嘆口氣：「這些都不重要，最重要的是，以前是自己為了自己的部落，每人有每人的部落、頭人，這回都是大王的人了，這仗打的就少了，我心裡還是歡喜的。」

她看了扎列一眼，低聲道：「我們家就只剩下我們兩夫婦了，以前可是一大家子呢。跟這個打，跟那個打，全都……只要平平安安的，就算日子比以前苦一些，那都沒什麼的，何況只要不打仗了，這日子總會越來越好的。可是……頭人們不樂意呀，咱們有了國，就得上繳稅賦，各部頭人都得歸大王管，那些劃少了土地的，少得了權力的，能樂意嗎？聽說……前些日子，上百位頭人在興州夜闖王宮，要造大王的反呢……」

折子渝一聽，瞿然變色，急忙問道：「後來怎麼樣了？」

扎列瞪了妻子一眼，代她答道：「誰曉得？我們還是聽從鹽州來販鹽的一個行商說起的，聽說呀，一百多位頭人，集合了他們的家族勇士，人數超過了大王的軍隊呢……」

張十三忍不住道：「怎麼可能？他們能把部族勇士明目張膽地拉到興州去？再說興

州是王都，豈能沒有大軍坐鎮？」

扎列道：「嘿，這不是外邊有人鬧事嗎？回紇人反了，立了個女王，那商人說他們的軍隊打到了嗚沙，還有……還有……」

吉婦卻沒什麼顧忌，說道：「還有咱們拓跋氏以前的少主李繼筠，借了吐蕃兵，從蕭關殺過來了，大王派了大軍去迎敵，這些頭人們就在王城鬧起了事，一百多位頭人，每人只要帶去百十個侍衛武士，那還不得上萬人？聽那商人說，興州城殺得血流成河，雪都染成紅的了……」

折子渝緊張地道：「那……那後來怎樣？他們成功了嗎？」

「成功個屁！李光睿那是多大的本事，還不是讓大王鬥了個落花流水？輪到他們一群廢物，就知道對我們兇，搜刮我們厲害，一百多隻羊，鬥得過一隻老虎？他們敗了，他們找死不要緊吶，我們現在就是擔心……不知道大王會如何安置我們這些部民？我們只想過些安生日子罷了，可不想跟著頭人造反，要是我們部落因此被大王遷到極北大漠裡去……」

吉婦愁容滿面地嘆了口氣，折子渝見扎列一臉緊張的樣子，不禁瞭然地一笑：「扎列兄弟，你不要擔心，我們和李繼筠沒有什麼關係。」她又轉頭對吉婦安慰道：「妳放心吧，楊……大王是個明君，他不會把那些頭人的罪遷怒於你們頭上的。」

吉婦道：「但願如此。」

折子渝笑道：「我們就是往興州去的，還認識……大王身邊的一些人，你們的心願和擔心，我們會轉告大王，相信大王會妥善安置你們的。十三，今晚承蒙扎列夫婦的款待，明晨起行時，再贈主人一對金錠。」

扎列一聽又驚又喜，連忙道謝不止，說道：「你們要往興州去啊？看你們人這麼少，又是冰天雪地的，就不要走瀚海了，要是穩當些，就一直往南走，到了鹽州，再往西拐。」

那樣走的話，就走了個直角，比起穿越瀚海的直線距離多出一大截，折子渝歸心似箭，正想多準備些食物，花上幾天工夫直接穿越瀚海沙漠，一聽這話，不禁問道：「何必要走鹽州？瀚海……我走過幾回的，莫是大隊人馬自然不便，不過這麼點人並不難通過的。」

扎列道：「百位頭人謀反，敗是敗了，可他們有些殘部逃了出來不肯歸降，如今就逃逸在瀚海大漠裡充作了馬匪強盜，行商們現在都寧願繞遠路也不穿越瀚海呢。你們人數少，既有金銀又有女人，過瀚海……太不安全了。」

折子渝這才恍然：「多謝扎列兄弟提醒，那我們就走鹽州吧，雖說路遠了些，能太平就好。」

六百四章　心有所欲

呼延傲博、李繼筠棄割踏寨東去，傾全力一擊，擊潰了賴有為的部隊，然後直撲韋州。賴有為駭得魂飛魄散，深恐韋州有失，罪責難逃，急急收拾殘兵，抄小路趕回韋州加強防務，待他趕回韋州，匆匆布署停當，仍不見呼延傲博人馬趕到，驚魂稍定，又覺奇怪。

就在此時，萌井烽煙急訊傳來，卻是呼延傲博聲東擊西，撲向了萌井。眼下附近駐軍只有賴有為這一支力量最為強大，想不救援也不成，賴有為雖自知不是呼延傲博對手，分一部分兵馬守城後更是不濟，卻也不能見死不救，無奈何，只得留下一部分人馬守城，自率主力趕往萌井。

凡事皆有利弊，守者以逸待勞，倚仗堅城深壕可以寡敵眾，而攻者卻可以掌握戰場主動，攻敵之必救，控制整個戰場形勢。

賴有為擔心呼延傲博會圍城打援，吃掉自己這一路兵馬，因此一路小心翼翼，探馬斥候遠出三十里，如履薄冰，如臨深淵，好不容易趕到了萌井，卻發現滿城烽火，遍地狼藉，呼延傲博和李繼筠洗劫了萌井城，掠奪了每人不下五日的口糧，又馬不停蹄地去了。

呼延傲博一行人馬來去匆匆，順手又點了把火，卻未來得及殺太多的人，萌井縣令葉經綸跳到了井裡逃命，居然沒有淹死，呼延傲博走後，他攀著井繩又爬了上來，葉縣令先點清了家裡損失的情況，金銀被人順手掏走了幾把，糧食搶得一粒不剩，最寵愛的小妾被人捏了兩把屁股，清白丟的不算太多……

葉縣令正肉痛不已，忽地聽人喊又有一路人馬進城，把他嚇得魂飛魄散，急急搶出去又要跳井，好在有那未死的小吏雀躍高呼，好像扭大秧歌似地跑進了府門，告訴他是韋州的援軍到了，葉經綸這才停止了自虐行為。葉縣令趕緊撣撣衣袍，帶著一身冰渣子跑去歡迎援軍。

賴有為進了城，問起李繼筠、呼延傲博去向，葉縣令是一問三不知，賴有為見他如此模樣，只得吩咐他趕緊救災，安撫難民，清點損失。萌井小城的糧食十之八九都被搶走了，這一個冬天靠自己是捱不過去的，還得估算糧食用度，趕緊向朝廷報災請糧。

葉縣令得他提醒，趕緊處理公事去了，賴有為則探馬四出，打聽呼延傲博一行人的動向，他打探的主要方向是西面和南面，因為往西是去割踏寨的路，往南則是祁連山脈，雖說此處沒有路，不過狗急了跳牆，呼延傲博走投無路，也難說不會往南走碰碰運氣。

不過這一來他就多耽擱了些工夫，等他打探到呼延傲博補充了糧草之後，竟然往東北方向去了，不由大吃一驚，東北方向只有一座大城，那就是鹽州，呼延傲博不思逃跑，居然又去攻打鹽州了？

賴有為立刖點齊兵馬，奔向囊駝口。囊駝口是個在地圖上見不到的小鎮子，只有十幾戶人家，但是楊浩在那裡設了一座兵驛，還擁有飛鷹和信鴿這種快捷無比的通訊工具，正是葉之璇鋪設的四通八達通信網的一個點，詳細情形只有軍中高級將領才知曉。

賴有為趕到囊駝口，匆匆把軍情急報向靈州、靜州、鹽州、宥州各路神佛統統發了一遍，一時間信鴿滿天飛，發完了消息，賴有為便硬著頭皮向鹽州趕去……

消息傳到宥州，柯鎮惡馬上點齊兵馬趕去救援。柯鎮惡是追隨楊浩的老人，他雖不是用兵如神的猛將，卻勝在忠心耿耿、毫無野心，做事兢兢業業、勤勉誠懇，如今已遷升至宥州都指揮使。說起來該是平級，不過宥州比銀州富裕些，而且處在後方，不是與宋軍接壤的邊境城市，所以算是陞遷。

楊浩把他調到宥州，除了對這位耿忠老將予以嘉勉，也有他的一番打算，柯鎮惡的忠誠毋庸置疑，如今西夏與宋國那邊相安無事，倒是內部哪怕他不是正在有意養賊，也是危機重重。宥州近夏州，要赴援興州也方便，這才把這個放心得下的將領安排在了這個位置上，想不到這卻成全了他。

柯鎮惡自知天賦不足，只有靠後天的努力，所以這幾年來十分勤勉，能弄得到的兵書都翻爛了，用兵調度頗有章法，較之當初已有了長足的進步，一俟得知鹽州有險，他馬上點齊兵馬向鹽州趕去。上一回在銀州，明明有機會截住李繼筠和夜落紇，卻因為楊浩想讓尚波千養虎為患，故作失手放走了他們，柯鎮惡這一遭摩拳擦掌，打定了主意一定要打一場漂漂亮亮的大勝仗，洗刷自己平庸之將的名聲。

這幾年，雪橇已成為西夏軍隊冬季裝備的常備物品，柯鎮惡所部以雪橇行軍，急赴鹽州，竟然後發先至，搶在呼延傲博和李繼筠的前面趕到了鹽州城南的流沙坪。柯鎮惡並不率軍入城充實城中防禦，只是把自己所部已然趕到的消息通知了城中守軍以安其心，然後在城南流沙坪開始了他最拿手的戰法：防禦。

這條路是從鹽州南下的必經之路，柯鎮惡知道各處守軍都已得到消息，正星夜兼程趕來赴援，而呼延傲博是急行軍，帶不了重型器械，要打下鹽州並不容易，等到各路兵馬趕到，他仍然要逃，逃回割踏寨的話，有楊延朗守在那裡，如果從此處逃，那他就正好截住呼延傲博的退路，他打的也是全殲來犯之敵的主意。

楊延朗是初生牛犢，衝勁很大，柯鎮惡則是沉寂已久，一直期盼著一鳴驚人，兩個人的胃口都很大。

當然，流沙坪距鹽州不遠，如果鹽州真的守不住，他也可以及時自後掩殺，重創呼延傲博，解鹽州之圍。

於是，以鹽州為餌，呼延傲博和柯鎮惡、楊延朗各顯神通，都在努力爭做那隻黃雀……

* * *

雪後的烏魯古河畔，美麗得彷彿天堂。一層茸茸的白雪，好像羊毛織就的柔軟地毯，一直蔓延到天邊。山是白的，樹也是白的，像盛開的野棉花一般潔白而綿軟，使得整個的高原變得格外雄渾與博大，彷彿靈魂在這無言的熏沐中得到了淨化與昇華。只有星星點點的氈包，和徘徊在氈包附近的馬群，帶著些別樣的顏色。

這裡的空氣也是清涼甜美的，閉上眼睛緩緩地吸上一口，那溼潤清新的風便直沁進心脾，讓人心曠神怡。太陽已經升到一竿高的地方，還隱約帶著些橘紅色，所以光線很是柔和。

出現在這裡的，並不是某一個部落，四下裡軍容嚴整、紀律森嚴的軍隊，使得中間那些彷彿一個小部落般的氈帳群，透出幾分不尋常的味道。

這裡是遼國皇帝冬狩的行營。

圍獵，按季節不同，分為春狩、夏苗、秋獮、冬狩四種，以展示帝王武功。契丹人雖然已經建國，改變了過去那種「夏逐水草而居、冬居穴洞」的游牧生活，但骨子裡尚武之風卻並沒有隨著定居下來而消失，圍獵這種愛好已經融入他們血液中，成為生活中的一部分。

每年皇帝冬狩，既是為了表示不忘本，繼承祖宗遺風，也是為了訓練帝王及其軍隊的體魄，因為他們的遠祖就是在這樣的環境中摸爬滾打，熬煉出來的一身武功。因此遼國皇帝四季捺缽，一年有大半年的時候不在上京，而是在各處一邊行圍打獵，一邊處理國事。

不過上一任皇帝身體不好，自繼位以來根本就不曾有過一次捺缽狩獵，當今皇帝又年幼，遼國前後加起來已經有六、七年的時候不曾舉行過捺缽行圍的舉動了。因此這一次的行圍冬狩，也就顯得格外隆重。

其實當今皇上才三、四歲年紀，騎馬都得旁人抱著，玩的小弓比彈弓也強不到哪兒去，如何能狩獵射狼？但是蕭太后選擇各國朝貢的時間舉行冬狩，令得他們不得不來追隨擁護，政治意義重大，卻也無人敢以疏忽怠慢。

上午先是行圍打獵，小皇帝一直和娘親蕭太后坐在一匹馬上，他坐在前面，由蕭太后攬著他的腰，興奮地叫喊著，喳喳呼呼地追逐著兔子、狐狸等獵物，至於他那小弓，卻是拿不出手的，動手的都是皇宮侍衛，但是小皇帝卻比他親自打到了獵物還要開心，嗯……準確地說，小皇帝就是來玩的，而那些皇親國戚、各部大臣以及屬國使節，就都是陪著小皇帝來玩。

回跋部的頭人阿別里捕到了一頭火紅色皮毛的狐狸，獻給了小皇帝，逗得小皇帝異常開心，馬上纏著娘親要回氈帳，好陪他的新玩具玩，在別人面前一向言出眾隨、唯我獨尊的蕭太后，對兒子卻是寵愛異常，馬上就答應了他，還因為阿別里哄得皇上開心，特意賜了他一柄隨身的寶刀。

遼國有內四部，外十部，內四部有遙輦九帳族、橫帳三父房族、國舅帳拔里乙室已族、國舅別部。外十部則是烏古部、敵烈八部、回跋部等十個部族，外十部不能成國，附庸於遼，時叛時服，各有職貢，猶如唐朝對周邊少數民族的羈縻政權一樣，擁有一定的自主權力，但是較之室韋、女真等雖未建國，卻擁有更大自由度的部族來說，受到遼人的控制更多一些。

一見回跋部的阿別里哄得小皇帝開心，連帶著那位嬌豔不可方物卻不苟言笑、過於威嚴的太后娘娘也露出了笑意，其他各部頭人不禁暗恨被人搶先一步，要討好太后，就該從小皇帝著手啊，小孩子喜歡的東西能是什麼貴重玩意兒，一個小動物就足以讓他開心了，何必這般絞盡腦汁呢？他們還真拿不出什麼能讓那位太后娘娘動心的東西呀。

眼見得各部頭人諂媚阿諛的模樣，阻卜（室韋）部族的乞引莫賀咄（族長）巴雅爾不禁冷哼一聲，別過了頭去。

小皇帝逗弄著被關在籠中的火狐，小臉被寒風吹得紅通通的，卻滿是歡喜的笑意，伸出手輕輕一逗，狐狸張嘴咬來，小皇帝趕緊縮回了手，格格地笑起來。

「娘，這隻狐狸帶回宮去，好不好？孩兒好喜歡牠呢。」小皇帝拉著蕭太后的衣袖哀求起來。

「好，牢兒喜歡，那就帶回宮去，不過這可不是小兔子，你只能這麼看著，不能再伸手進去逗牠，會咬人的，知道嗎？」蕭后用手暖著兒子元寶似的小耳朵，微笑著答應。

「謝謝娘親，娘親最好啦。」小皇帝開心極了，一雙點漆似的雙眸透出幾分得意，小傢伙雖然不大，卻知道一用這樣楚楚可憐的語氣哀求母親，還很少有她不答應的事情。

「小傢伙，難道娘真看不出你在裝乖巧？」蕭后寵暱地笑了，兒子眼中閃過的那抹狡黠與得意，還真像極了他的爹。

「唉……那個人啊……」

蕭后臉上的笑容消失了，微微露出幾分蕭索的意味，恰在這時，巴雅里的一聲冷哼傳進了她的耳朵裡，蕭綽睨了他一眼，淡淡一笑，說道：「巴雅里，皇上行狩，今日獲獵頗豐，很開心，畢竟還是個孩子嘛，呵呵。不過你卻不很開心吶，有什麼事，不妨說來聽聽，馬上就要擺宴了，等到佳肴美酒上桌，咱們可不論公事了。」

巴雅里是個直腸子，霍地一下站了起來，粗聲大氣地道：「太后娘娘，巴雅里不是不很開心，是很不開心！」

巴雅里這話一說，周圍各部頭人都驚住了，有些與他交好的人大為擔心，不斷地向他遞著眼色，巴雅里不管不顧，大聲說道：「娘娘，巴雅里這次來，除為向朝廷朝貢，還有一件大事，可不是……可不是……」

他粗重地呼吸了兩聲，一指籠中的狐狸，說道：「可不是陪著小皇上玩兔子、逗狐狸來著。」

蕭綽的俏臉唰地就沉了下來，冷得能削下一層霜來，她冷聲問道：「還有什麼事？」

巴雅里道：「我族的部日固德，為了篡奪族長之位，殺死了他的親叔父，又出賣他的義兄赤那族長，使他慘死。我們室韋各部的族長一致決定討伐這個敗類，結果，他逃到了遼國去，結果受到你們遼國捷王耶律達明的庇護，這個人是我們室韋各部共同的敵人，雖然我們是遼國的臣屬，可是遼國沒有理由連這種事也要干涉。」

「哦？達明啊，有這種事嗎？」

耶律達明笑著點頭道：「太后，部日固德確實在上京，他們族裡頭鬧過些什麼亂子，達明並不曉得。這個部日固德嘛，往日裡對我遼朝一向恭馴，對我一向也很孝敬，達明收了他做乾兒子來著，他既落難來投，我這做乾爹的要是把他交出去，那教別人怎麼看？所以，達明就把他給留下了，太后您看這事……」

蕭綽一笑：「喔，要是這樣，那也沒什麼不合適的。」

她轉向巴雅里，說道：「殺人不過頭點地，這個部日固德已經丟下了自己的部落，逃離了故土，還能有什麼作為呢？再說達明又是他的義父，總不能不有所表示吧？」

「娘娘……」

「好啦好啦，酒宴馬上就開了，諸位，入席吧。」

蕭綽說罷，已當先向帳中走去，眾人前呼後擁，隨之而去，巴雅里被撇在當地，氣得臉皮發紫。其實蕭綽這麼做，固然有維護耶律達明臉面之意，但還有更深層的原因。不管在室韋人眼中這個部日固德如何陰險卑鄙、下流無恥，他卻是親遼國的，室韋諸部不和，也是符合遼國利益的，遼國怎麼可能把他交出去？如果那麼做了，以後還有誰敢為遼國做事？再加上這個巴雅里一向不怎麼恭馴，蕭綽有意地冷落他，她已決心對其他幾個強大的室韋部落施加壓力，把這個巴雅里趕到走投無路了，又何必給他好臉色？

酒席宴上，又起風波。酒過三巡，菜過五味，有一位遼國王爺建議諸部頭人一一獻藝，以助酒興。他們獻藝，不過是唱唱歌、跳跳舞，這些是草原上的男女人人都會的，只不過身為頭人酋領，人前人後要自重身分，他們已經很久沒有表現過這些東西了。

今天不同，方才大家都知道小皇帝年紀還小，好玩好動，回跋部頭人阿別里獻了隻狐狸，哄得皇上開心，還拿回了一柄太后親賜的寶刀，大家正眼熱不已，這時候表演節目，自然也挑小皇帝喜歡的東西。於是乎，這些頭人們雜耍玩笑，扮個鬼臉，輪番地表演節目，逗得小皇帝樂不可支，一見小皇帝開心，他們渾身的骨頭都輕了三分，什麼身分架子都不顧了，一時醜態百出，整個像是一齣大遼國的「官場現形記」。

輪到安車骨珠里真時，可真難為了他，要他像這些人一樣諂媚取樂，殺了他都不肯，倔勁上來，珠里真早忘了什麼臥薪嘗膽，要他像句踐那樣作踐自己謀什麼機會，他寧願轟轟烈烈而死，酒席宴上的氣氛登時冷了下來。前有一個巴雅里不識時務，現在又有一個珠里真桀驁不馴，蕭綽的臉色也不大好看。

北院宰相室昉一見，忙打圓場道：「酒興正酣，大家表演些技藝，不過是佐以酒興罷了。珠里真既不擅歌舞，那麼會些什麼呢？」

珠里真拍了拍腰間的刀道：「我們女真人生活艱苦，每日為了填飽肚子而奔波，哪有興致學什麼歌舞呢？我們只會舞刀弄棒，射箭行圍，獵殺野獸，求個溫飽。皇上、太后、諸位大人，如果有興致，那珠里真就演演刀法好了。」

珠里真這一舞刀，就舞出了禍事來。他也不懂什麼系統的刀法，只不過是長年廝殺搏鬥，與人鬥、與獸鬥，琢磨出來的簡單、直接、凌厲的殺人功夫，每揮一刀，還要霹靂般大喝一聲佐以刀勢，瞧來實是威猛，刀風呼嘯，霹靂連聲，看得那些粗獷的大漢眉飛色舞。

可是小皇帝耶律隆緒可沒見過有人在他身邊這麼鋼刀飛舞，叱吒連聲，尤其那使刀人一動作起來，鼓腮突目，形容猙獰，結果把小皇帝給嚇哭了。

這也沒什麼，蕭綽雖不歡喜，卻也不能因為皇上哭了兩聲就治他的罪，可是第二天小皇帝卻是低燒、腹瀉，生起病，御醫診治，說是受了驚嚇，這一下蕭綽隱忍的怒意可是爆發了，幾乎當場就要砍了珠里真的人頭。

蕭綽本不是不知輕重的人，幾年來獨掌大權，更已練就了喜怒不形於色的城府，可那得分是對誰、分什麼事，她只有這一個兒子，牢兒就是她的希望，就是她的寄託，關係到兒子的事，對這個母親來說，她就不再是雄才大略、睿智穩重的蕭太后了，而只是一個護犢的普通母親。

幸虧墨水痕墨大人受了安車骨部落不少好處，在蕭后面前替他說了幾句好話。說皇上頭一回冬狩，本來是一件皆大歡喜的事，要是對女真大動干戈，有損對附屬諸部的教化之功，再者說皇上正生著病，也不宜沖了血光。

蕭綽氣頭過去，想想為此殺人確實不合適，也就作罷了。可是墨水痕自覺為安車骨部落出了大力，做好事哪有不留名的道理？於是便跑到珠里真那兒，添油加醋，很誇張地說蕭后如何憤恨暴怒，意欲派兵滅了安車骨部落，幸虧他墨大人舌粲蓮花，力挽狂瀾，這才消卻了太后的殺意。

說者本為邀功，聽者心驚肉跳，珠里真就此上了心。小皇帝將養了幾日，病體得以痊癒，蕭綽憐惜皇兒，不敢再繼續冒風雪巡狩下去，馬上啟程還京，各部頭人也就紛紛告辭，踏上了還鄉路。珠里真離開王帳，帶著自己的人正要離開，忽地一眼瞧見室韋部落的巴雅里面色不豫地經過，心頭不由一動，他帶著自己的人向東走了一段時間，便拐向上了北方，追著巴雅里去了。

＊　＊　＊

人生有八苦，生、老、病、死、愛別離、怨憎會、求不得、五陰熾。既有所求，便有所苦，可是沒有苦，又哪來得甜？至少現在的折子渝折大姑娘是滿心歡喜的，每一天心中的盼頭都近了一分，等待也是一種幸福。

遠遠地已經可以看見鹽州城了，子渝嘴角噙起甜甜的笑渦，她決定，要在鹽州歇息半天，不……一天，一整天，好好洗個澡，換身新衣服，打扮得清清爽爽、漂漂亮亮地再去興州。這一路奔波，吃不好睡不好，風餐露宿，還能看嗎？她可不想讓楊浩看見自己有一點狼狽的樣子。

正想著，前頭雪橇上忽地傳出一聲尖銳的口哨，雪橇向側滑開，又前進二十餘丈，緩緩停在了雪地上，聽到呼哨，折子渝所在的雪橇上的女真武士也急忙勒緊了韁繩，待幾輛雪橇停穩，折子渝扶欄而起，問道：「發生了什麼事？」

她剛剛問出，就閉緊了嘴巴，只見前方鹽州城方向，千百名騎士狂飆一般捲地而來，踏得雪原上雪花四濺，折子渝瞪起杏眼，還未看清那些人的旗幟，就見利矢如雨，激射而至……

六百五章　受縛

利矢如雨，飛射而來，幸好折子渝等人是自北來，此刻北風正勁，影響了箭矢的射程，及至近處時，那些利箭已七零八落，飄飄搖搖，已沒了多少殺傷力。

這十幾個女真勇士的首領叫納魯，一見情形不妙，他立即大叫道：「走！」說著驅使狗兒，雪橇劃了一個弧形，返向而來。其他兩輛雪橇也隨之動作，急急向來路逃去。

那些策馬狂馳而來的人正是呼延傲博和李繼筠的人馬，他們佯攻鹽州，本來是想吸引駐守各地的西夏軍離開駐地趕來赴援，然後跳出包圍圈揚長而去。

可是他們在西夏各部將領眼中，都是一塊立戰功、陞官職的敲門磚，西夏的城池自楊浩接手以後，城市防禦方面大量引進中原的技術和經驗，較之往日已不可同日而語，他們縱然攻得下來，也非三日兩日的工夫。有了這個想法，趕來赴援的各路兵馬並沒有第一時間奔赴鹽州，而是預先研判他們可能逃逸的方向，有意識地截進他們的逃逸路線。

這一來，當呼延傲博估計各路援軍都已離開駐地，馬上即將趕到鹽州，又重施割踏寨前故伎，趁夜棄營而走時，卻發現他們事先擬定的幾條逃逸路線上都有西夏軍活動的身影。如果他們毫不猶豫，馬上強行衝過去，倒也未必就不能逃走，可是呼延傲博有些猶豫，他擔心中了埋伏，所以一面派出探馬斥候，一面進行佯攻試探，等他弄明白了當面之敵的真正實力，其他幾路西夏軍已經像見了兔子的狼群，一窩蜂地撲了過來。

呼延傲博錯失先機，以致步步受制，他率軍東擋西殺，南衝北突，殺來殺去，不但無法向南方的祁連山脈移動，反而被逼到了北面，結果正撞見折子渝一行人。

呼延傲博的人馬身陷重圍，四面八方都是敵人，並無一路友軍，所以也無需辨識折子渝等人身分，一路衝來，人擋殺人，佛擋殺佛，真是百無禁忌。

「走！」

三輛雪爬犁掉過頭來返身便走，納魯站在爬犁上抽箭搭弓返身便射。狗兒急奔，雪橇顛簸不已，他竟能穩穩地站在雪爬犁上，居然還能開弓射箭，一身技藝倒也了得。

「颯！」

一發三矢，矢如流星，緊接著是單發箭，一箭一箭箭似連珠，只看他手腕輕抬，一枝羽箭便落在手中，隨即便緊躡前箭射出，這一手箭術較之當日李光岑手下那十幾個憑著一手快箭就可封鎖整個山口、壓制契丹兵馬的神箭手也不遑稍讓。

那些神箭手不但能發連珠箭，而且可以一矢五箭，不過那些人是穩穩地站在地上的，納魯卻是站在飛馳的雪橇上，所以難度更大一些。

呼延傲博一馬當先，狂衝如虎。他雖為人倨傲狂妄，但是御下卻甚得人心，除了對自己人推心置腹之外，但逢血戰，必衝鋒在前，也是一個原因。雪橇的速度快於奔馬，這一番急馳，雙方已經拉開了距離，此時他距前方那些雪橇距離尚遠，即便算上風速，那些箭射到面前也將難穿魯縞，傷不了他，所以他絲毫不懼，甚至沒有做出格擋的動作。

不料納魯一箭飛來，其勢絲毫不減，呼延傲博大吃一驚，狂妄之心收拾乾淨，急急一個馬上仰身，避過了這一箭去，剛剛坐起身形，又是一箭銜尾追來，「噗」的一聲正中他的心口。呼延傲博痛呼一聲，萬萬沒有想到自己一時輕敵，竟然傷在這無名小卒手裡。

這時第三箭又到了，呼延傲博不假思索，舉刀急橫，「噹」的一聲磕飛了這一箭，那箭的速度和力量實在大得可怕，震得呼延傲博虎口發麻，不由得心中大駭。前方的到底是什麼人，居然有如此神乎其神的箭技？

原來這納魯天生神力，能力挽奔牛，他用的強弓其射程不比西夏軍裝備的一品弓稍遜，他方才本一發三矢，射箭阻敵，忽見敵群中一個大漢，縱橫呼嘯氣勢不凡，料來是其首領，立即改以一箭三珠向他招呼，存心就是要取他性命，偏偏呼延傲博錯估了這人的臂力，竟然中箭。

呼延傲博的人馬本來是一路急衝，遇見有人，本能地就發箭消滅，偏偏納魯一行人的雪爬犁始終跑在他們前面，如果他們換一個方向斜刺裡逃去，他們根本無暇去追，但納魯不知這些敵人心意，斜向逃逸容易拉近與敵人的距離，他豈敢冒險？

如今呼延傲博遇險，他手下的將士勃然大怒，立即大呼小叫地向納魯等人追來，誓要把他們趕盡殺絕。

一時間折子渝、納魯等人逃跑在前，呼延傲博的人馬追擊在後，遠遠地又有西夏軍追在後面，在莽莽雪原上展開了一場賽跑。

「他們是奔著我來的，五公子，你們到另一架雪橇上去，我把他們引開。」

周旋了近一個時辰，拉雪橇的狗兒都已精疲力盡、氣喘吁吁，後面的追兵也是有氣無力，再也衝鋒不得，而西夏軍更已被甩開老遠，除非循著這馬蹄的蹤跡，否則休想追上他們了。而此刻已天近黃昏，天邊車輪般巨大的一輪紅日即將沉入地平線，到那時西夏軍必然失去他們的蹤跡，可折子渝和納魯的雪橇卻已堅持不到那個時候了。

這一番周旋，納魯也看清楚了，那些人一開始窮追不捨，顯然是自己傷了他們的重要人物，方才這一路追下來，他的兩壺箭射個精光，幾乎箭無虛發，死在他手上的人已不知多少，就算不曾傷了他們頭領，那些人也不會放過他，他奉有少族長的託付，卻不能讓本族的這位大恩人受到危險。

「能停下嗎？雪橇一停，他們就追上了。」大敵當前，折子渝神色倒還鎮靜，永慶公主臉色煞白，不過她也算是經歷得多了，雖然利箭不時在身邊穿梭，倒也不曾驚恐尖叫。

「我擲妳們過去。」

納魯眼見情勢危急，向另一輛雪爬犁招呼一聲，迅速交流了幾句。那輛雪橇一面奔跑，一面他們靠攏過來。

「先送她過去！」折子渝一指永慶公主道。

納魯也不多話，棄了弓箭，一彎腰便把永慶公主抱了起來，這邊順勢一拋，那邊一個大漢一把接住了永慶公主放在雪橇上，納魯返身再去抱折子渝，折子渝驚叫一聲道：「小心！」說著閃身避過了他，一劍便向他身後斬去。

原來兩輛雪橇要半途易人，速度稍慢下來，後面追兵發現有異，立即發箭射來，折子渝一箭劈去，只覺眼前虛影一閃，竟劈了個空，那箭快似閃電，已破空而至，「噗」地一箭射中了納魯的後肩，納魯悶哼一聲，被箭勢帶得險些一跤仆倒。

這一耽擱，追兵更近了，眼見自己是無法離開，折子渝立即大喝一聲：「我們分開走！」

那邊的女真勇士見此情形，也知再難把她接過來，一咬牙，抖韁便走，兩輛雪橇各奔東西，第三輛雪橇卻劃了個弧形，返身向呼延傲博的人馬當面衝去，決心以一己之力為他們爭取逃命的時間。

載著折子渝和永慶公主的兩輛雪橇各奔東西，那些追兵仍只認準了納魯所在的這輛車子，那輛自我犧牲的雪橇就像一片小小的礁石，迅速被洶湧如潮的敵人淹沒了，他們為納魯和折子渝爭取了一線時間，可是納魯中箭，無人駕馭那些狗兒，狗兒胡亂奔跑，雪橇從一塊半掩在雪地中的岩石中滑過，重重地顛簸了一下，納魯、折子渝和站在撬尾的另一個戰士一下子被拋到了空中，重重地摔到了雪地上。

狗兒拖著空雪橇逃之夭夭了，等到他們摔了個七葷八素，暈頭轉向地從雪坑裡爬起來時，敵兵的鐵騎已追到了面前。

「啊！」納魯絕望地大叫，「鏘啷」一聲拔出佩刀，猛地撲了上去。

「喝！」衣袂飄風聲起，卻是李繼筠一躍下馬，居高臨下，手中的長刀帶著凌厲的風聲，如一道疋練般迎上了納魯，與此同時，又有幾人撲向了另一名武士。

「噹！」一聲震響，肩上已經中箭的納魯使不得全力，李繼筠也是一個蠻力驚人的人，這一刀相撞，納魯的刀立即被撞得高高揚起，他的刀成色不好，刀鋒揚起，還未再使力劈下，竟然從中折斷了。納魯倒也兇悍，猛地向前一撲，將手中斷刀狠狠刺在了李繼筠的大腿上。

李繼筠慘叫一聲，抬起另外一條腿踢中納魯胸口，將他踢飛起來，手中鋼刀狂飆而起，猶如一面光輪，「唰」地一下從他頸間斬過，熱血飛濺，一顆大好頭顱已騰空而起。

天色已完全暗下來了，天空只餘一抹斜陽，那血色揚在半空中，彷彿一抹淒豔的晚霞，李繼筠踉蹌了一步，以刀拄地，看著帽子跌落雪中，已露出俏麗女兒容顏的折子渝，獰笑道：「竟是女人？身邊的侍衛有如此身手，當非尋常人了。說，妳是誰？」

* * *

「竹韻，妳回來了？」

楊浩閱過种放呈上的幾本奏章，聽了他的處置意見，又交代他幾句，种放便退了出去。楊浩立即滿面春風地到了偏殿，來見已自甘州趕回來的竹韻。

竹韻正在緊張地琢磨著，一俟見了楊浩，該如何言詞，如何動作，楊浩一說話把她驚了一跳，想好的話全都忘了，一見楊浩笑眼望來，立即面紅耳赤，手足無措，支支吾吾地道：「啊……是！張都督已坐鎮甘州，阿古麗退位，重新接受了朝廷賜封的指揮使一職，我……我這個假特勤自然……自然也就功德圓滿，順利下臺了。」

楊浩哈哈大笑：「好，這句功德圓滿說的好，這次誅殺蘇爾曼，妳為我再立一功呀，妳好喝酒，怎麼樣？擺一席酒，我給妳接風洗塵。」

楊浩很高興，不只是因為竹韻歸來，而且他是因為興州這邊的收編整合進展順利，原來的擔心有些過多了，由於軍隊的鎮嚴，首領的盡歿，以及嚴冬來臨，糧食來源掌於朝廷手中，各個部落殘餘的權貴完全無力與楊浩抗衡，而普通百姓的利益並未受到什麼影響，也沒有什麼抵制，所以楊浩按照自己規劃已久的新的政治基礎改革部族大見成效，興州在血與火的沐浴中就像涅槃重生的鳳凰，展示了一派新氣象。如此喜事，豈不值得浮一大白？

不過丁承宗杺种放、楊繼業都不好酒，這三個人偶有飲酒，只是出於應酬的需要，一旦聊起天來，也只談論國家大事，未免有些枯燥，而竹韻不但秀色可餐，醉酒後更是憨態可掬，和她一起喝酒，才真的盡興開心。

竹韻一聽，本來就紅的俏臉騰地一下更紅了，只當楊浩是有意戲謔自己兩次醉酒的醜模樣。她忸怩了一下，期期地道：「竹韻雖是朝廷的人，可畢竟是個女子，若……若蒙大王賜宴，宮中飲酒，傳出去……不免有損大王的清譽。」

楊浩笑道：「我有什麼清譽？甘州那邊有人說，阿古麗本是蘇爾曼同謀，是我垂涎她的美色，這才為她脫罪，可謂色令智昏，可比那烽火戲諸侯以博美人一樂的周幽王，愛美人而不愛江山；興州這邊有人說，我設計陷殺拓跋百部頭領，殘忍嗜殺，昏聵殘暴；麟府兩州則有人說，我吞併折家軍，排擠折御勳，恩將仇報，無情無義。呵呵，天下誹謗集於一身，還有什麼清譽嗎？」

竹韻放鬆下來，抿嘴一笑道：「原來大王都知道呀，還怪人家說嗎？這罪名，還不是大王自找的？」

那嬌嗔俏皮的白眼滴溜溜地一丟，女人味還真是越來越足了。

楊浩擺手笑道：「呵呵，他們沒能力反我，只好說些難聽的話快活一下啦。便宜我占了，總不能不讓人家嘴上痛快痛快吧。不提這個，不提這個，咱們找個地方喝酒去，我知道一個好地方，妳一定喜歡。」

竹韻奇道：「什麼地方？」

楊浩嘿嘿一笑，說道：「無意中發現的一個地方，妳等我一會兒。」楊浩說完，便一溜煙走了。

*　　*　　*

楊浩穿一件灰鼠皮的翻領皮裘，戴一頂同色的灰鼠皮帽，風度翩翩，玉樹臨風，一看就是什麼大戶人家的公子少爺。如今的興州是王城，也算是天子腳下，勳卿貴冑、官紳人家比比皆是，這樣的裝扮也不算特別顯眼，卻又不掉身分。

竹韻穿一身雪貂皮裘，罩一件灰鼠披風，昭君暖套覆額，足蹬鹿皮小靴，玉立亭亭，秋水湛湛，兩人一前一後相錯半步，神仙佳侶，好一對玉人。

這是興州的一條小巷，興州近來大興土木，很多街巷都大為改觀，而這裡的一草一木、一磚一瓦，看起來卻都有些年頭了，並不曾動過。這裡本來是興州比較繁華的一條街道，楊浩定興州為都，重新規劃大興土木之後，這條老巷所在的街道反而一下子成了比較冷清落後的地方，行人一下子就少多了。

老巷進去，第四戶人家，掛著一張破舊的酒幡，楊浩領著竹韻施施然地行去。這是一家飯館，門口立了一根木柱，上邊拴著黑的白的花的黃的各色狗七、八隻。一見人來，兇悍咆哮，野性十足，就連竹韻這樣一位女殺手都聽得有點心驚肉跳，下意識地便摸住了袖中的兵刃。

竹韻睨著那幾隻把繩子扯得筆直，不斷咆哮跳躍著的狗，嘟囔道：「這家店主怎麼養了這麼多狗，還都這麼兇，客人還敢上門嗎？」

楊浩笑道：「妳往門上瞅，這是個什麼所在。」

竹韻往門上一看，一看灰黑沉舊的牌子寫著「屠狗齋」，不禁笑道：「原來是家狗肉館……」

聽得狗叫，一個繫著油漬麻花綯巴巴圍裙的矮胖中年人走了出來，一見楊浩便笑道：「哎喲，楊公子，您今兒又來賞光啦，快快快，裡邊請。」

這中年人 出來，拴在木樁上兇狠咆哮的那些狗盡皆趴伏於地，便連一點聲息都沒有了，竹韻有些驚奇地看了一眼，楊浩道：「頭一回看見時，我也有些奇怪，後來才知道，這位岳掌櫃的開了一輩子狗肉館，從小到大，殺的狗沒有一萬也有八千了，狗殺得多了，身上自然就有一股殺氣，不但這些狗嗅到了他身上的味道便骨軟筋酥不敢動彈，就是一些別的野獸見了他，也會立即逃得遠遠的。」

竹韻自忖也算是一等一的殺手，那些狗見了自己兇悍如舊，卻會怕了這個開店的胖子，難道他的殺氣比我還重？竹韻看了看這位腦滿腸肥脖子粗的大師傅，不服氣地道：「我看他笑得一團和氣，怎麼看不出有這麼兇來？」

楊浩笑道：「動物的嗅覺比人要靈敏百倍，有些我們聽不見的聲音，聞不到的氣味，牠們是能感覺到的。這位岳掌櫃的叫岳盡華，每天日上三竿才開店，太陽還沒落山就打烊，一天只殺三隻狗，從來就沒剩下過，那手藝……人常說狗肉滾三滾，神仙聞了站不穩，妳待吃了岳掌櫃烹製的狗肉，才曉得到底什麼叫『香肉』。」

岳掌櫃聽了，挺胸腆肚，得意洋洋。

楊浩微服於城，無意中發現了這個地方，此後常常便裝來此大快朵頤，以飽口福。家裡五房嬌妻不是大家閨秀就是出身名門，狗肉是不吃的，這還是頭一回帶女眷來。得了楊浩誇獎，岳掌櫃笑嘻嘻地道：「楊公子過獎了，祖傳的手藝，小的也就這麼點拿不出手的東西。這位娘子，是尊夫人吧？哎喲，瞧著可真俊，畫一般的人物，也就公子您，才配得上這樣的美嬌娘。」

竹韻聽了又羞又喜，她飛快地瞟了楊浩一眼，只作沒有聽到，卻不去分辯。楊浩遞了串錢給岳掌櫃，笑道：「少拍馬屁，還是那間房，給我留著吧？」

楊浩出手大方，單獨包了個小房間，人多了也坐不下，岳掌櫃便故示慷慨，把那小房間做了楊浩專用的雅間，接過錢來，岳掌櫃笑瞇了眼，連聲道：「當然，當然，屋裡要是坐不下，就院裡擺桌，讓客人出來吃，公子專用的雅間，小的可從不許旁人進去，請請請……」

一進屋去，果然濟濟一堂，人聲鼎沸，猜拳的、勸酒的，一個個喝得眼餳耳熱，這樣的市井氛圍，楊浩的幾位嬌妻還真不適應，可是竹韻對這樣的環境卻習以為常。楊浩地位越往上去越不得自由，偶爾偷偷到這裡放鬆一下，既是重溫以前的平凡日子，也是身心的一種放鬆，何況還有口福可享呢。

進了小包廂，放下了簾子，隔壁的喧囂減輕了一些，二人脫靴上炕，盤膝坐定，幾樣清淡的小菜定好矮几四角，然後碟碗盆盤大大小小的器皿就端了上來，有涼的有熱的，有蒸的有煮的，但是主料都是狗肉，中間是一只炭火鍋，熱氣騰騰，沸水翻滾，挾一口狗肉，蘸一口醬料放進嘴裡，竹韻的眼睛不禁直了：「真的……真的好吃，很好吃，好像……舌頭都化了一樣！」

楊浩從熱水碗中提起錫酒壺來，笑吟吟地為她斟酒道：「再佐以一口燙熱的老酒，那才真是快活似神仙呢。」

「難得的好機會，這裡又沒有別人，我……今天絕對不能喝酒，我要保持絕對的清醒，清醒地跟他……跟他坦白我的情意！我……我就少喝兩口吧，壯壯膽就好……」

竹韻端起碗來，抿了口酒，眸子登時亮了起來：「好酒！」

一碗岳家自釀的老酒，馬上喝得涓滴不剩……

*　*　*

「我要見大王，有十萬火急的大事！」

王宮外，永慶公主帶著幾個女真武士焦灼地解釋著，但是守門的宮衛根本不聽：「笑話，隨便來隻阿貓阿狗，說自己有十萬火急的大事，大王就得接見？去去去，再來聒噪，就辦妳一個擾亂宮門之罪，讓妳蹲大獄！」

「我真的有要事！」永慶公主急得都快哭了，這時一輛輕車自御道緩緩向宮門處行來，立時宮門大開，侍衛們肅立整齊，正與永慶說話的侍衛急了，趕緊驅趕她離開：「趕緊走，娘娘回宮了，驚了鳳駕，可就是殺頭的罪過了。」

「娘娘？」永慶公主被推開了，她踮著腳尖向宮門處望去，只見車駕到了宮門口，轎簾漫捲，車中端坐一位麗人，左右還有兩個粉妝玉琢的小娃兒，猶自嬉戲打鬧。

永慶公主一俟看清了那絕色佳人的模樣，不由得驚在那裡：「怎麼是她？她怎麼會是西夏王妃？」

六百六章　作繭

「大王，我……我……」

「嗯？」楊浩只一抬頭，竹韻鼓舞了半天的勇氣登時消失，趕緊舉起碗道：「請，請酒。」

「哦，好，我的酒量不及妳，妳儘管喝個痛快，我盡力相陪便是，呵呵……」

竹韻一碗酒灌下，馬上抓起酒罈，為自己又斟了一碗，桃花上臉，醉眼流波，含羞道：「大王，我……我喝醉了的時候，是不是喜歡胡說八道呀？」

楊浩幾乎笑出聲來，連忙咳嗽一聲，很嚴肅地搖搖頭道：「哪有？竹韻……咳咳，酒品很好，非常好，基本上不哭不鬧，特別省心。」

竹韻嘻嘻一笑，芳心大悅，馬上又自我嘉獎了一碗酒，鼓足勇氣，藉著酒勁道：「那個……竹韻去擒拓跋寒蟬兩兄弟時，大王曾允諾竹韻一件事，不知道……不知道大王說過的話，還算不算數？」

楊浩的心跳忽然也加快起來，這個性情爽快、容顏俏美的姑娘，一直為他出生入死，她是一個傑出的殺手，可是在情場上，卻青澀得可憐，根本就是一個毫無經驗的小姑娘，那種又憐又愛的感情，漸漸也在他的心中滋生。或許把她當成了情投意合的朋友，又或者一個稚純可愛的小妹妹，但是追根究柢，她是一個美麗而成熟的姑娘，楊浩也說不清自己對她到底算是一種什麼樣的感情，經過上一次的酒後真言，楊浩已知道她的心意，他也不知當這姑娘鼓足了勇氣主動提出時，自己該做出一種什麼樣的回應才算妥當。

答應？拒絕？楊浩的心情也有點忐忑，卻也隱隱地有點期待，讓一個嬌美可愛的姑娘主動傾訴情意，對任何一個男人來說都是頗有成就感的事吧？

「當然……算數，呵呵，說吧，妳要什麼，只管……說出來便是。」楊浩的語氣也禁不住有點吞吐起來，他有點不太自在地扭動了一下身子，換了一個坐姿。

「上一回……他真的沒聽清我說的是什麼？」竹韻暗自鬆了口氣，卻又隱隱地有些失望。她咬著嘴唇，遲疑了一會兒，忽然端起酒來，好像壯士上刑場，慷慨就義，一口氣喝了碗中的老酒，雙手一按桌子，瞪圓了一雙杏眼，緊緊地盯著楊浩。

楊浩嚇了一跳，下意識地向後移動了下身子：「竹韻，妳……怎麼了？」

「大王，我……我只想提一個條件！」竹韻的臉在燒，頸在燒，眼睛在燒，好像變成了紅孩兒，一頭秀髮都變成了火燒雲。

「妳……妳說……」楊浩忽然有點口乾舌燥，心也不爭氣地咚咚跳了起來，他忍不住有點鄙視自己，「又不是甫經情場的初哥兒，瞧你這點出息。」

「咚咚咚……」

竹韻剛要開口，比他們兩個的心跳更加急促的敲門聲響了起來：「公子，公子，有急事。」

這是馬燚的聲音，楊浩微服出宮，除了自己身邊的侍衛，也就只有馬燚知道。

楊浩立即神色一正，沉聲道：「進來。」

馬燚閃身入內，順手帶上房門，先向竹韻頷首，喚了聲竹韻姐姐，便立即湊到楊浩身邊，急促稟報了一番，因為隔壁還有許多食客，恐隔牆有耳，馬燚不敢高聲，竊竊私語，就連近在咫尺的竹韻也未完全聽清。

楊浩聽到一半已是臉色大變，待馬燚匆匆說完，楊浩立即起身，驚道：「竟有此事？怎會如此！馬上走。」

竹韻不及詢問，楊浩已起身而出，那岳掌櫃的點頭哈腰上前寒暄，楊浩擺擺手，急匆匆道：「我有急事，先行一步，下回再來掌櫃的這裡享用美味。」

急匆匆出了屠狗齋，翻身躍上戰馬，楊浩立即自懷中取出一枚虎符，吩咐一名侍衛道：「速去，調拓跋昊風所部於東城門外候命。」說罷撥馬便走。

竹韻見此情形，情知出了大事，也顧不及自己失落的心情，急忙追問馬燚道：「小燚，出了什麼事？」

馬燚又將事情原委與她說了一遍，竹韻也知道這下子真的壞了。女人一向是楊浩的逆鱗，凡他為之動情的女人，豈肯讓她有失？當年楊浩在人家府上做家僕，一個隨便就能讓人拈死的螞蟻般卑微的人物，為了羅冬兒都敢一刀兩命，不惜亡命天涯，何況他現在位居至尊？

「大王，不去見見永慶公主嗎？事情雖急，但是既已發生，也不差在這一刻，永慶公主的身分畢竟……」

楊浩直接闖進丁承宗的府邸，根本不容大哥多問，匆匆交代一番，返身便出了府門躍馬疾行，竹韻情知此事不宜多勸，可是該說的話還是要說的。

楊浩急道：「我心急似焚，這時哪有心思見她？既是女英撞見了她，就先讓女英好生安置她吧，待我回來再說。」

「大王要往哪裡去？」

楊浩快馬一鞭，疾聲說道：「鹽州！」

竹韻和馬燚對視一眼，匆匆跟上，一邊走，竹韻一邊把楊浩的交代向一名侍衛轉述了一遍，令那侍衛回去報信，自己則與馬燚緊隨其後。楊浩不止是她傾心的男子，也是她所效忠的君王，竹韻從未忘記自己的職責，這時怎會離他左右。

東門外，拓跋昊風帶著訓練有素的宮衛軍早已列陣整齊，他不知道楊浩急急傳令所為何來，合過了調兵虎符分毫不差，他立即調齊所部在東門列陣相候，楊浩一到，二話不說，立即下令隨他急赴鹽州，拓跋昊風一頭霧水，可是眼見楊浩面沉似水，目若噴火，卻也不敢相問，只得隨之急行。

王宮裡，永慶公主和女英對面相坐。她認得女英，父皇在時，女英每月進宮朝覲皇后，她時常相伴於宋皇后身旁，別的貴婦她或許不認得，可是對江南第一才女加美女、姐妹兼皇后，今為亡國婦的小周后，又豈能沒有一些好奇？只要見過了她國色天香的容顏，又豈會記不住她？

只是那時的女英雖姿色婉媚，卻是容顏憔悴，眸光黯淡，常懷悲戚之意，而現在的她容光煥發，那種滿足、愉悅、歡喜的味道，根本就掩不住。而且她並沒有孩子，現在……

看著繞在她膝下的一雙可愛的寶寶，想起她已葬身火海的傳說，永慶公主也是一頭霧水，不知該說些什麼好了。

＊　＊　＊

「你這樣逃來逃去，逃得掉嗎？」

看著傷勢未癒、一瘸一拐的李繼筠像困獸般在房中走來走去，折子渝縛著雙手，坐在氈毯上，冷冷地問道。

氈毯上血跡未乾，那是氈帳主人流下的鮮血，這是一個小部落，剛剛被逃逸至此的呼延傲博一行人鳩占鵲巢。每日輾轉奔波，逃避著西夏軍的追擊，李繼筠根本無暇好好將養身體，再加上到處流竄，槍棒藥早已用光，李繼筠雖然體魄強健，卻也飽受創傷之苦。

李繼筠冷笑一聲道：「還有人比我更熟悉這河西山川地理的形勢嗎？打不過，要逃，卻也不是什麼人都能截住我的。」

折子渝道：「你如今不過是一隻喪家之犬，就像今天這樣，劫掠一些小部落，根本無法補充你數萬兵馬的需要，天寒地凍，大雪茫茫，你早晚要被人拖垮的。更何況，呼延傲博雖已重傷，卻仍控制著全軍，依我看，他對你可做不到言聽計從。」

李繼筠獰笑道：「妳這麼說，是要激我殺妳嗎？哼！沒那麼容易，有辦法的，我一定會有辦法的。妳等著瞧吧！」

李繼筠說罷，一瘸一拐地去了。折子渝看著他的背影冷冷一笑。

那日，折子渝落入李繼筠之手，李繼筠問起她的身分，折子渝只在心中電光火石般略作計較，便說出了自己的真正身分。如果她隨便捏造一個身分，那對李繼筠便毫無價值，她唯一的下場就只有被亂刀斫為肉泥，而且在此之前，還極有可能被一眾匪兵凌辱清白。

折子渝個性堅強，她會盡最大的努力，用自己的智慧為自己營造一線生機，即便真的無可抵抗，她的選擇也會是以眼還眼、以牙還牙，必報此仇方才甘心。即便是最令人絕望的境地，她也做不出嚼舌自盡以保清白的小兒女姿態，含恨而終，死不瞑目。

折子渝的身分，果然暫時保證了她的安全，對於折御勳和楊浩之間的種種糾葛，李繼筠「一清二楚」，而折子渝也在他面前露出了對楊浩的怨恨和委屈，李繼筠也全盤相信了。楊浩與折子渝之間的感情故事流傳甚廣，可是如今楊浩已有五位王妃，這位折姑娘已逾雙十年華，猶未入得楊浩宮門，若不是由於如今在民間流傳甚廣的那些原因，兩人怎麼可能如此始終沒有結合？再加上折子渝此時一身落魄，風霜滿面，對折家遭遇的窘境，李繼筠更相信了七、八分，他以為奇貨可居，折子渝或有大用，又怎肯害她性命。待到呼延傲博醒來，獲悉折子渝的身分，便也同意了李繼筠的選擇。

不過李繼筠建議以折子渝的性命為質，脅迫西夏軍讓開一條生路，卻被呼延傲博一口拒絕了。呼延傲博此人，一生征戰無數，勝多敗少，養成了狂妄自大、目無餘子的性子，哪怕是眼下大敗，他也不肯自認就此失卻返回隴右的機會，以一個女人來脅迫對方讓路，在他看來那是奇恥大辱，即便能逃回隴右，從此也無顏在天下英雄面前抬起頭來。在他眼中，一世英名較之生死還要重要。

李繼筠掌握的情報中，楊浩對折子渝仍然是深愛不渝的，這也正常，人人都知道楊浩是寡人有疾、寡人好色，連夜落紇的七王妃他都垂涎三尺，豈能不好女色？任誰見了折子渝這樣的麗色，也相信楊浩不會對她情斷義絕。只不過，在江山和美人之間，楊浩顯然是做出了一個正常男人都會做出的選擇：折子渝的身分，決定了折家在對折家軍舊部的影響力完全消失之前，楊浩絕不會讓他們成為皇親國戚。

但是儘管楊浩對折家禁忌甚多，可是為了收買人心，為了塑造他大仁大義的好名聲，表面上對折家還得做出一副仁至義盡的模樣。別看他把折御勳遠遠發配到了玉門關，不還美其名曰「委以重任，封疆一方」嗎？當初更是以傳國玉璽換回了他一家老小，雖說是捎帶著吧，也可見楊浩對折家軍的拉攏和對名聲的看重。

如今折子渝在手，於私，楊浩對折姑娘仍然有情；於公，楊浩得做出一副對折家恩寵如故的姿態，又豈能置其生死不顧？哪怕他稍有猶豫，也可趁機衝破防線，逃出生天了。

可惜，如此計畫竟被呼延傲博那頭狂妄自大的豬給拒絕了。呼延傲博如今雖然躺在一架簡陋的雪爬犁上，奄奄一息，時昏時醒，可是對全軍仍然有著絕對的掌控權，做為二號人物，在獨斷專行的呼延傲博面前，他完全沒有發言權。

帳中靜下來，折子渝長長地吁了一口氣，把下巴搭在膝蓋上，漂亮的睫毛一眨一眨的，開始思索著如何脫離困境。難度是相當大的，任她聰明絕頂，也想不出李繼筠能放她離開的理由，哪怕她把對楊浩的怨恨表現得再明顯，沉思良久，妙策難尋，折子渝幽幽地嘆了一口氣，轉而又想起了楊浩。

「真是好事多磨呀，本以為馬上就要見到他了，誰知道……這一次，我是不是在劫難逃了呢？他是不是已經知道我遭難被擒？他會不會為我著急？」

正想著，帳簾忽地掀開了，一股冷風撲面而來，幾個吐蕃大漢手按刀柄，殺氣騰騰地闖了進來。折子渝心中頓時一驚。她還以為這幾個軍中大漢自知再無生路，絕望之下欲一逞淫威，任她如何智計多端，畢竟是個未經人事的姑娘，眼見如此情形，也不禁心慌意亂。

不料那幾個人一見了她，立即怒不可遏地撲上來：「把她帶走，殺她的頭，為大將軍報仇！」

「殺了她，殺了她，把她千刀萬剮！」

折子渝心中一詫：「呼延傲博死了？」

幾個人拖起折子渝，拖著她就走，這個小部落不大，僅有的幾座氈帳都住了官階比較高的將校，普通的士卒就宿在氈帳周圍的雪原上，部落秋天積蓄的大量野草，都被他們拿來做了引火之物，加上拆散了的羊圈、馬圈桿子，燒得倒是轟轟烈烈。

折子渝幾乎是腳不沾地，被幾個憤怒的大漢拖進了不遠處另一座氈帳，只見帳中仰面臥著呼延傲博，面如金紙，只有出氣沒有進氣，眼見是不活了。旁邊還有一個山羊鬍子的老者，正在瑟瑟地發抖。

原來這些天來，呼延傲博的部下們拖著他東奔西走，像他們這樣未成國家、占守一處的地方勢力，其實就等同於一個部落，在宋國給予他們大量援助之前，連武器、服裝都不全，根本沒有專門的藥材和軍醫，往日裡打仗，只是靠有些識得草藥的戰士採擷些治槍棒傷的草藥，給受傷的夥伴裹敷一番，生死聽天由命罷了。

如今呼延傲博中箭，又是冰天雪地，連草藥也無處去摘，他們只能簡單地包紮一下傷口，便拖著呼延傲博亡命逃奔，直至今夜襲占了這個小部落，燒殺搶掠一番後，得知部落中竟有一個老郎中，這才如獲至寶，把他拖了來為大將軍診治。

誰知道這老郎中解開了傷口，這才發現創處早已潰爛不堪，虧得這是冬天，才沒有臭不可聞。那裡是心室重地，平常中箭本已難治了，何況如今這副模樣。老郎中怕他的部下一怒之下殺了自己，只好死馬當活馬醫，戰戰兢兢診治一番，這一細查，倒發現創處有毒，這才變得如此嚴重，老郎中連忙邀功般地說了出來。

那位和折子渝一起被擒的女真勇士帶著也是累贅，早被吐蕃人殺了，他們便遷怒於折子渝，把她抓了來。

折子渝何等慧黠，三言兩語聽明白了經過，心中靈光一閃，突地躍起一個念頭。她已經不指望自己有逃脫的機會了，滿腦筋盤算的都是臨死之前能有機會再見楊浩一面，又或者找到機會，給李繼筠這個壞了她一生希望的混蛋一個大大的苦頭，這時一聽原委，登時計上心來。

眼見那吐蕃大漢把她押到垂死的呼延傲博身邊，就要舉刀砍下，折子渝夷然不懼，很鎮靜地、用很清晰的語調道：「自從被你們擒住，我就沒想過能活著。不過，我不會替人受過，我帶來的人是女真族的勇士，他們既是戰士也是很普通的獵人，他們的箭既可以殺人，也可以捕獵，所以……他們攜帶的箭……」

在她說話的時候，一個吐蕃大漢已拔出腰刀，刀轉如輪，破風劈來。

折子渝斬釘截鐵地道：「沒有毒！」

刀鋒霍然停在她的咽喉間，激得肌膚起了一陣顫慄，那個握刀的吐蕃大漢雙眼微微瞇起，沉聲道：「妳是什麼意思？」

折子渝冷冷地瞥了他一眼：「只要你不蠢，應該明白我的意思。」她高高地仰起頭：「我的人，箭上沒有塗毒。」

幾個吐蕃大漢都是將領級的人物，不比尋常士兵魯莽粗心，一聽折子渝話中有話，彼此對視一眼，疑竇頓生。李繼筠自從到了蕭關，就處心積慮地發展勢力，這一點他們早就知道。如今落到這步田地，李繼筠和呼延傲博意見相左，不無爭執，他們同樣知道。在這樣的情況下，他們豈會不生疑慮？

折子渝看了眼那個山羊鬍子，用党項語說道：「老人家，你不要怕，軍中有許多傷卒，他們要用你的地方很多，不會輕易殺害你的，只要你聽話做事就成了。這個垂死的人，是先中了箭傷，後中了毒，是吧？這是他們內部的事，與你無關，你只要照實說來就成了，不必有所顧忌。」

河西隴右相距甚近，這些吐蕃將領也懂得党項語，聽折子渝這番話並無疑處。但這山羊鬍子陷於虎狼之中，族人親人俱都慘死，已成驚弓之鳥，陡聽有人用母語跟他說話，登時親近無比，對折子渝便親近了幾分，折子渝又不容置疑，直接說地上這人是先中箭，後中毒，還安慰他只管照「實」這麼說，不會有人遷怒於他。

事實上，折子渝在話裡面已經巧妙地加了暗示和誘導，平常對一個有主見的人這麼說話沒什麼作用，在這樣的氛圍中對一個六神無主、抓住一根稻草都當救星的人來說，卻有極大的催眠作用。山羊鬍子忙不迭點頭，依著折子渝的話，又摻雜了些自己所知的醫理分析，似是而非地講了一遍。

那幾員吐蕃大將哪知折子渝這樣一個清麗嬌小的女子，身陷虎狼之中，竟還能設計害人，真是一枝帶刺的毒玫瑰，幾個人聽那郎中也是這般說，心中的疑慮更加重了。

這時，李繼筠帶著手下幾員將領跌跌撞撞地闖了進來，如今身陷重圍，更須安撫軍心，李繼筠雖有傷在身，可主帥已經昏迷不醒，他只能強撐著身體帶著幾員巡視軍營，安撫傷患，作體恤士卒狀，正噓寒問暖地扮著慰問大使，他忽聽派在折子渝身邊看管她的幾名親兵說，折子渝被幾員吐蕃將領抓走了，馬上急急趕來。

「你們做什麼？誰允許你們捉我的人？是呼延將軍的命令嗎？」李繼筠一進氈帳，

便厲聲大喝道。

他畢竟曾是西夏少主，獨霸一方，也曾是一方梟雄，後雖託庇於尚波千，對呼延傲博也以大哥呼之，甘為小弟，但不代表他對呼延傲博手下的將領們也得卑躬屈膝。呼延傲博是個極強勢的人，對身邊的人照顧的很好，事必躬親，一派大家長作風，固然贏得了上下將士的一致擁戴，卻也造成了他手下的將領們缺乏獨當一面的本領和魄力，李繼筠現在厲顏一怒，他們還真沒多少與這軍中第二把手正面相抗的勇氣。

「大將軍他……已經下不得令了。」

「什麼？」李繼筠嚇了一跳，往榻上看去，這才看到呼延傲博情形不妙，李繼筠趕緊推開幾個吐蕃將領，急急衝到呼延傲博身邊，單膝跪倒，俯身握住他的手，急叫道：「大哥，呼延大哥！」

李繼筠的兄弟情深狀，看在心裡已起了懷疑種子的幾個吐蕃將領眼中，卻有些做作了。可是疑心不能做為證據，這時更不能自相火併，幾個吐蕃將領只是冷眼看著他。

李繼筠抓起一只湯碗，將小半碗湯水緩緩灌進呼延傲博的嘴巴，又急喚道：「呼延大哥，大哥！」

呼延傲博身子微動，意識竟然清醒過來，他睜開無神的雙眼左右看看，見自己麾下幾員大將都在，身邊還跪著李繼筠，一臉窘急，嘴角不由露出一絲苦澀的笑意。

「本以為，這一番……能建功立業，想不到……我竟喪身於此。」迴光返照的呼延傲博說話也清晰了些，他喘了幾口大氣，又道：「我……我不成了，繼筠，你……把他們帶出去……」

他閉上眼睛，握緊了李繼筠的手，沉默許久，才壓抑著嗓音說出一聲：「你要怎麼做，便怎麼做吧，我……都交給你了！」

至死，他也羞於說出用女人為人質，脅迫敵人讓步，放他一條生路的話來，不過他可以選擇寧死不辱，卻不想讓追隨他多年的兄弟們一起殉葬，臨死之際，他終於妥協了。

這句話說完，呼延傲博留戀地看了眼自己的兄弟們，溘然長逝。

「大將軍！」幾個吐蕃將領跪倒在他的屍身前淚流滿面。

李繼筠也是淚流滿面，激動得淚流滿面，這個九頭牛都拽不回的死腦筋王八蛋終於死了啊！最難得的是他臨死說的那句話，兩個人心照不宣，都明白呼延傲博臨死這句遺言到底是什麼意思。可是旁人未必知道啊，就算知道……也可以曲解誘導啊。這句話大可另外引申出一番意思來，就彷彿那六個字的最高指示一樣，大可作得文章。這混帳東西臨死終於做了件好事。

「大哥，大哥，你放心吧……」

李繼筠哭得涕泗橫流，挖空心思地改著「遺詔」：「你我情同兄弟，義比金堅，我會聽大哥的話，繼承大哥的責任，把咱們的人帶出去，把蕭關大營守得固若金湯，終有一天，為你報仇雪恨的！」

折子渝冷眼旁觀，嘴角微翹，一抹笑意一閃即逝。

清晨第一縷陽光灑向了雪原，一夜的風雪，將那小部落的伏屍和血跡都掩埋了，罪惡和殺戮似乎也隨之消失了，天地間一片無瑕的潔白。

李繼筠頭繫孝巾，腰橫孝帶，率領黑壓壓靜靜而立的將士們面向著雪原上剛剛新立的一處墳塋，默默地祭拜。沒有香燭，沒有好酒，沒有四季果蔬和鮮花，氣氛卻無比莊嚴肅穆。

一叩首，再叩首，三叩首……黑壓壓的大軍隨之跪伏，氣壯山河。

禮畢，李繼筠輕輕站起，一名党項將領走到了他的身邊，遙望東方起伏的山巒，低聲道：「老大人……當初兵敗於楊浩之後，就埋在山那邊相近的地方。」

李繼筠看了看遠山，又看了看靜寂站立、殺氣沖霄的大軍，信心陡生，他握起雙拳，用只有這名心腹才能聽到的聲音道：「會有那麼一天，我親自帶著你們，去祭奠父親大人的！」

他面朝東方，伏地三拜，吐蕃將士肅然不動，党項軍上下卻隨之一起拜倒，李繼筠起身，拂去額頭的雪，低沉而有力地道：「我會回來的！」

六百七章　男兒

人馬如潮，蹄聲如雷，數萬人馬在小小的流沙坪上激戰正酣！

呼延傲博意外喪命在一個無名小卒手中，這支聯軍的指揮權終於落到了李繼筠的手裡，李繼筠馬上揮軍南下，仍按既定路線，直撲蝦蟆寨，試圖取道「一線天」返回隴右。

吐蕃系的將領們對呼延傲博之死不無猜疑，除了李繼筠一向對權力的熱衷，意圖染指蕭關的野心外，還因為李繼筠是有前科的。當初他窮途末路投奔綏州，不甘就此寄人籬下，所用的手段就是設計殺害綏州刺史李丕顯，篡奪了他的權力。

不過他們沒有什麼真憑實據，尤其是眼下大敵當前，也不是火併的時候，所以幾位吐蕃主要將領商議了一番，決定暫且隱忍，待返回隴右後，再把此事稟報尚波千，請尚波千大頭人為自家將軍主持公道，於是他們也表現的甚是馴服。

一到鹽州，果然便踏進了西夏人的包圍圈。賴有為、柯鎮惡等左近各路兵馬連手圍剿，而楊延朗則鎮守西線割踏寨，不動一兵一卒，就是不肯給他可趁之機。激烈的戰鬥便在流沙坪的丘原上展開了。

柯鎮惡不是一個傑出的進攻型將領，卻擅長守，擅長各種地形的堅守，李繼筠先出動本部人馬，結果大敗而歸，西夏軍趁機形成半月狀合圍之勢，李繼筠再以吐蕃大將大野奴仁為先鋒，縱騎衝突，一番激戰，仍是不得進展。

大野奴仁和阿各孤是呼延傲博的左膀右臂，所部精銳戰力驚人，但柯鎮惡以逸代勞，以守迎攻，占據了主動，所以雖付出傷亡不小，給予大野孤仁的傷害卻更加嚴重，待大野奴仁所部與柯鎮惡鏖戰正酣時，左右兩翼的西夏兵馬又突然一刃雙分，一路直逼李繼筠主陣，牽制其兵馬，一路弧形包抄，將大野奴仁的兵馬完全截在了流沙坪戰場上。

眼見大野奴仁深陷重圍，左衝右突，始終殺不出來，西夏軍如汪洋大海，隨時都能傾覆他這條小船，與他情同兄弟的阿各孤不待李繼筠下令，便親率八千精銳殺進了重圍，想要把老兄弟接應出來。得阿各孤的赴援，大野奴仁士氣為之大振，但援兵多了，包圍過來的敵軍也多了，「船」大了，「風浪」也升級了，兩下裡合兵一處，也不過是延長失敗的時間罷了。

「快走，衝出重圍。」

阿各孤揮刀劈開一輪，劈開面前攢刺而來的五桿大槍，扯開大嗓門叫起來，冷不防一枝冷箭橫空射來，穿透了他的皮甲，正射中他的左肋，這一箭貫入甚深，阿各孤大叫一聲便栽下馬去。數萬兵馬往復衝殺，把整個戰場都攪成了一鍋泥粥，一旦落馬，亂蹄之下哪有命在？

大野奴仁眼見就要殺出重圍，忽見援救自己的阿各孤中箭落馬，豈肯捨下他獨自逃生？立即一催戰馬又殺了回去。四下裡的西夏軍將士就像滔天的巨浪，翻滾著撲了過來，迅速把他們埋葬在巨浪之下，連一個泡沫都沒翻起。

「報！大野奴仁、阿各孤……雙雙戰死！」

「跟他們拚啦！」耳畔忽地一聲炸雷，驚得李繼筠退了兩步，就見吐蕃將領斛斯高車紅著雙眼，彷彿一頭發情的公牛，隔著三尺遠，李繼筠就能感到他粗重的鼻息直噴到自己臉上：「李將軍，請分兵兩路，牽制左右兩翼的西夏軍，我斛斯高車率所部直衝柯鎮惡本陣，必斬其首，為大野奴仁和阿各孤兩位大人報仇！」

「斛斯將軍且慢！」

李繼筠一把拉住斛斯高車，激動地道：「我也想直入敵營，斬敵酋首啊。奈何敵軍人多勢重，我們硬拚不得，否則我等戰死沙場不足為惜，誰來為呼延大哥、為大野奴仁和阿各孤將軍報仇？聽我良言相勸，不能硬拚了。」

斛斯高車紅著眼睛，梗著脖子道：「不然又如何？難道他們會大發慈悲，放我們離去？」

李繼筠雙眉緊蹙，在原地徘徊片刻，忽地抬起頭來，一指雙手反縛、被綁在馬上的折子渝道：「那也不然，我有辦法。此女身分特殊，與西夏王楊浩關係匪淺，若以她性命相脅，必可迫使西夏軍為我們讓開一條道路。」

他說到這裡，喟然一嘆道：「其實……自從捉到此女，我便已向呼延大哥提過這個主意，可呼延大哥英雄一世，傲骨錚錚，不肯行此手段啊。我也想遵照呼延大哥的遺志，堂堂正正地擊敗敵軍，轟轟烈烈地殺出去，可……敵眾我寡，死，我固然不怕，但是我還想留此有用之身，為大哥報仇雪恨呢，個人榮辱，又算得了什麼？」

他挺起胸膛，大義凜然地道：「鳴金，收兵！本將軍要親自上陣，會一會那柯鎮惡！」

柯鎮惡眼見敵軍潰敗，不禁喜上眉梢，今天終於可以一雪無能將軍的前恥了。當年若非大王有令，縱敵離去，便早已生擒活捉了夜落紇和李繼筠，一舉成名，功震天下。而今，總算是老天垂憐，把這個機會再度送到手上，今日關門打狗，必把李繼筠留下，這分功勞，任誰也搶不走了。

眼見李繼筠收兵，柯鎮惡微微一笑，沉穩地下令：「收兵，固守，敵人急，我們不急，耗得越久，對我們越有利。馬上打掃戰場，搶救傷兵，準備下一場惡仗。」

傳令兵匆匆傳下令去，沸水一般的戰場頓時像潑下了一瓢冷水，開始安靜下來，士兵們開始匆匆收縮防線，加固陣地，搶救傷員。

過了片刻，遠處李繼筠營中，有八個持盾的戰士騎著馬，簇擁著兩個人緩緩向前走來，他們離開了自己的本陣，徐徐前行，毫不遲疑。

柯鎮惡見此情形，眉頭不由一皺，不知道李繼筠在搞什麼鬼，就算這幾個人個個都是萬人敵，難道衝得垮我的大營？這番舉動是做什麼？投降？

詫異之下，柯鎮惡舉手向下輕輕一壓，前面一排弓箭手立即把利箭向地面一指，放棄了蓄勢待發的動作。

李繼筠營中出來的幾個盾牌手左右一分，閃出裡邊兩個人來，馬上是一男一女，男女各騎一馬，那男子耳戴金環，粗眉豹眼，頭頂半禿，髮辮分於左右，腰懸一口闊刀，正是李繼筠，而那女子……

對方已在一箭地內，柯鎮惡能把對方的容貌看得非常清楚，一俟看清了那女子的容貌，柯鎮惡便是怵然一驚，他是認得折子渝模樣的，忘形之下，柯鎮惡推開前邊的盾牌手，急急衝出幾步，定睛再看，不由得面色如土。

李繼筠本來還在考慮如何介紹折子渝身分，想來西夏軍中這麼多的將領，總有人認得她的，一見柯鎮惡的反應，不由得心中大定，瞧這模樣，柯鎮惡就是認得折子渝的，李繼筠在馬上大笑：「哈哈哈，柯將軍，久違啦。想當初我李某人夜襲銀州城，趕得你雞飛狗跳，今日李某虎落平陽，被你困在這流沙坪上，總算讓你扳回一城。呵呵，李某人福大命大，縱然你手握雄兵百萬，又奈得我何？這馬上的女子是誰，你可看清楚了？」

柯鎮惡遲疑地道「她……你……她是……」

李繼筠在馬上樂不可支，捧腹大笑道：「哈哈哈，不敢相認嗎？那就讓本將軍來告訴你，這一位，就是你西夏大王楊浩輾轉反側、求之不得的折子渝折姑娘，折御勳折大將軍的妹子，柯將軍，可認得出嗎？」

「五公子？真的是五公子？」

左翼將士中，有不少是賴有為的部下，包括賴有為在內，都是程世雄的舊部，也就是折家軍的嫡系，賴有為策馬向前馳出一箭之地，看清折子渝模樣，不由得滾鞍落馬，顫聲叫道：「五公子！」說罷已是單膝跪下，行了個最鄭重的軍禮。

他這一跪，四下裡西夏軍中折家舊部紛紛隨之行禮，下馬的下馬，棄盾的棄盾，嘩啦啦跪倒一片，各部營中都有不少折家舊部，一時間引得三軍騷動。

李繼筠仰天大笑，身形震動，大腿上的傷處頓時痛入肺腑，但他端坐馬上，仍然強自忍耐，扮出一副渾然自若的模樣。他那馬鞍上已經墊了幾件軟袍，可是大腿被斷劍插入，鈍器撕裂的傷處本就難以癒合，又幾經顛簸，哪有這麼快就好的？幸運的是天氣寒冷，患處不曾腐爛化膿。

「都站起來！」折子渝一聲清斥：「各位兄弟，記得昔日香火情分，折子渝感激不盡，但你們如今是西夏軍將士，是西夏王的部下，兩軍陣前，豈能向敵營下跪，要記得自己的本分。」

折子渝一罵，賴有為不由得心中一懍，連忙抱拳再行一禮，站起身來翻身上馬，四下裡折家舊部也紛紛起立。

李繼筠睨了折子渝一眼，洋洋得意地道：「柯將軍，讓路吧，否則，李某人可不曉得憐花惜玉，一刀下去，折姑娘香消玉殞，心疼的可不是我！」

李繼筠眼中的殺氣可不是假的，一柄雪亮鋒利的長刀已然架在了折子渝纖細的頸上，無需用力，只須順勢一拖，折子渝就得命殞當場，嚇得柯鎮惡連連擺手。

李繼筠好色，天下的男人又有幾個不好色？可李繼筠心中，仍是權柄最重。當日花飛蝶妖嬈嫵媚，在綏州城也算是數一數二的絕色佳麗，李繼筠為交好呼延傲博，便也毫不猶豫地獻出去了。女人在他心中，終究不過是一件玩物，他身負殺父滅門的大仇，又豈會生起憐香惜玉之心？

四下裡，西夏將士們憤怒地盯著李繼筠，如果目光能殺人，李繼筠早已千瘡百孔，但是槍戟如林，卻是無能為力。在李繼筠的背後，也有一雙目光，飽含著怨毒和憎怒，死死地盯在他的身上，那是斛斯高車。

李繼筠雖然說的好聽，可是折子渝那一句話，已在他心裡埋下了一顆猜忌的種子，這顆種子已然生根發芽，茁壯成長：「既然你手中掌握著這樣一個人物，為何不早早與我們商量？偏要先安排一場惡仗，葬送了我兩位兄弟的性命？李繼筠，這筆帳，我一定要跟你算個清楚！」

* * *

割踏寨。

漫漫長夜，一盞孤燈，楊浩的心就像油燈的芯，飽受煎熬。

折子渝陣前被縛，三軍駐馬不前，柯鎮惡咬碎了一口牙齒，閃開了一條道路，眼睜睜看著李繼筠揚長而去，幾乎氣吐了血。

蝦蟆寨外的「一線天」並不是一條適宜大隊人馬通行的道路，當初他們之所以要選定這條路，只是因為從割踏寨返回的道路已被切斷，除此之外他們已別無選擇，眼下有折子渝在手，李繼筠最好的選擇其實是殺回葫蘆河畔的割踏寨，以折子渝為人質，逼迫楊延朗讓路。

但是李繼筠不敢冒這個險，這一回能否逃出生天的唯一保障就是折子渝了，來回這麼一奔波，萬一楊浩得到消息親自趕來了怎麼辦？在李繼筠心中，女人再美，也不過是一件洩欲工具，如果易地而處，讓他在一勞永逸殺掉死敵和保一個女人縱敵逸走之間來做個選擇，他毫不猶豫地會選擇前者。以己度人……他無法確定楊浩會如何決斷，又豈敢冒那個險？

而柯鎮惡等將領則不然，且不說軍中本有許多折家舊部，柯鎮惡必須得考慮是否會引起譁變，就是楊浩那邊的壓力，也不是他能承受得了的。楊浩什麼心意他不知道，他就不敢妄作決斷，逼死折子渝。那樣的話，儘管折子渝是死在李繼筠刀下，所有折系將士以與折家交好的麟州楊系將領，都會把他視作仇敵，到那時就算楊浩也不想放人，為了安撫軍心民意，也得把他做了替罪羊。

於是，李繼筠仍然選擇了「一線天」，數萬匹馬都遺在了「一線天」谷口外，但是他的將士卻安然地回到了隴右。隨後，飛鴿往來，戰報頻傳，剛剛趕到半路的楊浩折向了割踏寨，柯鎮惡也馬不停蹄地趕來了。

柯鎮惡面有愧色地道：「大王，臣……當時無計可施，只得讓路，坐視那李繼筠逃之夭夭，臣實在……」

「你沒有錯……」楊浩沉默了一下，又道：「不管是你果斷髮兵，斷敵後路，還是選擇流沙坪阻敵克敵的戰法，都很出色。至於讓開道路，放他離去，如果是換了我，我……也別無選擇……」

楊浩說到這裡，盯著案前如豆的燈火，神思飄忽，再度陷入了沉默。柯鎮惡不安地看了眼竹韻和馬燚，兩個丫頭回了他一個愛莫能助的眼神，她們倆現在也是噤若寒蟬，不敢作聲啊。

楊浩雖然語氣平靜，還在寬慰著柯鎮惡，可他現在心中就像一場大風暴正在肆虐著，憤怒、惶急、擔憂、殺意……種種情緒已經把楊浩化作了一座活火山，岩漿在他的心底沸騰著，雖然他還沒有爆發出來，可是除非你不知道他已經快要抓狂，否則任誰坐在這火山口上，不會心驚肉跳？

「子渝陷落李繼筠之手，我得如何才能救她回來？如何才能？」

種種念頭紛至沓來，有對子渝的擔心，有對李繼筠的仇恨，有攻打蕭關搶回子渝的種種設計方案，亦有飛快掠過不敢多想的子渝可能遭遇的不堪境遇……

楊浩突然站起身來，在帳中急急地踱起步來，竹韻和馬燚趕緊往房角躲了躲，可憐巴巴地看著他，柯鎮惡直接施展枯木神功，把自己和屁股底下的凳子化作了一體，眼觀鼻、鼻觀心，不言不動，不生不息，恨不得楊浩完全忽視了他的存在。

過了許久，楊浩忽然站住了腳步，搓了搓一臉疲憊的臉頰，說道：「你們不要站在帳外了，都進來吧！」

甲冑整齊的楊延朗、拓跋昊風等將領彷彿點將升帳一般，齊刷刷地走了進來，他們一直候在帳外，根本不敢去睡，等的就是楊浩的命令。

「子渝，我要救！問題是，怎麼救？諸位，我的心亂得很，你們有何良策，只管道來。都坐吧，此非朝堂，不必拘禮。」

柯鎮惡忐忑地道：「李繼筠取道蝦蟆寨的一線天趕回隴右，此刻正在趕回蕭關的路上，蕭關雖留有駐軍，但是兵力已不充足，我們不如強攻蕭關，搶在李繼筠之前奪下這個要塞，再揮兵痛擊李繼筠，打他一個措手不及，或者……或者會有機會。」

「萬萬不可。」楊延朗立即出言反駁：「蕭關險要，易守難攻，此乃一夫當關、萬夫莫開之地。呼延傲博和李繼筠揮軍北上之際，已做了充分的安排，縱然兵力不及以前充沛，但要守住蕭關，至少短時間內不失蕭關卻不為難，我們如果硬攻，損兵折將倒也罷了，卻未必能夠攻取，只須拖得幾日，就算李繼筠不到，尚波千的援軍也要到了，越是要救人，越不能莽撞，我以為，此計不成。」

拓跋昊風遲疑了一下，望著楊浩試探地說道：「既然如此……我們不如……不如等李繼筠趕回蕭關？咱們預伏的內應，也被呼延傲博一併帶入河西了，此番回去，他們現在正在李繼筠的軍中，要取蕭關，必得內應，我可派人翻山潛赴蕭關，一俟他們回來，馬上取得聯繫。只不過，這一來他們就暴露了身分，我們準備還不充分，尤其是宋國那邊……許多苦心布置，都要付之東流了。」

「火燒眉毛，先顧眼前吧！」楊浩咬著牙道：「昊風，馬上派人潛入蕭關打探消息，一俟得了信，立即飛鴿傳回。延朗，自各軍中挑選精銳，披甲執銳，隨時待命。」

「遵命。」

「好了，你們下去吧，我……要休息一下。」

眾將面面相覷，只得依言退下，楊浩看了眼竹韻和馬燚，勉強擠出一絲微笑：「妳們也去睡吧。」

「是。」二人默默退下。

楊浩兩眼失神，在空蕩蕩的房間裡默立半晌，才用令人不寒而慄的聲音道：「李繼筠，你敢傷害子渝的話，我不會讓你死的！我發誓，我活多久，你就會活多久，我一定要讓你天天活在地獄裡，生……不如死！」

「砰」的一聲，楊浩一掌拍下，一張結實的黃梨木桌子被拍成了碎片。

*　　*　　*

「命令前邊再加快些速度，務必以最快的時間趕回蕭關去！」李繼筠躺在一架簡陋的擔架上，急不可耐地催促著。

他的心腹將領鮑駒驊陪在一旁，說道：「失了馬匹，行路不便，將士們走的已經很快了，再加快速度，到了蕭關後，恐怕都要精疲力盡了。大人，一線天關隘處好歹有個郎中，懂些粗淺的醫道，你該先讓他給你看看腿傷、敷些藥再趕路的……」

「這點傷還要不了我的命。」

李繼筠冷笑一聲，四下看了看，放低了聲音道：「呼延傲博雖然死了，但他上面還有一個尚波千，呼延傲博死去的消息已由一線天守軍飛馬傳報尚波千去了。對蕭關這樣的重要所在，尚波千必定會再遣心腹大將前來駐守，我們唯一的機會，就是搶在他的前面。」

鮑駒驊心頭一懍，低聲道：「大人的意思是？」

「趁著蕭關群龍無首，把它掌握在我們手中！」

「恐怕……尚波千不肯善罷甘休。」

「哼！要是我爭不到蕭關，他才不肯善罷甘休。一旦蕭關為我所有已成事實，他肯也得肯，不肯也得肯，除非他肯化友為敵，承受夜落紇、羅丹和我的三面夾擊。」

李繼筠頓了頓，又道：「這喪家之犬的日子，我已經過夠了。寄人籬下，也終非長久之計。我們今後不管是想打回河西去，還是在隴右闖出屬於我們的一片天下，都必須得有屬於我們的一塊地盤。眼下，沒有比蕭關更合適的所在了，這是個千載難逢的機會，不抓住它，我們永無出頭之日。」

「蕭關的吐蕃將領們恐怕不會答應吧？」

「哼哼，不然你以為我為什麼在流沙坪先打上一打？呼延傲博、大野奴仁、阿各孤已死，剩下斛斯高車等人不足為懼，論威望、講才幹，他們都不足以獨當一面，蕭關一旦入我手中，尚波千就不敢撕破臉面擁軍與我一戰了，因為在我後面，還有一頭猛虎，一個不慎把他放進來，對尚波千來說才是真的災難。

「同時，他也會擔心我與夜落紇和羅丹聯手。所以對我來說，最難的不是占據蕭關之後怎麼辦，而是如何占據蕭關。一旦把它據為己有，尚波千哪怕火冒三千丈，也得捏著鼻子認了。撐死膽大的，餓死膽小的，就是這麼回事，所以，我們得盡快趕回蕭關，這是成功的關鍵。」

他想了想，又道：「蕭關的吐蕃部落雖奉尚波千為主，但一向是透過呼延傲博間接控制的，呼延傲博已死，我軟硬兼施，當可吞併其中一部分，至於那不肯馴服的，至少也得把他們所占據的險要山寨盡皆轉移到我們手中，地勢一易，他們就要屈居下風，奈何我們不得了。你心中有數就好，現在不要露出聲色。」

「是。」

兩個人正竊竊計謀著，不遠處傳來一陣吵嚷聲。

「放開她，沒有李大人的命令，誰也不能動她。」

「放屁，要不是因為她，呼延大將軍不會死，現在我們已經過了『一線天』，還要她何用？把她交給我們，我們要殺了她，祭奠呼延將軍在天之靈。」

「滾開！」

「去你媽的。」

一群人聚集到一起推推搡搡，很快拔刀舉槍地對峙起來。李繼筠的擔架正行於一旁，他立即自擔架上坐起，怒道：「做什麼？吵什麼吵！」

幾個党項士兵將折子渝團團護在中間，大聲道：「大人，這些吐蕃人要殺死折姑娘。」

李繼筠勃然大怒，拍著擔架大罵道：「混帳！誰給你們的膽子，沒有本大人的命令，你們想殺就殺？滾開，再有聚眾鬧事者，皆按違抗軍法論！」

「李大人真是好威風，好煞氣，呼延將軍因此女而死。難道……殺她不應當嗎？」隨著聲音，及時趕來的斛斯高車不悅地站了出來道。

「當然不應該！」李繼筠沉著臉道：「冤有頭，債有主，如果真要算帳，這筆帳應該算到楊浩的頭上才叫英雄，諉過於一個女子算什麼？要不然，便是那放箭的女真人，而他早已授首了。呼延大哥連藉女子之勢擺脫困境都不屑為之，那是何等英雄了得，我等豈能沒了呼延大哥的名聲？」

斛斯高車按捺不住了：「姓李的，你不要口口聲聲呼延大哥，呼延大將軍是我們的頭領，在河西時，暫且可以以你為首，如今回了隴右，你還想替我們當家作主嗎？」

李繼筠目光一寒，拍著腰間刀鞘，森然道：「人是我擒住的，你要殺她，先問過我的寶刀。」

斛斯高車冷冷一笑：「你不用對我耀武揚威，待尚波千大頭人委任了新的蕭關之主，自有他為我們主持公道。哼，我們走！」

斛斯高車揚長而去，望著他的背影，李繼筠也是陰鷙地一笑。

注意到折子渝凝視的目光，李繼筠轉過頭來，向她微微一笑。

折子渝走近了，說道：「現在的你，較之以前，大不相同了。」

李繼筠道：「是嗎？從我困守綏州起，我就與以前大不相同了。我學會了忍，也學會了偽裝，再也不是當初那個狂妄無知的二世祖了。這一次，我能精心策劃，挑起甘州回紇造反、興州百部造反，如果換了以前的我，就算一百個綁起來，也想不出這樣的辦法。人，總是要長大的。而表面上，我依然狂妄自大、好色無行、粗魯莽撞，一副莽夫形象，因為我發現，這副形象有助於保護我自己，對我這樣的一個人，別人總是容易消卻戒心的。」

「為什麼對我坦白這些？因為我已經是你的俘虜，無法對你構成什麼威脅了嗎？」

「那倒不然。」李繼筠微笑起來，扮出一副溫文爾雅的模樣道：「夫妻之間，總該坦白一些的。」

折子渝失聲道：「夫妻之間？」

李繼筠一本正經地道：「不錯，夫妻之間。我決定，娶妳為妻。」

折子渝目光微微一閃，說道：「呼延傲博因我而死，你不怕因此被吐蕃人遷怒？」

李繼筠道：「今日仇，明日友，羅丹和夜落紇能結拜兄弟，我為什麼就不能和折姑娘妳結為夫妻呢？」

「這樣做對你有什麼好處？」

「可以得到一位姿色姝麗的佳人，夠了嗎？」

「不夠。如果你李繼筠如今只是這麼一個人，你到處寄人籬下，委屈求全，你的部下又怎會忠心耿耿，一直追隨著你？」

李繼筠喟然一嘆：「天下芸芸眾生，想不到只有折姑娘才看得清我。有此紅顏知己，夫復何求？」

折子渝黛眉一挑：「你到底要做什麼？」

李繼筠道：「前日流沙坪兩軍陣前所見，折姑娘深受折家舊部敬愛啊。楊浩假仁假義，搾光了妳兄長的最後一點利用價值，吞併了他的兵馬，又把他發配到沙州去，折家已然敗落，難得折家舊部仍是如此心意，真是令人感動。折姑娘也不錯，生恐他們受到楊浩整治，陣前一番痛斥，名為教訓，實為關愛，用心良苦啊。」

折子渝臉色一變：「你想利用我折家舊部的力量？」

李繼筠搖了搖頭：「我沒有那麼天真，聯絡甘州回紇人和興州拓跋李氏舊部造楊浩的反，已經失敗了，楊浩耳目遍布，連他們都不成事，何況是早已受到楊浩忌憚的折家？折御勳就在河西，都奈何不得楊浩。妳縱受折家舊部的敬愛，威望權柄，又豈及得了令兄？更何況，一旦我娶妳為妻，楊浩不會不知道，他會坐視我利用妳來支配折家舊部的力量嗎？」

「那你……」

李繼筠目光灼灼地盯著折子渝，一字字道：「第一，楊浩雖忌於折家對軍隊的影響，不肯納妳入宮，但他對妳的感情卻是真的，這一點全天下都知道。我知道，妳對他雖不無怨尤，其實也還是喜歡他的，愛恨糾纏，左右為難，否則也不會年過雙十而不婚嫁。他殺我父，我奪他妻，不公道嗎？

「第二，娶了妳，就可以削弱他的力量。他對折家本就有所忌憚，如今妳又成了我李繼筠的妻子，他對令兄和折系將領，唯一的選擇就是不斷地削弱、打壓、排擠，這不就是最好地利用了折家舊部的力量嗎？我不需要去唆使他們造反，當妳嫁給我之後，楊浩自會幫我這個忙。」

折子渝定定地看著李繼筠，她忽然發現，李繼筠這個人果然變化很大，其實從他隱身綏州兩年來看，先用計殺了李丕顯，篡奪兵權，又隱姓埋名，奇襲夏州的種種行為，那時的李繼筠就已不是當初府谷小樊樓時專橫跋扈的李繼筠了。可是沒想到驟逢大變的慘痛經歷，竟會讓他脫胎換骨，變成了他父親那樣的一代梟雄，尤其是他有意地用自己原本紈褲的形象展示於世人面前，更具迷惑性。

設計殺死一向穩健多智的李丕顯，篡其兵權；隱忍兩年，祕密搭上宋國這條線奇襲夏州；說反甘州回紇，策劃興州之亂，這一樁樁一件件，如果換一個人去做，別人對他的認知和評價早已是另一個標準了。唯有李繼筠，直到事情發生，所有的人仍然沒有意識到他的陰險，能夠騙過天下人，又豈是無能之輩？

李繼筠呵呵一笑，又道：「至於第三，卻沒有任何目的了，就只為妳。姑娘貌美如花，而且素聞姑娘智計百出，流沙坪兩軍陣前，更可看得出姑娘妳深明大義，這樣的佳偶，還到哪裡去找？」

折子渝轉過頭去，冷聲道：「我是你的俘虜，生死由不得我。可我折子渝想嫁誰，卻不是由得旁人擺布的，除非你這樣天天綁著我，不怕我殺了你嗎？」

李繼筠嘿嘿地笑起來：「妳現在嘴硬，一旦成了我的女人，卻要另說了。就算妳不情不願，難道妳能殺了你的男人？等到有了孩子，我李某更不怕妳不回心轉意。我和妳打這個賭，等到那一天，我一定再無一絲戒備，就睡在妳的身邊，妳要殺便殺，且看妳下不下得了這個手，哈哈哈……」

折子渝緊緊咬著嘴脣，心亂如麻：「難道……我唯一的選擇，真的是我一向認為最無能的表現：白盡了事嗎？楊浩！楊浩！我就這麼死了？已經很久了，我還沒有再見到你！」

她從來沒有覺得自己像現在這一刻一樣束手無策、軟弱無力，她強要抑制，可淚水還是忍不住地溢了出來。

冬雪皚皚，寒風呼嘯，折子渝的一顆心如浸冰窖，再無一絲溫度……

＊　　＊　　＊

「大王，李繼筠已趕回蕭關，親自主持大野奴仁、阿各孤葬禮，又為呼延傲博建衣冠塚，與吐蕃諸部頭人、長老往來頻繁，還時常往我投靠呼延傲博的蒼石兩部落吁寒問暖，極盡籠絡。我們剛剛與他們取得聯繫，他們正遵囑祕密準備……」

「大王，种大學士自興州覆信……」

「……大王明鑑，江山社稷，豈不重於一女子耶？昔句踐以一國之君，嘗敵便溺，以王后侍寢之，嘗盡世間凌辱，臥薪嘗膽，終成霸業，逼死夫差，一雪前恥，今大王為一女子……」

「去他媽的句踐！」楊浩怒不可遏，還沒看完，就把信撕得粉碎，咆哮道：「老子寧當斷頭大王，不做綠毛龜皇帝！」

「大……大王，丁尚書覆信。」

「二弟，我以大哥的身分勸你一句，人固然要救，但是切勿衝動。否則人救不出來，反搭上自己性命，徒然貽笑天下。二弟如今不是孑然一身，還當念及家國天下，還當念及嬌妻弱子，切不可以有用之身，親自衝殺於戰場。若要救人，可妥當布署。聯絡內應，同時知會童羽、王如風，令其揮軍至蕭關，內外接應，兩相配合，一舉踏平蕭關……」

楊浩將信順手拋到桌上，剛剛吐出一口濁氣，馬燚抓著一隻信鴿，慌慌張張地跑了進來，白著小臉叫道：「大叔……」

「怎麼啦？」

馬燚小嘴一撇，眼淚汪汪地道：「子渝姐姐……要嫁啦！」

楊浩的腦筋已經有點轉不過來了：「嫁？嫁什麼？」

馬燚尖叫道：「就是要……嫁人啦！」

* * *

晨曦初升，陽光還只晒在山巔樹梢上。巡營的兩位將軍慢慢踱著步，轉悠到了朝山的一側山腳下。其中一個蹲下，用一雙粗糙的大手捧起一團沃雪，攥成了一個雪疙瘩，然後遠遠地拋了出去，打在積雪的松葉上，雪沫紛紛落下。然後就見一個小小的身影靈活地在雪地上縱躍起來。

「哎喲，是松鼠唉，快快快，快射牠。」

「射個屁呀？就算射中了，一隻松鼠，那點肉夠塞牙縫的嗎？」卡波卡翻了個白眼，懶洋洋地沒動地方。

他的老搭檔支富寶嘿嘿一笑道：「還不是嘗個鮮嘛，過上兩天，大量的補給就該送到了，到時候吃個痛快。我自己就能吃半隻羊肉，那個香啊……」

他的口水淅瀝嘩啦地流了一地，又補充道：「烤著吃。」

說完了不見卡波卡跟他鬥嘴，支富寶詫異地看了他一眼，拐他肩膀一下，問道：「老卡，想啥呢？」

卡波卡道：「沒想啥，就是這日子難熬啊。大王一天到晚暴躁難安，攪得全營將士雞飛狗跳，誰不提心吊膽吶？你這人怎麼沒心沒肺呢？」

支富寶道：「大王還有什麼不痛快的啊？回紇人造反，把他平了。拓跋百部造反，把他滅了。呼延傲博想來偷雞，結果反蝕一把米，自己交代在這兒了不說，麾下數萬大軍靠個女人才算逃出去，幾萬匹戰馬都扔在蝦蟆寨了，幾萬匹吶！就算以我草原之廣，這麼多馬也不是輕而易舉地就湊齊的呀。」

「你懂個屁！」卡波卡嗤之以鼻：「在大王眼裡，幾萬匹馬，不及那一匹胭脂馬，眼瞅著這匹胭脂馬要讓別人騎了，大王不瘋瘋癲癲的才怪呢。」

支富寶攤手道：「那有什麼辦法？以蕭關那個險峻勁，根本衝不過去呀。這幾天也不是沒有攻打過，損兵折將，毫無希望，難道把兵馬全交代在這兒？只要江山霸業在，什麼樣的美人得不到呢？」

卡波卡唏噓道：「不過就隔著這麼幾座山，自己的女人要被別人占有了，卻眼睜睜的毫無辦法，是個男人都急啊。要是我，豁出這一百多斤，救便救了，救不了陪她死了便是，二十年後又是一條好漢，算個屁呀。可大王不同，人家夫子是怎麼說的來著，家有……家有一千貫的人家公子吧，那就嬌貴的不行，坐在屋桅底下都怕讓瓦砸著，大王是什麼家業？」

支富寶袖著雙手縮著脖子，說道：「我聽那邊傳回來的消息說，李繼筠就是今兒迎娶折姑娘吧？哎呀，今兒晚上過去，大姑娘就變小媳婦了，唉，兩個郎中抬頭驢……沒治啦……」

卡波卡頭搖尾巴晃的，還要發表一番高論，眼角忽地掃到一個人影，扭頭一看，嚇得一個激靈，慌忙叫了一聲：「大……大大……大王……」

支富寶扭頭一看，一頭冷汗唰地下來了，兩條腿都軟了，哆嗦道：「參……參……參參……」

楊浩滿眼都是血絲，鬍子拉碴，手按劍柄，一步步走近。卡波卡和支富寶不由自主地退了兩步，幾乎摔倒在雪地上。

楊浩在他們原來立足之地站定了，直勾勾地看著前面的一堵山，好像要把目光穿透過去，過了許久，他才慢慢地道：「你們說的對！」

「啊？」卡波卡和支富寶面面相覷，不知道自己哪句話說對了。

楊浩忽地轉身就走，一陣風般向遠方閃去，只留下了一句話：「聚將點兵！」

＊　＊　＊

「咚！咚咚咚咚咚……」

密集的戰鼓聲響起，楊浩頂盔掛甲，肋懸寶劍，肩繫一件繡飾虎豹的大氅，一手扶案，奮筆疾書，竹韻和馬燚一左一右，侍立一旁，眉宇之間也是殺氣騰騰。

匆匆穿戴停當、唱名報進的各路將領一俟進了大帳，見此情形都不敢高聲，立即依序站定，進來的將領越來越多，楊浩頭也不抬，一封墨汁淋漓的書信寫罷，順手遞於竹韻，肅然道：「妳和小燚，攜此信立即趕回興州，要丁承宗、种放、楊繼業、張浦、木恩，五人俱在方可開啟，此信事關重大，一定不得有所差池。」

楊浩奮筆疾書時，竹韻和馬燚就站在左右，雖然不能看得完全，可也看到了隻句片語：「……家國天下，盡付諸卿……唯此，當詢王后之意。若冬兒答應，望諸卿盡心輔佐佳兒……皆委顧命……不然，另舉大賢，我意……」

雖是隻言片語，二人卻已明白其中的意思，如果他楊浩今日戰死蕭關，這封信就是他的遺詔。

楊浩把信交給竹韻，轉眼看向帳前，兩排將領肅立如山，清晨中軍帳內尚未生起火來，寒冷一如室外，他們噴出的呼吸氤氳成一團霧氣，模糊了他們的容顏，使得他們看起來就彷彿是兩排正欲衝鋒陷陣的戰馬一般。

楊浩提足了丹田氣，怒髮衝冠地喝道：「霸業江山，江山霸業！」

眾將不由自主地身軀一振，屏住了呼吸。

「霸業與一女子，何者為重？當然是霸業！自古以來的帝皇聖賢都是這麼告訴我們的，我覺得說的很對，可對是對，我寧願選擇那個錯的。如果我連自己的女人都無法保護，如果我連自己的女人受辱都要忍氣吞聲，我要什麼千秋霸業？我要什麼江山社稷？連個男人都不是，做個皇帝又能如何？」

「我的義父是党項人，党項人恩仇分明，喜歡復仇，不復仇則終生不得穿錦衣、食玉食，唯無能復仇為奇恥大辱，這才是男人！」

下邊的党項將領盡皆胸脯一挺，與有榮焉。

楊浩風雨雷霆般的聲音繼續道：「党項人的風骨，有仇必報，哪怕為此粉身碎骨，若敵人遠遁，一時不能尋得，必擒其家牲畜，先代其主射殺之，號曰『殺鬼招魂』！又有那家中只餘婦人幼子，無力殺敵報仇，也必伺機尋到仇家，舉火焚其廬舍，以全其義！非如此，舉族鄙之，難稱男兒！

「在我中原漢人習俗之中，亦有殺父之仇、奪妻之恨，弗與共戴天之說。此等大仇不報，枉為男兒！李繼筠擄走子渝，迫其成親，就在今日，不過幾座山頭隔著，同在一片天底下，讓我楊浩如何忍得？我楊浩想做一個好皇帝，但我先要做一個好男兒！

「調兵遣將？徐而圖之？我能等，子渝等不得。援兵尚未趕到？不等了，內應準備是否充足？不管了！本王現在就要發兵直取蕭關……」

楊延朗出列奏道：「大王！」

楊浩拔劍出鞘，一劍斫去桌角，厲聲喝道：「本王心意已決，再有進言者，殺無赦！」

六百八章　搶新娘

「原來是蕭風寒蕭大人到了，呵呵，今天是李大人大喜的日子，您怎麼來了？」蕭關駐地高處，蒼石部落的頭人拓跋王科含笑向前迎去。

蕭風寒也是李繼筠的心腹之一，他踱到懸崖邊，扶崖向下看了一眼，漫不經心地笑道：「來看看，大人大喜，可不能讓人攪了大人的好事。這幾天西夏軍幾番攻關，你們做的很好。」

他看了眼另一個把守這第一道門的將領，那人名叫盧冠羽，卻是李繼筠一系的人了：「以前這兒是你們和呼延傲博的人把守，冠羽剛剛調過來沒兩天，諸事還不熟悉，冠羽對我說過了，你對他很是配合呀。王科啊，這就對了，不管怎麼說，咱們才是一家人，都是党項人嘛，當初你們過來，投奔呼延傲博也是不得已，那時大人就向呼延傲博討要過你們，可是呼延傲博不給啊。現在好了，咱們又成了一家人，你們好好幹，等這蕭關成了咱們的天下，你的前程便不用擔心了。」

「多謝蕭大人，還望大人在李大人面前多多美言。」

「應該的，應該的。」蕭風寒含笑點頭，說道：「今兒李大人大喜，每座山頭賜肥羊三隻，美酒十罈，你們可以盡情享用，只是不可喝醉，以免貽誤了軍機，好啦，我得回去了，李大人大喜之日，我也得去叨擾兩杯。」

蕭風寒舉步向外走，盧冠羽快步跟上，蕭風寒低聲道：「今日大人成親，已遍邀吐蕃各部頭人，有的是肯與大人交好的，還有那不識趣的，像斛斯高車，糾集了一夥人，打算去鬧是非。大人早已祕密部署下人手，打算把這些人一網打盡，用他們的血，給自己的喜事添點紅。呵呵，鮑駒驊一個人怕忙不過來，我得過去籌備其事，這裡就交給你了。此處乃一大當關、萬夫莫開之地，西夏人衝不開的，你可多多籠絡拓跋王科，他們曾引著呼延傲博的人攻打西夏關隘，又曾隨咱們一起攻入河西，出生入死，算得上是忠心耿耿，現在正是用人之際，他們總比吐蕃人可靠得多，千萬不要拿出你醉酒之後喜歡胡亂打人的臭脾氣，與他們鬧出爭執來。」

盧冠羽連忙保證道：「大人放心，末將今日滴酒不沾，一定不和王科的人起衝突。」

懸崖上，一個蒼石部落的士兵匆匆走到拓跋王科身邊，悄悄低語幾句，王科吃驚地道：「今天？你確定是今天？」

他看了看山下，又扭頭回望重重山巒，憂心忡忡地道：「這兩日，李繼筠正把吐蕃人陸續調離重要之處，對我們倚重很大，幾個重要的關口大多已在我們的掌握之中，只有第三道關口，現在還沒有我們的人……」

他沉默片刻，頓足道：「罷了，傳信回去，我們準時動手。至於第三道關口，馬上派幾個人去，搶在他們發現異常之前殺人奪關，幹吧，就他娘的這一錘子買賣了！」

*　　*　　*

「一拜天地……」

一身盛裝的新娘子頭戴紅蓋頭，被兩個五大三粗的婆娘「攙」著，強行按下腰去。

「二拜……」

「且慢！李繼筠，你口口聲聲認我家將軍為大哥，你這大哥屍骨未寒，你就迫不及待要迎娶害死他的仇人過門了？」

斛斯高車糾集了一群人，排眾而出，怒氣沖沖。

李繼筠面噙冷笑，不為所動，三拜天地後，兩個婆子把新娘子架回了洞房，李繼筠這才笑吟吟地轉過身來，滿面春風地道：「這是吐蕃人的規矩還是党項人的規矩啊？我們那兒，可沒有這樣的說法。」

因為折子渝和呼延傲博之死甚有關聯，李繼筠本不必現在就成親，以免觸怒他們的情緒。可是自從回到蕭關以後，斛斯高車祕密聯絡了一些頭人，仗著尚波千很快就會派人來接管蕭關，處處與李繼筠作對。李繼筠想搶先接手蕭關，就不可能不流血。因此他已打定主意，藉成親一事，激怒那些死忠於呼延傲博的人，將他們一網打盡。

到時候留下的人不是他的人馬，就是膽小怯懦、願意歸附他的當地吐蕃部落，要在尚波千面前找個藉口再容易不過，就算尚波千不信，除非他決心就此翻臉，否則也只能不信裝信。李繼筠已打定主意，必須搶占一塊屬於自己的地方了，為此，不惜與尚波千反目成仇。

一見斛斯高車果然糾集了一群人來鬧事，李繼筠向站在人群中的鮑駒驊使個眼色，鮑駒驊點點頭，悄然向外閃去。李繼筠臉色一正，已然怒道：「斛斯高車，我對你一向禮敬有加，你對我倒是咄咄逼人。今日是我大喜的日子，莫非你要來尋我的晦氣嗎？」

「我呸！尋你晦氣又如何？」

斛斯高車把外袍一解，嘩地一下甩脫到地上，裡邊竟是一身的喪服。緊接著隨他擁入的一群吐蕃人盡皆除去外袍，立時間大廳中便出現了一群披麻帶孝的人，兩旁賀客不由竊竊私語起來。

李繼筠怒極而笑：「斛斯高車，這是你自己找死，可怪我不得。」

就在這時，外面已動起手來，蕭風寒率人包圍了斛斯高車的侍衛，雙方大打出手。斛斯高車倒沒想過李繼筠有膽量在光天化日之下對他們這麼多人起了趕盡殺絕的意思，不過今天存心來鬧事，一頓拳腳想來是免不了的，所以帶過來的人不少，足足有五百多人。

不過蕭風寒早有準備，圍過來的人更多，兩下裡就在李繼筠的府門外刀光劍影，廝殺起來。

而裡邊以斛斯高車為首的各部頭人就沒有那麼幸運了，鮑駒驊站在牆角一聲高喝，兩側夾牆甬道內忽地跑出大隊手持長矛的侍衛，將他們團團圍住，斛斯高車又驚又怒，拔刀出鞘，大吼道：「李繼筠，你要反了不成？」

李繼筠傷處未癒，行動不便，由幾名心腹護持著向後徐徐退去，冷冷笑道：「你是個什麼東西？也配向老子說一個反字？給我殺！」

喜宴大堂登時演起了全武行，男女賀客，尖叫逃竄，穿孝服的、披皮甲的，廝殺到了一處……

* * *

「給我殺！」

楊浩提了一把長槍，不聽任何人勸阻，親自衝鋒在前，眼見如此，麾下眾將也都像中了瘋魔一般，嗷嗷叫著殺向蕭關。

第一道關隘順利突破了，盧冠羽在蕭風寒面前答應的爽快，可一轉眼老樣子就出來了。沒人相勸，他都還要喝兩杯，何況是拓跋王科曲意奉迎。上有所行，下有所效，盧冠羽的部下都是好酒貪杯之輩，酒意正酣之時，拓跋王科一聲大喝，他的人驟然發難，迅速將盧冠羽的人馬殺了個七零八落。

這時楊浩的人馬業已趕到，拓跋王科打開關隘，楊浩一衝而過，馬不停蹄，只知道跑直線了。

做為一個國君，他的個人情感壓抑的太久，也克制的太久，現在終於被卡波卡和支富寶一番話給激發了，現在的楊浩不是一國之君，不是千軍萬馬的統帥，只是一個男人，一個妒火中燒的男人，楊浩現在滿腦子都是折子渝被李繼筠按在床上肆意淩辱的畫面，刺激得他如瘋如魔，他真怕殺到李繼筠面前時，已然遲了一半，那時子渝已做了歹人婦，他該如何是好？如果真的有那一刻，他寧願先戰死在這裡，無知無識，便也不受那個罪了。

至於揮軍突擊，可能會迫使李繼筠遽下毒手，根本不在他的考慮當中，他只知道那非子渝所願，亦非他所願，大不了死在一處罷了。柯鎮惡作不了這個主，他既無法承受可能來自楊浩的怒火，也無法承受來自折系和麟州楊系將領的壓力，而楊浩心目中，早已把子渝當作了他的妻子，他可以為她作主。

蕭關各處關隘自秦漢以來代代修繕，建立了非常嚴密的封鎖網，但是這些封鎖點主要是依據地利，居高臨下採取守勢的堡壘烽燧，並不能安排太多的人馬，一旦被人侵入，其險要也就不再有可恃之處了。蕭關之險，在於地勢，若有內應則優勢盡失，反而因為地勢的陡峭，使他們無法迅速集結人馬。

楊浩從兩年前就開始安排這步伏棋，即便是呼延傲博揮軍河西，攻城掠寨，燒殺搶奪，都始終沒有動用他們，關鍵時刻，這招伏棋終於發揮了最大的作用。西夏軍勢如破竹，若是硬攻，恐付出數萬傷亡也難攻克的堡壘，就在這樣一支小小的伏兵作用下土崩瓦解了。

楊浩快馬流星，殺奔第二道關隘時，裡邊的內應剛剛發動突襲，和李繼筠的嫡系人馬殺成了一鍋粥，廝殺半晌，不過這樣一來，內有接應牽制，就無人登上堡壘城牆抵禦外敵了，一道道飛鉤擲上城牆，敏捷如猿的戰士們口銜鋼刀飛快地攀援而上。

他們攀到一半時，城門吱呀呀地打開了，一個渾身浴血的蒼石部勇士搖搖晃晃地推開了半扇大門。城門一開，就似洪水決堤，大軍如潮洶湧而過，解決敵軍殘部的事都交給後隊人馬了，楊浩只是向前衝，用最快的速度向前衝，現在只有衝到折子渝的身邊，看到她的身影，他那顆沸油中煎熬著的心才能踏實下來。

一陣陣寒意掠過他的心頭，他只有不斷地揮槍刺殺，才能稍慰心中的恐慌，那種恐懼失去的心情，他以前只有過一次，那一次，他單槍匹馬，一個人向河邊狂奔，跑得肝腸寸斷，也不敢稍停，就怕遲了一步，冬兒便被沉入河水。當他終於絕望的時候，他一個人，向一百多個壯漢揮起了拳頭。

這一次，他做為一個男人的血性，終於又回到了他的身上，壓住了他的理智、他的責任，卻讓他覺得是那般暢快！

第三關，楊浩終於止步。拓跋王科的人雖然及時趕到了，奈何他們人數太少，第二關距第三關又太近，他們來得雖快，仍然引起了守軍的警覺，混在關隘中的人倒也機警，根本未敢妄動，直到關隘外面楊浩揮軍發動猛攻，箭潑如雨，鉤撓如林，他們才突然發動，試圖搶奪吊橋，砍斷纜繩。

戰鼓如雷，號角淒厲，殺聲震天，箭矢如雨，石落如雹！

楊浩的瘋魔，使得他的部下們也瘋魔了，守在這道關上的一半是李繼筠剛剛安插過來的人，一半是尚未來得及調遣開的吐蕃人，他們從來沒有看到一支隊伍會是這般瘋狂，大隊大隊的士兵不需號令，就瘋狂地擁過來，密集的箭雨不要錢似地往城頭上潑，掩護著他們的戰士用最簡陋的攻城武器往城頭上爬。

一個人被砸下去了，第二個人馬上接過第一個人的繩索，一條繩索砍斷了，馬上又有十條飛鉤擲上城來……

「真他媽的見鬼了，快，馬上向雅隆部落求援！」一個吐蕃將領抹了把臉上的鮮血，倉皇地叫道。

這是最後一道關隘了，由此往裡，山勢漸漸平緩，兩側山坡上已經開始有部落村莊，最近的一個部落就是雅隆部落。警鐘戰鼓敲得震天響，雅隆部落早該聽到了，可是卻未見一兵一卒趕來赴援。守關的這位吐蕃將領還被蒙在鼓裡，他哪知道雅隆部落的頭人已經跟著斛斯高車跑去找李繼筠的麻煩了。而李繼筠早安排了鴻門宴等著他們的到來。

「打，狠狠地打，他們衝不上來！」

李繼筠麾下的一個將領吐一口唾沫，揮起了手中的長刀，一臉兇厲地大叫：「守住這道關口，援兵馬上就到！」

箭矢、石灰包、石塊、毒火煙藥球、火油彈，拚命地往城下拋，因為城下的箭雨打擊也十分密集，稍一露頭，甚至離開盾牌的保護時間稍長一些，就有可能中矢喪命，所以檑木滾石拋得也是七零八落，儘管如此，關隘外面本不算十分寬闊，打擊面還是相當大的。

就在這時，剛剛混進去不久的十幾個蒼石部落戰士突然發難了。守在吊橋纜繩旁的幾個士兵紛紛中箭倒地，一開始其他人還以為是被外面的箭矢射中，很快就有人發現躲藏在後面的這些人居然在向他們放箭，立即大叫著有奸細，便拔刀衝了上來。一見身分被識破，這些戰士把牙一咬，也拔刀衝了上去，只要給他們機會砍斷吊橋索，就能放進自己的隊伍。

「殺呀！」城頭的混亂，使得城門前方的打擊稍緩，緊接著，吊橋門一邊的繩索被砍斷了，沉重的吊橋轟隆一聲，斜斜沉下一半，繃得另一側的繩索吱吱直響。這一下，城下的人也注意到了這裡發生的異變。人群中突然躍出兩道靈活的人影，兩人一人一條繩索，飛鉤貫上城頭，立即攀援直上，速度快如飛猿，一眨眼就接近了城頭。

「嚓！」一條飛鉤被及時砍斷了，城下的人不由一聲驚呼，可是那人身手實在了得，身形下墜中竭力一探，一個橫空翻身，斜掠出五尺，竟然又抓住了一條剛剛被滾石砸下城去的士兵繩索，繼續攀援直上。

此時，另一個身材比他更加矮小的士兵已經翻上了城頭，肩頭掣出明晃晃一柄長劍，長劍吞吐，劍光點點，猛撲上來的五名吐蕃勇士便已紛紛中劍栽了下去。城頭守軍立即再度擁上，這時另一個攀索上城者離城頭還有三尺多遠，雙腳一蹬城牆，手上一使力，整個人竟騰空而起，翻上了城頭。

那些揮矛向先前一人平刺過去的吐蕃士卒全然沒提防在他們頭頂竟又躍出一人，這人出手比剛剛那人還要狠辣，立即擊倒兩人，腳尖在矛桿上一點，帶尖的靴頭「噗」地一下貫進一個吐蕃士兵的額頭，這才凌空收腰，翻身落地，與那身材矮小的軍士背靠背地站在那兒。

「小燚，斷吊橋索！」

「好！」那身材嬌小的戰士人劍合一，向繃緊的吊橋索激射過去。另一個人抬腳一踢，一桿長矛便到了手中，「嗚」的一聲怪響，她以矛作棍，來了一招橫掃千軍，獨自一人，力敵十餘個吐蕃勇士。

這兩個人正是竹韻和馬燚，楊浩讓她兩人持信回興州，本就存了維護之意，不願讓兩個女孩子家隨著自己冒此奇險，他可是紅了眼睛，寧可這天下不坐，也要衝冠一怒只為紅顏，當個沒出息的西夏王。然而竹韻和馬燚豈肯此時離他而去，二人悄悄地安排了暗影侍衛中兩個忠誠可靠的人持信急返興州，她們則喬裝打扮，隨楊浩闖關，殺向了隴右。

這兩大高手相配合之下，那道吊橋終於轟然一聲，砸在地上，蕭關三關，鬼神難度，最後一道關隘也在楊浩的面前奇蹟般地打開了……

*　　*　　*

「殺呀，殺呀……」

建在蕭關內側平原上的李繼筠部所在，此刻血染沃野，一片狼藉。

李繼筠要藉這個機會將敵對勢力一舉剷除，把蕭關澈底掌握在手中，豈料他昨日才定下成親之事，消息當晚便已傳到了山那邊，他把自己最得力的幹將都集中在這裡，誘引吐蕃的重要將領，意欲把他們一網打盡，直接造成了幾道不可逾越的天塹險關缺少得力幹將，在楊浩內應的配合下一一告破。

李繼筠府門前，蕭風寒殺得正快意無比，忽聽遠處吶喊聲聲，漫山遍野都是騎兵，一個個好像火燒屁股一般，用最快的速度飛奔而來。

李繼筠這個駐紮地是呼延傲博指定的，四下裡一馬平川，無險可守，眼下呼延傲博剛死，李繼筠正著手剪除他的羽翼，離鳩占鵲巢、進駐呼延傲博的住宅還差著那麼一截時間呢。

「喝！」人未至，箭先至，瓢潑箭雨鋪天蓋地，一番無差別打擊，遍地死屍。蕭風寒遍體箭矢，臉上都插了四、五枝箭，凸目濺血，看起來怵目驚心，至死他都不明白到底發生了什麼事。

「殺！」齊刷刷的馬刀舉起來了，雪亮的刀光耀目生寒，西夏士兵們高舉鋼刀，踏直馬鐙，居然對著倖存不多、失魂落魄的敵軍又來了一次大屠殺。高舉如林的馬刀帶著無所不破的氣概橫衝而至，鐵蹄踐踏處，利刃左劈右砍，血光迸濺，一時血雨紛飛。

「發生了什麼事？」一些零星的箭矢射到了院內，傷了幾個剛剛要控制住局勢的士兵，一個小校拉開大門，大聲叫嚷道。

「嗚……」撕心裂肺的一聲怪嘯，一聲雕翎箭電射而至，那是一枝鳴鏑，這個小校應聲便倒，鳴鏑自他眉心直貫而入，箭尖透出後腦，其速之快，讓他連慘叫聲都來不及發出。

楊延朗反手掛好長弓，再度擎起了他的亮銀槍，但他已經無敵可殺了，身旁，楊浩已棄了滴血的長矛，握緊了他的紫電劍，雙腿一磕馬鐙，催馬急進，躍到那半開的大門前，戰馬前蹄躍起，狠狠踏下，「轟隆」一聲把門踹開，便連人帶馬衝進了院去。

院子裡斛斯高車等吐蕃將領死的死、殘的殘，倖存者正被李繼筠的人馬反剪雙手五花大綁，李繼筠被人扶著站到廊下正要發表篡位感言，安撫一下那些已經對他示好服軟的當地頭領，猛見一馬飛入，不由驚得目瞪口呆。

那馬蹄一踏之力何等巨大，門扉反彈，「轟隆」一聲又把大門闔上了，結果把門外的西夏兵也嚇了一跳，拍馬緊追而來的柯鎮惡和拓跋昊風更不遲疑，一前一後也踹門而入，這道剛剛用了不足三年的大門被一連三踹，登時四分五裂。

潮水般湧入的西夏兵，把大廳中所有的人都嚇呆了，李繼筠如見鬼魅，不似人聲地怪叫道：「不可能！不可能！我在做夢！你怎麼可能會在這裡？難道你插了翅膀不成？我一定是在做……」

「啪！」清脆無比的一聲響，楊浩劍刃一橫，用劍脊作馬鞭，在他臉上狠狠一抽，李繼筠哇地一聲怪叫，兩顆後槽牙都被打飛了出去，身子踉蹌摔出，一跤跌在地上，只覺耳鼓嗡嗡作響，欲待站起，卻被這一下抽得平衡系統出了問題，好像折了翅膀的麻雀，撲騰了半天也沒站起來。

「把他綁了！」

楊浩一聲令下，飛身下馬，手中仗劍，自李繼筠麾下那些呆若木雞的士兵們中間旁若無人地走過，霍地揪住一個錦袍裘帽、上插紅花的長臉漢子衣領，那人個頭不比楊浩低，竟被楊浩一下子舉了起來，看那模樣，好似還毫不費力，原來極度的憤怒也能令人爆發十倍的力量。

楊浩嘶啞著聲音，瞪著那人問道：「折姑娘在哪兒？」

「洞洞洞洞洞……」

那人打扮一看就是個唱禮的司儀，所以楊浩向他問話，可是此人膽子忒小，眼見楊浩赤紅著雙眼，一副要吃人的模樣，嚇得他兩股顫顫，打了半天的鼓點，也沒說出那個「房」字來。

眼見楊浩面目猙獰地舉起了長劍，他卻突然福至心靈，說出一句話來：「我帶你去！」

楊浩一鬆手，那人雙腿已軟，一屁股摔到地上，尾椎骨一戳，痛徹肺腑，倒讓他清醒過來，這司儀也不敢聲張，急急爬起來，引著楊浩便往後走。

楊延朗生恐大王有失，急急擁兵隨之而入，其實扮作校尉的竹韻和馬燚早已尾隨其後了。

一路往裡行，後宅中有些丫鬟侍婢，猛見一個陌生男人頂盔掛甲，一身鮮血，手提長劍，殺氣騰騰而來，後邊跟著的人一個個甲冑鏗鏘作響，都嚇得魂不附體，連忙避過一旁，楊浩目不斜視，也不理會，只管大步上前。他的心都快要跳出來了。

今日一怒，他實現了一個奇蹟。世上沒有不破的關隘，但是歷史上從未有哪個人，能用他這樣前所未有的速度連破三關，視關中北大門蕭關如無物，他現在站在這裡，而那三關的戰鬥可能還沒有完全平息。然而，這一切都不重要，他只想知道，子渝……有沒有事。

雖說今日才剛剛拜堂，前邊正在辦喜事，可李繼筠……記得當初在小樊樓初識他時，此人就是一個好色無行的紈褲子弟，他會捱到今日仍對子渝守禮以待嗎？

想到這裡，楊浩不寒而慄，他不會嫌棄子渝的，不管是她喪失了清白，還是被人毀壞了容顏，在他心裡，折子渝永遠都是那個桃花依舊笑春風的美麗少女，都是那個俏立葡萄架下，膚如沃雪、眸如點漆的愛笑女孩。可是，他不嫌，子渝會不計較嗎？

如果她真的已經失身於李繼筠，也許，沒有見到自己的時候，她還能忍辱活下去，一旦見到了自己，那她……

站在洞房門外，楊浩手指打顫，竟然不敢推開門。

後面所有的人都屏息靜靜地站在那兒，過了許久許久，楊延朗才慢慢走到楊浩身邊，低聲道：「大王……」

楊浩身子一顫，咬了咬牙，猛地推開了房門。

倉卒布置的洞房只是盡量用紅色來裝飾過了，談不上如何華貴，帷分左右，幔帳流蘇，中間坐著一個一身紅的女子，頭上蓋著鴛鴦戲水的紅蓋頭，唯一和別的新娘有所不同的是，別的新娘子你第一眼看到她的時候，唯有一身的紅紅火火，只有皓如素玉的一雙柔荑，是露在那紅裝外面的。或許，皓腕上會綴一雙翠玉鐲，或許，纖細的十指正緊張地攪纏著手帕，而她……整個身子都藏在衣裝下面，因為她的雙手仍然是被反剪著的。

楊浩只是痴痴地盯著那個身影，他的眼睛是紅的，那個身影也是紅的，餘此之外，再無所見。

房中還有兩個五大三粗的婆子，臉上塗著兩個圓圓的胭紅，張口結舌地看著楊浩，完全不明白發生了什麼事。

「妳們出去！」

楊延朗也知道人是救下來了，可是人……卻不一定真的救得走，說不定一會兒就會有些難以啟齒、不足為外人道的話，發生在這對多災多難的情侶之間，旁人可是不便與聞的，於是便幫楊浩說了這句話。

一見楊延朗那一身的血，和手中染血的劍，兩個婆子連個屁也不敢放，夾著肥屁股便扭了出去。楊延朗退後一步，悄悄掩上了房門。

楊浩一步一步，慢慢地蹭向折子渝，好像腳下墜著千斤大石。好不容易走到了折子渝的身邊，楊浩抬起手，猶豫再三，方才壯起膽子去掀她的蓋頭。

顫抖的手指觸及了蓋頭的絡纓，慢慢地、慢慢地掀起了一角，那一身紅的新娘子忽然動了，背在身後的手突然伸了出來，一根尖利的東西抵在了楊浩的腰眼上，折子渝兇巴巴的聲音道：「別動！這個部位，只要我的簪子刺進去，就能讓你斷子絕孫！」

楊浩的手頓時僵住，折子渝冷笑道：「沒想到我折子渝會解縛吧？楊浩麾下奇人異士比比皆是，我有幸與其中一位高手同住半年之久，只可惜那時覺得這是雕蟲小技，未曾掌握精髓，直到此時枯坐一個時辰無人看管，我才解開……」

楊浩的目光落在她的腕上，原本皓美如玉的手腕血肉模糊一片，看來她自我吹噓的解縛術，練得確實不怎麼樣。

「別打鬼主意！你腿上有傷，行動不便，既然落在我的手裡，就不可能逃脫。」折子渝一面說，另一隻手抬起來，便輕輕去扯蓋頭：「準備馬，我要你親自送我離開，直到安全之地！放心，我折子渝信守承諾，到時自會釋放你，李大人壯志在胸，不會選擇與我這小女子同歸於盡吧？」

「妳的蓋頭，只能是為我而蓋……」

楊浩話一出口，折子渝整個人便如遭雷擊，手中的玉簪「啪」的一聲落在地上，跌得粉碎。

「所以，這個世上，也只能由我來把它揭開，就算是妳，也不行……」

楊浩說著，已牽住那蓋頭的紅絡纓，輕輕將它扯落下來。蓋頭滑下，露出那張清麗俏美的容顏，頰上不知何時已綴上了兩顆晶瑩的淚珠，看清了楊浩的模樣，兩顆珍珠立刻變成了兩串珍珠，劈里啪啦地滾落下來，折子渝悲泣一聲，已緊緊環住了楊浩的身子。

「別哭，別哭，沒有事了。」

折子渝只是搖頭，也不知多久的思念，多少的恐懼，多大的委屈，全都化作了她的淚水，折美人終於也有水樣的時候。

眼見折子渝只是哭泣，楊浩卻是心中一沉，他早已做了最壞的打算，想不到卻真的到了這一步，生恐刺激了子渝，遲疑良久，他才斟酌著道：「不管發生過什麼事，妳都不必放在心上，這一輩子，妳是我的，下一輩子，還是我的，生生世世，妳都是我的，不離不棄，再不分離，妳一定要答應我。」

「可是……可是……」折子渝淚流滿面地抬起頭：「可是我已經……」

楊浩趕緊哄她道：「沒關係、沒關係，我不在乎，妳也不要放在心上，還有誰知道？我一刀把他殺了！」

折子渝一呆：「我……我已和那天殺的李繼筠拜過了天地，知道的人成千上萬，你殺得光嗎？」

楊浩也是一呆：「妳……妳說的就是這事？」

折子渝吸吸鼻子，幽幽地道：「這事還是小事？你以為是什麼事？」

「啊！」折子渝冰雪聰明，方才驟然在這絕不可能之地見到楊浩，一時忘形之下真情流露，這時卻已迅速恢復了她的慧黠機靈，不由得嬌顏一紅，又氣又羞地道：「沒有你想的那麼不堪，是不是讓你失望啦？」

「沒有失望，當然沒有失望。」楊浩大喜：「這件事算什麼事？就算全天下都知道又怎麼樣？我記得，草原上，有一個規矩，一個搶新娘的規矩……」

他的嘴角噙著笑意：「誰能搶走新娘，殺死新郎，那新娘就是誰的，她要從此視那個人為她理所當然的夫君，一生一世服侍他，尊敬他，愛他，聽他的話，不准吃醋，不准發脾氣，男人要她生幾個孩子，就得為她的男人生幾個孩子……」

折子渝一開始還在點頭，到後來眼睛越睜越大，驚奇地道：「誰規定的？怎麼還有這麼多的規矩，我怎麼從來沒聽說過？」

楊浩一臉理所當然地道：「當然是我規定的。」

折子渝又好氣又好笑，抬手欲打他，手揚起來，終於卻只輕輕地落到了他的身上：「你……怎麼會出現在這兒？」

楊浩在她身邊坐下，輕輕環住她的腰肢：「聽說妳撞見了呼延傲博的亂兵，我立即從興州趕來，半路上就又聽說妳已被擒來了蕭關。急得我……好在呼延傲博身邊有我安排的人，李繼筠接收了呼延傲博的地盤，也把我的伏兵接收了過去，在他們內應之下，我率領大軍直接闖關，就這麼……一直殺進了李繼筠的家門……」

「你……」折子渝心中激盪不已，到了嘴邊，卻只變成了一句話：「你是一國之君……」

「誰規定一國之君就得四大皆空，無情無義？」

「你真的……不應該來的……」

「有時候，人要跟著他的心去走，哪怕那裡是他不該去的地方。」

折子渝抬起了眼睛，露出了楊浩非常熟悉的神采：「你經常為了女人去你不該去的地方嗎？」

楊浩心中響起了警報聲，馬上以圓滑的外交詞令回答道：「妳是頭一個。」

「那誰是下一個？」

「妳已經開始關心這個問題了嗎？」

「才怪！」

折子渝嗤之以鼻，真正的她，又回來了……

*　　　*　　　*

「很高興見到諸位。」

楊浩大馬金刀地坐在主位上，下邊綁著斛斯高車和李繼筠兩夥人，李繼筠瞪著楊浩直欲噬人，斛斯高車瞪著李繼筠，好像也要一口把他吞下。那些從呼延傲博一方轉而投奔李繼筠的牆頭草，則繼續扮演著牆頭草的角色，左顧右盼，瑟瑟發抖。

楊浩滿面春風地道：「要把大夥湊到一起，是多麼不容易的一件事啊，難得大家濟濟一堂，今日就請大家做個見證，本王……西夏王楊浩，就借這幢宅院，這處洞房，與折子渝姑娘成就夫妻。」

折子渝沒想到他真要在此成親，不由得臉蛋一紅，可是乜了他一眼，卻出奇地沒有做出一點反對的意思。

李繼筠哈哈大笑，口齒露風地道：「楊浩，我和她已經拜過堂了。」

楊浩從容自若地道：「入鄉隨俗，草原上……有個搶親的規矩。」

李繼筠的臉色唰地一下變了。

「架出去！」

兩條大漢撲過來，架起五花大綁的李繼筠就走，兩個提著鬼頭刀的大漢緊隨其後。

楊浩若無其事地站起身來，一指那個膽小的司儀，說道：「你來，主持婚禮。」

折子渝還昰那身新嫁衣，楊浩親手為她重新披上了鴛鴦戲水的蓋頭，賀客也是原班人馬，那司儀栂開二度，哆哩哆嗦地唱禮道：「一……一一……一一……」

「真……真的要在這……這裡成親啊？」折子渝的臉蛋燒得像火，期期艾艾地道。

「為什麼不？李繼筠把洞房都給咱們準備好了，今天可不正是天作之合嗎？」

折子渝抓著腰間的合歡結，結結巴巴地又道：「可……可蕭關……」

「蕭關已盡在我掌握之中，諸部頭人也在這裡……」

「可尚波千，這裡……」

「尚波千正和夜落紇鬥得不可開交，他沒這麼快得到消息，得到了消息也來不及今晚趕到，楊延朗和柯鎮惡兩道防線，將這裡團團護住了，妳不用擔心會有人打擾我們……」

「我……我……」

眼看著楊浩走近，折子渝長長的睫毛唰地一下閉緊，翕張的紅唇微微仰起，好似無聲的邀請，楊浩如願以償地品嘗到了久別的櫻唇。

熱吻中，對人兒雙雙倒在軟綿綿的新被褥上，楊浩的手指輕輕撫過她的眉、她的腮、她的唇，滑到了她的頸側……子渝悚慄著，既害怕又期待，又有一種莫名的快樂和空虛感，當那雙手溫柔而緩慢地握住了那一雙渾圓，她的呼吸陡地粗重灼熱起來，一聲難捺的嬌吟好像鳥兒的清啼，不由自主地滑出了她的歌喉，那銷魂蕩魄的聲音把她自己嚇了一跳，羞恥感讓她渾身都滾燙起來。

她不知道，原來她所期待的這一刻來臨時，兩軍陣前也冷靜自若的折五公子居然也會如此手足無措，如此軟弱被動。

渾圓的雙乳、結實的腰肢，脂白瑩潤、光滑粉嫩的肌膚……玉體橫陳，秀髮披散，半睜的秀眼在紅燭中蕩漾著盈盈的水波。折子渝的兩頰潮紅如暈，被親吻過的紅唇鮮嫩濡溼，水潤的雙眸也開始迷離起來，她只能又羞又怕，像一隻受驚的小鹿般任君採擷……

一夜春光，一宿纏綿，風雨不知從幾時淅淅瀝瀝地開始，又從幾時轉成了暴雨雷霆，然後……雲收雨歇，彩霞滿天，一朵桃花悄然綻放，羞澀而被動的處子正式晉陞為一個初承雨露的嫵媚少婦……

一番洗漱後，臥於榻上情話綿綿，原以為這一夜就將在溫馨中過去。可是不知幾時，初諳情愛滋味的子渝熱情火辣的撩撥，再度把楊浩變成了一頭發情的公牛。

楊浩本未滿足，只是擔心子渝剛剛破瓜，生怕傷了她的身子，想不到子渝初嘗滋味後，竟然一改被動羞澀，不由得大喜過望，調笑道：「子渝溫柔款款，大家閨秀，我還真沒想到床榻之間妳竟如此火熱奔放……」

「少來，人家……人家……」折子渝睨著他，眉眼盈盈地羞笑：「人家可是鮮卑折蘭王之後，你當是中原人家的那些千金小姐嗎？」

呂祖當初所言果然不假，這小妮子矜持端莊，不易動情，但一旦情生意動，則內媚如火，床笫之間竟是如此知情識趣，尤物天生。於是，兩瓣豐潤飽滿的玉臀被楊浩捧在手裡，原始而野性的呢喃、呻吟、喘息聲又開始了。

「啊，輕一些……」到底是初次，雖然大有潛力，可身子卻是承受不了的，不知哪一下太過粗暴弄痛了她，子渝輕顰黛眉，舉起手來不滿地在楊浩肩上斫了一掌。

「怎麼不動，累了嗎？」一掌斫下，楊浩忽然停止了動作，折子渝張開眼睛，關切地看向楊浩，歉疚地道。

楊浩帶著笑意道：「記得江南假死，激怒了妳。在銀州時，我曾對妳說，如果……妳仍對楊浩耿耿於懷，可以斫我三刀出氣，方才……這算一刀嗎？」

折子渝也一下子想起了那段與他嘔氣生怨的歲月，眸中情欲未去，卻多了一樣溫柔綿綿的情意：「我說，這三刀暫且寄下，本姑娘幾時想砍你，你都乖乖遞過你的頭來就好。你現在弄痛我了，還不快快遞過頭來受我一刀。」

「哎喲，別亂動，你違誓！」

「才沒有，小頭不是頭？」

「壞蛋，你就會騙我，啊……你就會欺負我……」

六百九章　有情人終成眷屬

清晨，一輪紅日透霧而出。

遠處隱隱傳來公雞打鳴的「喔喔」聲。

楊浩還在沉睡當中。

儘管他已養成了清晨即起、聞雞起舞的習慣，即便做了西夏國君，也始終不肯放棄這個習慣，生怕就此懈怠，耽逸於舒適的環境，可是他現在實在是太累了。

昨天早上理智與感情的苦苦掙扎，內心無盡的煎熬，再到點兵聚將、親自策劃，然後是衝鋒在前、浴血廝殺，最後……最後是鴛鴦交頸、一夜桃花，開苞可是個體力活來著……任他渾身是鐵，又怎經得起這樣的折騰？

折子渝側身而臥，小手托著下巴，正眨也不眨地看著熟睡的楊浩。

她的身子遮在衾被下面，只能隱約地看出那跌宕流暢的山水曲線。

若是從楊浩的角度看過去，或可看見衾被微掀，露出一痕脂玉般的胸脯肌膚。

那曾瘀紅的雪桃，已然復歸脂白瑩潤、光滑粉嫩。那曾腫脹的瑪瑙，也重新變成了嬌羞的櫻桃。處子之身雖已一夜風雨，卻還沒有脫胎換骨，盡顯一個少婦的風采。真正讓人看出她已是一個小女人的，是她的神情，那張清水瑩潤的臉兒充滿了慵懶的春意，眉梢眼角，風情無限。

她毫無倦意，雖然在此之前，她同樣飽經煎熬，可那畢竟只是心理的枷鎖。這沉重的枷鎖，由楊浩擎著她贈送的紫電劍親手劈開了，昨夜，頭一次睡在一個男人懷裡，卻像是睡了一輩子似地那麼舒服、自然、踏實。天還沒亮，她就醒了，然後就這樣用她那雙剪剪雙眸，綿綿致致地凝視著她的男人。

這就是那個妙語如珠、嘻笑怒罵，激得江東才子堂上吐血的小家丁，這就是那個帶著數萬百姓，不棄不離，輾轉南北，終於在蘆嶺州紮下根來的楊欽差，這就是那個害得她傷心欲絕，火燒耶律文的大混蛋，這就是那個以一國之君的身分，甘為紅顏衝冠一怒，親身涉險連闖三關的……大男人。

子渝越想越甜，越看越愛，微微一動，下體傳來的異樣感覺又讓她既羞且臊，忍不住，她伸出一根青蔥玉指，小心翼翼地撫向男人堅挺的鼻子。

「嗯？」只是輕輕一觸，到底是修練過上乘內家功夫的人，楊浩霍地睜開了眼睛，一眼瞧見眼前的可人兒，楊浩嘴角露出了溫柔的笑意，手從被底輕輕地滑過去，貼著那柔軟、溫潤、滑嫩的腰肢，貼到了她隆挺的臀後，將她攬到了懷裡，在她紅潤的雙脣上輕輕吻了一記，柔聲道：「怎麼醒了？也不多睡一會兒？」

「啊！」楊浩這一說，反倒提醒了子渝，雖說這裡沒有公婆，無需早起奉茶，可是楊浩如此高調，在敵人的新婚之際搶走新娘，在敵人的新房中從容洞房，就是那司儀和賀客，都是李繼筠的原班人馬，三軍將士誰還不知？

今天才要收拾這個爛攤子，也不知有多少事要處理，如果自己高臥不起，豈不惹人笑話？折子渝可不是唐焰焰，唐大姑娘只要我快意、我開心，無視天下人臉色，本姑娘如何，關你屁事？折子渝可不成，楊浩這一說，她「哎呀」一聲，趕緊就要起身著衣。

這一坐起，錦衾滑下，春光登時外露，楊浩看得兩眼一直，折子渝又羞又氣，連忙拉過被子遮住嬌軀，嬌嗔道：「轉過身去。」

楊浩怠懶地笑道：「羞什麼羞？又不是沒看過。昨夜那麼大膽，太陽一出來，妳倒不好意思見人了。」

「你還說！轉不轉？」折子渝惱羞成怒，兩根手指從被底探過去，掐住了楊浩的肉，柳眉挑起，以示威脅。

楊浩一見折二姑娘真的惱羞成怒了，只好轉過身去，折子渝監視著他，匆匆抓過衣裙穿戴起來，一俟穿戴整齊，她立刻跑到梳妝檯前，對鏡梳妝，精心打扮，那髮型已然綰作了婦人髻。

雖說夫妻之間最是親密，身體上幾無任何祕密可言，但是女兒家清晨初起，披頭散髮、慵懶不勝的模樣，可不該讓自家夫君看見，折二姑娘對這些小節還是很注意的。

楊浩就斜臥榻上，笑吟吟地看著美人梳妝。

那曼妙的身姿籠在月白色的軟袍內，她的姿態優雅雍容、舒緩自如，舉手投足間都透出一股女兒家的嫵媚儀態，看得人心醉神馳，楊浩此時看她，正如她方才偷看熟睡中的楊浩，頗有點相看兩不厭的感覺。

「看！看什麼呀！」

折子渝對著鏡中的楊浩皺了皺鼻子，嬌嗔一聲，盡顯女兒情態：「蕭關雖然打下來了，可這砸得稀爛的攤子如何收拾，眾將領都在等著你拿主意呢。還有啊，你以一國之君的身分，冒冒失失地親自帶兵打過來，豈非一個輕重不分的昏君？你等著吧，西夏的、隴右的、甚至是宋廷的，種種痲煩恐怕要接踵而來，還不打起精神，履行你一國君王的職責？」

「唔……」楊浩嚴肅起來，沉吟片刻問道：「依妳之見，我該如何？」

折子渝明眸流轉，似笑非笑地道：「你昏君也做了，囂張也過了，何不繼續張狂下去呢？先做個姿態出去吧，詳細的計策，人家一時也想不周全，等夫君大王散了『早朝』，咱們再好好商量一下吧。」

楊浩幡然而悟，不由長嘆一聲道：「唉，寡人命苦哇……」

楊浩長嘆一聲，一掀被子，赤條條地躍下地來，折子渝霍地張大眼睛，小嘴張成O形，驚訝地看著鏡中那根戟立勃然的物事，又氣又羞地道：「你個不要臉皮的臭傢伙……轉過身去！」

＊　＊　＊

房頂上，竹韻仍然穿著沾血的軍裝，橫劍膝上，靜靜地坐著，好像宮殿頂上的一隻脊獸，就這麼靜靜地坐了整整一宿。

凜冽的寒風，縹緲的雪花，給她的身上披上了一層薄薄的霜，清晨的霧氣，在身邊時聚時散，就像她捕捉不住的情緣。

太陽出來了，霧氣漸漸散去，也消融了她身上的冰霜。這時下邊吱呀一聲，門開了。

竹韻吸了口氣，突然活了過來，她振作了一下身子，挺身一躍，便輕盈地落在了地上，那雙修長筆直的美腿仍然充滿著彈性，她仍然是那個精神熠熠的女侍衛，就連臉上也重新露出了那若有若無的淺淺笑意，完全讓人看不出她在寒風中靜靜地坐了一夜，身子和心都已僵硬了。

「大王！」

「嗯，我去前庭，各位將軍大概早已相候了。」

楊浩說著舉步欲行，側目一睨，看見竹韻脣上淡淡的處子茸毛，在陽光下閃著淡淡的光，好像抹了一層珍珠粉，他下意識地停住腳步，竹韻被他的凝視看得有些心慌，她退了兩步，局促地道：「怎……怎麼了？」

楊浩忽然伸出手去，竹韻傻傻地站在那兒，任由他的手撫上了自己的唇。

楊浩的手指觸及她的唇，只覺有些濡溼，不由得微微一怔，手指隨即滑到了她的頰上，她的雙頰冷冰冰的，就像窗上晶瑩的霜花。

「大……大王……」竹韻冰涼的小手被楊浩的大手握住，從未和楊浩有過這樣親密接觸的她，整個人都傻掉了，結結巴巴地重複道：「怎……怎麼啦？」

楊浩的眸中忽地閃過一抹感動與柔情，他輕輕刮了一下竹韻的鼻頭，柔聲道：「竹韻，妳知不知道……妳是這個世上……最笨的一個女殺手。」

竹韻繼續結巴：「怎……怎麼啦？」

楊浩輕輕地笑起來：「很多人也會覺得，我這個西夏王是這世上最蠢的君王。我這個最蠢的君王，被妳這個最笨的女殺手……俘獲了！」

「怎……麼啦？」

「還記得……妳在甘州時向我提過的那個要求？」

「啊？」

楊浩的眼中有輕輕的笑意，還有綿綿的愛意：「妳說，妳想和我，生一個屬於我們的孩子。」

「啊！」竹韻的大腦登時一片空白，下意識地就想縱身彈起，溜之大吉，只可惜兩股顫顫，渾身酥軟，一動也動不得了。本來蒼白的小臉，此刻已變成了一片火燒雲，她萬沒想到，楊浩記得，楊浩真的記得，她現在只想找條地縫鑽進去，一輩子也不再出來。

楊浩道：「我楊浩這輩子，從來不做賠本的買賣。我認真地考慮了很久，要嘛不生，要生的話，那麼……能生幾個就生幾個，能生多久就生多久，如果妳答應，咱們就成交。」

「啊？」

楊浩輕輕地笑道：「去，屋裡暖和，進去暖暖，妳和子渝很久未見，好好聊聊。」

「大王，怎……怎麼啦？」

楊浩轉身，舉步：「沒怎麼著，就是險失子渝的這件事，把我澈底嚇著了。我忽然想明白了，既然喜歡，那就喜歡了。怎麼著？要推給誰才他娘的算個爺們？裝大尾巴狼的那是王八蛋……」

聲音越去越遠，望著楊浩的背影，竹韻目瞪口呆：「怎……怎麼啦？」

狗兒不知從什麼地方出溜一下鑽了出來，左手提著個水缸子，右手拿著一枝汴梁「傅官人刷牙鋪」生產的象牙為柄的「牙刷子」，滿嘴泡沫，非常好奇寶寶地問道：

「竹韻姐姐，怎麼啦？」

狗兒用的刷牙藥可不是市面上常見的貨色，雖說這「牙刷子」買的是汴梁名牌，可那刷牙藥可是陳摶親手調配的，滿口清香，潔齒去腐。

竹韻突然明白過來，嬌軀為之一震，喜悅的淚水唰地一下就流了下來。

竹韻突然雙腿一彈，收腹團身，竟然在院中一連翻了十來個空心觔斗，迅疾如風，其靈如猿，大大超乎她平時的水準，就連狗兒這個高手也看得目瞪口呆。竹韻歡呼一聲，又是一個空心觔斗，竟然翻過了牆去。

狗兒擦了把嘴巴的泡沫，左看看，右看看，呆呆地自語道：「……怎麼啦？」

* * *

前廳中，眾將果然濟濟一堂。

蕭關到手可能造成的諸國間的影響並不在這些武將們的考慮範圍，但是眼下與他們切身相關的，也有許多亂麻般的事情。蕭關是守還是退？如果要守，蕭關周邊的那些部落怎麼辦，是殺是納還是趕？那些喝了一宿西北風的賀客們都是各路頭人酋領，這些人又該如何處置？尚波千一旦得知消息，必然引兵來打，眼下這幾路人馬來自不同統屬、派系，誰留守？誰返回？誰來領軍？楊浩絕不可能一直待在這兒的，這些事也得馬上定下來，他們當然著急向楊浩討主意。

楊浩一到前院，就看到了院門外那桿高竿，高竿上本來掛的是李字帥旗，現在旗幟已經降下，上邊只懸了一顆人頭，繩子繫著頭顱上的小辮子，在風中輕輕地打著晃，那是李繼筠的人頭。

屋中藏的是心上人，竿上懸的是仇人頭，頗有點醒握殺人劍、醉握美人膝的意境，而楊浩看見，並沒有醺醺然的自得感覺，反而提高了警惕。

李繼筠之死，固然有他早在兩年前就預布伏兵的因由，卻也不乏幸運成分。他楊浩也不會永遠幸運，一個不慎，未必不會步李繼筠之後塵。溫柔鄉裡，美人如玉，卻也不能沉溺其中。前途漫漫，如臨深淵，如履薄冰啊。他正了正衣衫，舉步邁進廳去……

* * *

東京汴梁，大內皇儀殿，趙光義將一份剛剛從隴右緊急傳回的奏表扔到案上，捋鬚冷笑：「一個把感情看得比江山還重的人，能成什麼大事？楊浩不過是楚霸王般的一介匹夫罷了，可憐！可笑！」

東宮，太子趙元佐揮手遣退了他費盡周折才找來的三叔趙光美府上的那個老家人，狠狠地灌了一壺烈酒，伏於案上，兩眼茫然，他已經連和父親抗爭的力氣都沒有了，滿眼看到的都是人性的卑劣與黑暗：「到底什麼才是帝王？難道帝王就是絕人之情、絕己之情、殘忍毒辣、四大皆空嗎？心裡裝了那一個皇位，就再容不下一個天道人倫，父不惜子、子可殺父、兄弟相殘、夫妻互謀！難道就是父不父，子不子，兄不兄，弟不弟！天潢貴胄，壽午不永！」

他伸手一拂，杯盞落地，跌得粉碎，他的咆哮聲就像陷入坑中的野獸一般絕望：「什麼民意？什麼江山？都是冠冕的藉口、堂皇的謊言，如果要做皇帝，就要抑人欲、滅人倫，我情願沒有生在這帝王之家！」

六百十章　閨中何止軍師

李繼筠的舊部、蕭關周圍的吐蕃部落，加起來老弱婦孺不下十萬人，這麼多人分散居住在草原上、叢林間、山谷裡、高嶺上，形成了百十個部落、山寨和小城，對這些人要如何處置？

除非楊浩就此南下，一舉吞併隴右，否則是無法對他們進行有效控制的，一方面楊浩準備並不充分，後勤儲備、戰略部署不必談了，就連此刻駐紮在蕭關以南的這些軍隊都是編製混亂的不同派系，在尚波千的老巢裡，很難承受他的瘋狂反撲。楊浩唯一能做到的，就是收縮兵力，牢牢控制蕭關的三道關隘，把這道進出河西隴右的門戶掌握在自己手裡，掌握與隴右或戰或守的關鍵所在。

為此，對這些部落的安置，便成了眼下第一個難題，經過充分的論證分析之後，眾將領漸漸分成兩派，其中一派認為對這些部落可以不予理會，只要專心經營好蕭關險隘，迅速加固、整修，部署兵力，在向南一側加築各種防禦措施。

另一派則建議把這些部落盡皆擄過蕭關去，把他們拆散了貶為農奴，發配各處充當勞力，不過搞遷徙不是那麼容易的，這些村寨部落星羅棋布於蕭關地區的山嶺、谷坳、平原地區，要把他們全集中起來，絕非三五日可以辦到。而且這些散布的人員一旦集中，就是浩浩蕩蕩的十萬人馬，雖說其中不乏老弱婦孺，押送他們所需的充足兵力也成問題。

楊浩知道時間緊急，出其不意奇襲蕭關固然達成了目的，卻也留下了許多疏漏，當務之急是保住勝利果實，完全控制蕭關，做到這一點，就已取得了戰略性勝利。於是果斷地綜合了兩派將領的意見，當即任命柯鎮惡為蕭關鎮守使，加總兵銜，鎮守蕭關，立即調兵遣將，主持蕭關三道關隘的整修和兵員的部署。

至此，西夏國的西大門玉門關由木恩鎮守，南大門蕭關由柯鎮惡鎮守，東大門橫山由楊大郎延浦鎮守，三人皆加總兵銜，成為獨自領兵於外、手握機變大權的戍邊大將，柯鎮惡兩次唾手可得的大功憑空飛去，卻始終是任勞任怨，如今總算是守得雲開見月明了。

另一方面，拓跋昊風、楊延朗等將領，則立即分赴蕭關地區的大小山寨、村莊、部落，開始了一場戰爭資源的大掠奪。金銀珠寶要搶、牛羊馬匹也要搶，只搶這些浮財，卻比歸攏各處百姓有效率多了，然後就用那些牛羊馬匹馱著各種各樣的財物，迅速通過蕭關運回去，輸運的隊伍日夜不斷，絡繹不絕。

等到第三天早上，楊浩把斛斯高車一眾頭人放了出去，這些人殺之一人無益，殺之滿族就要千夫所指，既已掠其財，如果不放走這些頭人，他們的部落只有被其他吐蕃部落澈底吞併的結果，客觀上反而促成了他們的融合，可是把這些頭人放回去，他們領著一幫叫化子去找尚波千要錢要糧要牛羊，這就夠尚波千受的了，這種行為，在骨子裡和戰爭中故意致殘敵軍而不消滅以加重敵國負擔，從經濟上把它拖垮是同一個道理。

安排好了這些事情，楊浩便隨著最後一批掠浮財的人馬一同退回了河西。

走在蕭關古道上，楊浩發現手下的士兵對他的命令執行得無比澈底，他們搜刮的何止是浮財，就連一件羊皮褥子、一口鐵鍋、半口袋青稞，都不嫌其少地掠了來，不由得暗暗咋舌。

尚波千先收到呼延傲博戰死的消息，馬上派遣了一位心腹大將趕赴蕭關，準備接手呼延傲博的權力。不料這員大將率領幾百親兵剛剛走了兩天，又是一騎飛至，跑到他府門前時，那馬轟隆一聲倒地猝亡，馬上的騎士也是累得精疲力竭，好半天才氣喘吁吁地說出一句話：「蕭關失守！」

尚波千問明經過，不由大駭，立即把西線戰事完全交給了童羽和王如風、狄海景、巴薩一班人，這些人一些是蜀地的義軍，一些則是隴右的馬匪，不寄於自己的屋簷底下是別無出路的，因此尚波千放心地把西線交給他們，由他們繼續進剿夜落紇和羅丹，步步推進，爭奪地盤，而自己則率領吐蕃主力，星夜返回南線，準備反撲蕭關。

此時，楊浩已然到了靈州。

楊浩到靈州時，种放、丁承宗、楊繼業，這政、經、軍三大巨頭已然從興州趕來，堪堪在靈州撞見了他，楊浩立即迎來了三人一番狂風暴雨般的憤怒發洩。

种放怒不可遏，唾沫星子噴了楊浩一臉：「一國之君，當胸懷天下，以社稷蒼生為重，為一女子，親身涉險，為一女子，擅動刀兵，英雄氣短，兒女情長，自古以來，如此行為，唯有『昏君』二字當之。」

楊浩抹了把臉，陪笑道：「大學士教訓的是，孤知錯了。」

丁承宗寒著臉道：「大王萬一有個好歹，置這江山社稷、萬千蒼生於何地？大王寫下遺詔，由王后娘娘擇之，若選棄位歸隱，便令百官自擇賢能。若王后願扶幼子繼位，令我等顧命輔佐。試問江山初定，人心不穩，孤兒寡母繼承大統，西夏還有寧日嗎？」

楊浩乾笑兩聲道：「這個……話說遼國也是孤兒寡母來著……」

丁承宗雙眼一瞪，楊浩趕緊改口道：「是是是，孤錯了。」

楊繼業嘆了口氣，沉著臉色道：「大王是君上，君上所為，臣本不該妄言，不過……你如此輕率，真的是……唉！大錯特錯了，臣等得知後……」

楊浩還在陪笑，只是那笑容有些苦，聲音有些澀：「三位，你們說的對，說的都對，我是大王，是西夏國的王，所以，我得這樣，我得那樣，我不能這樣，我不能那樣，可是……我還是一個人，一個男人啊……」

种放、丁承宗和楊繼業把這些日子的擔憂、憤懣和恐懼一股腦兒地向楊浩發洩了一番，氣咻咻地離去了，等他們走後，折子渝掀開門簾，從內室中緩緩地走出來，依偎到楊浩身邊。

楊浩攬住她的纖腰，說道：「子渝這回很沉得住氣呀，方才，我還真擔心种大人一口一個『為一女子』，把妳給激出來。」

「他們都是一番忠心，一片好意，都是對你的愛護，我現在是你的妻子，感同身受，怎麼會生氣？」

子渝嫣然而笑，輕輕在他腿上坐下來，很自然地環住了他的脖子：「官人為子渝所受的委屈，可惜，人家已經把自己都給了你，再也無以為報了。」

楊浩也笑起來：「怎麼沒有？我的女諸葛現在回到了我的身邊，以後，妳可不能只專注於生孩子，該幫為夫出謀劃策的時候，可得竭盡所能才成。」

子渝紅了臉，輕啐道：「誰要專注於生孩子？不過……說到出謀劃策，以後你若願意，也可私下裡說給我聽，自家夫君的事，我當然想幫著出出主意，卻再也不能人前露面，你更不可說我曾幫你策劃過什麼。」

楊浩微微皺眉：「唔……擔心後宮干政？這是個問題，雖然我對妳絕對放心，可是我親手制定的規矩，我就得必須帶頭執行，不光是對妳，對冬兒、焰焰她們，我也是一視同仁。」

折子渝輕輕頷首，讚許地道：「這是對的，不過我有此慮，倒不全是因為這個原因。至少……人家現在還不算正式嫁了西夏王，不算是犯了規矩。」

她沉吟道：「那日行的是民間之禮，你是一國之君，一日不曾冊封，我便不算你的妃子。我之所以有此顧慮，是考慮到折家必須把自己的影響從軍中澈底消除，我，要做你的女人，就必須得站到你的背後去。」

楊浩目光微閃恍然之色：「妳是為了那日流沙坪三軍跪拜之事？這妳大可不必，如果他們不念舊土，那也不過是有奶就是娘的人了，我不是更擔心？」

折子渝妙眸流轉，嫣然道：「話是如此，所以我才要努力讓他們把你當成現在唯一的主人、以後唯一的主人。這不光是為你考慮，也是為了我、為了折家，這樣對你、對我、對折家、對國家，都是好事。」

「嗯，我的女諸葛說不出頭那便不出頭吧，不過該做的事還是要做的，眼下該怎麼辦？方才种大學士他們所說的種種其實都是很有道理的。」

折子渝凝視著他道：「你認為呢？」

楊浩的雙手在她柔潤而富有彈性的嬌軀上輕輕滑動著，沉吟道：「我覺得，未必不是因禍得福。妳想，就連种大學士和我大哥，甚至楊繼業那個厚道人，都氣得怒髮衝冠，直斥我為君之非，趙光義又會怎麼想？我在汴梁時，就有強拆楊、愣頭青之稱，這綽號可不是白來的，趙光義說不定會因此輕忽了我，誰會擔心一個衝動起來不計後果的人，一個……呵呵，視女色重於江山的人呢？」

子渝的眸光柔和起來，她往楊浩懷裡貼了貼，一雙紅唇忘情地印在了楊浩的唇上，楊浩感覺到唇上兩片柔軟香馥之前，只來得及看清她的俏臉先已紅若兩瓣桃花。

折子渝輕輕移開雙唇，紅著臉嗔道：「看什麼看！」

楊浩看著她那性感嬌豔的雙唇，撫著那彈盈綿挺的翹臀，笑得有點不懷好意：「佳人投懷送抱，為夫怎不喜歡？呵呵，我家娘子秉賦天生，精於內媚，為夫可還有許多手段，不曾一一與妳切磋呢。」

折子渝眨眨眼，微暈著臉頰，天真地道：「夫婦敦倫，不外如是，還有什麼？」

楊浩一聽登時眉飛色舞：「娘子此言差矣，據說僅《漢書》中有關房中術的著錄就有一百八十卷之多，此中學問博大精深，神鬼莫測，實窮一生之力也未必能窺全境……」

折子渝：「……」

「怎麼？」

折子渝瞪他一眼，嗔道：「如今看來，果然像個昏君。」

楊浩呵呵地笑起來，折子渝咳嗽兩聲，說道：「還是說正事吧，你方才說的不無道理，那日我勸你既已張揚，何妨更加張狂，也是出於這種考慮。不過我這兩天來又仔細地想過，僅憑這些，我們就得完全寄望於趙光義會按照我們的想法去想。或許他真會這樣看你，或許不會，不管怎麼樣，主動都操之人手，一國之前程，何等重大，我們不能寄望於趙光義的誤判，必須主動營造有利於我們的環境。」

楊浩精神一振，問道：「娘子有何高見？」

折子渝道：「蕭關原在尚波千手中，如今易手，到了你的手中，這對河西隴右兩邊的實力影響不大，唯一的區別只是攻與守的主動權易手，尚波千雖不甘心，可蕭關易守難攻，不管對哪一邊來說都是如此，有柯鎮惡在此，當保無虞。

「最教人擔心的，是尚波千是否會向宋廷借力，雖說你說出了玉璽來歷，趙光義心中對他不無芥蒂，可是你與他之間，趙光義顯然對你猜忌更重，如果尚波千向宋廷妥協，引來宋廷施壓，你現在名義上仍是宋臣，宋若出面調解，總是一樁麻煩。」

楊浩道：「不錯，現在有兩個難處，一是憑我河西之力，不能與宋久戰，而遼國只能適當借用，以作牽制，絕不可倚重之，否則便是前門拒狼，後門進虎。二是僅憑河西一地，如與宋久戰，則戰事連綿，久而不止，一個不好，便是綿延百年的戰禍。除非我能擁有足夠的力量，像遼國那樣的力量，足以抗衡宋國的能力，方能與宋遼鼎足而立，它或者仍會和我打上一打，但是鑑於我強大的實力，卻一定不會無休止地把戰爭繼續下去。」

折子渝道：「既然如此，就得想辦法把禍水東引。」

「往哪裡引？」

「遼國。」

「如何引？」

折子渝俯首低聲，對他說出一番話來，竊竊私語良久，楊浩微微頷首：「嗯，或可一試，不過此中難度不小，還得好生計較一番。」

折子渝若有深意地望他一眼道：「好，永慶公主還在興州等你，我想……她應該對你也有甚大的助力。」

「她？」楊浩一笑：「我救她，確是出於一片赤忱，她如今一個見不得光的公主，能幫我什麼？哦，對了，有件事，我還沒跟妳說。」

折子渝一見他神情嚴肅，不由緊張起來，微微坐直了身子，問道：「什麼事？」

楊浩鄭重地道：「子渝，我要讓竹韻入宮，納她為妃。」

「嗯？」

「這是我欠她的，而且……她……也確實讓人喜歡……」

「喔……這事……你該跟冬兒姐姐說啊，為什麼要對我講？」

「……」

折子渝笑了：「緣起緣滅，緣濃緣淡，都不是我們能控制的。我們唯一能做的，就是在有緣的時候，好好地珍惜它，把握它。竹韻與我在汴梁相處那麼久，早已情同姐妹了。嗯，很好啊，宮裡多個幫手，也免得受唐大姑娘的氣。」

楊浩如釋重負：「妳同意了？」

折子渝恨恨地瞪他一眼：「看你一副理直氣壯的樣子，我不同意你就不娶了？」她嘟了嘟嘴，幽怨地道：「才剛剛要了人家……吃著碗裡的，看著鍋裡的，男人就沒一個好東西。」

楊浩咳嗽兩聲道：「話說，前兩天我怒衝蕭關的時候，冬兒和焰焰她們大概也是這麼想的。」

折子渝忍不住「噗嗤」一笑，抓起他的手來，張開一口小白牙，想咬出一排整整齊齊的牙印，一口咬了下去，又有些心疼，於是用那靈活溼潤的小舌頭又舔了舔。

楊浩被她這小動作刺激得登時一個冷顫：「好靈活的舌頭，小妮子果然大有潛力可挖。」楊浩一抄折子渝的腿彎，另一隻手托著她的柳腰，便向屏風後閃去。

折子渝大吃一驚，嬌呼道：「青天白日的，你做什麼？沒得讓人給你再添一條昏君的罪名呵……」

「這裡有人敢闖進來嗎？嘿嘿，除非妳自己說出去。」

楊浩將折子渝往榻上一放，折子渝一挺腰便翻了起來，手足並用就想逃走，楊浩一手抄住她的纖腰，見那翹臀猶自掙扎扭動，便在這不聽話的小妮子粉臀上拍了一記。

「啪」的一聲脆響，哇！這手感……子渝根骨奇佳，可堪造就啊。

楊浩起了「愛才」之心，一個更加邪惡的念頭忽地浮上心頭。不過……子渝雖是知情識趣的女子，畢竟是豪門貴胄出身，要把這匹驕傲矜持的小牝馬調教成閨中嬌娃，可是任重而道遠呢……

楊浩遐想連翩中和身撲上，將她擁進懷裡，慣於前半場含蓄、下半場奔放的折五公子，已將動人的星眸含羞閉起，彎睫微顫，鼻翅翕動，發出動情的喘息……

六百十一　放眼天下

楊浩回到興州，是在滿朝文武、權貴勳卿，乃至世族大家、縉紳名流們的歡迎下，風風光光直入城門。

儘管种放、丁承宗、楊繼業等人私下裡為了楊浩的衝冠一怒而大發雷霆，但是這種態度不能讓別人知道，更不會讓楊浩的所作所為讓平頭百姓們知道。在他們的宣傳之下，楊浩是運籌帷幄、料敵機先、用兵如神、勇不可擋……總之文治武功前無古人、後無來者，方有這場大勝，方能虎口劫關，這樁事件被他們運作成了楊浩的一件豐功偉績，大肆張揚。

而經過甘州回紇之變、興州屠殺百部兩樁大事，楊浩的權力業已高度集中，已經透過這種極端的方式，初步完成了西夏政權由實質上的聯盟制向中央集權制的轉變，威望權柄一時無兩，自然也是一呼百諾。

冬兒、焰焰等幾女對楊浩的莽撞也著實提心吊膽，好在楊浩怒闖三關，馬踏李府，一刀斬了李繼筠的狗頭之後，已第一時間追派輕騎回京報訊，前後算起來，幾位嬌妻為他擔心的時間也不過半日，饒是如此，一見楊浩好端端地回來，還是禁不住潸然淚下。

楊浩好言安撫了一番幾位愛妻，簡略交代了此番奪蕭關的經過，在冬兒的親自服侍下脫下戎裝，沐浴梳洗，重新換上君王冠帶，又得往大殿參加文武百官、權貴勳卿為他舉辦的接風慶功宴。

一番熙熙攘攘，好不容易待宴會結束，楊浩記掛著种放對他說的話，再度換了衣服，洗漱一番，正欲去見見那位永慶公主，出了大殿，卻見一人搓著雙手，正在殿下徘徊。這人是一個老者，身材高大，古銅色的肌膚，濃眉闊目，鬚髮皆白，大冷的天裡只穿著一套夏季的單薄軍服，但是面色紅潤，居然毫無寒意。

楊浩定睛一看，認得他正是當初繼嗣堂崔家的頭號殺手，如今「飛羽隨風」的首席教頭古大吉。

楊浩一見了他，省起此人從今往後可就是自己的老丈人了，腳下不禁有點逡巡，因為他剛剛回京，這事還不曾公開，見了老丈人，這態度便不知道該怎麼擺了。要知道他現在雖有五位王妃，可是都沒有岳丈岳母，就只眼前這位，楊浩實在沒有這方面的經驗。

楊浩正遲疑著，古大吉抬頭看了他，連忙興沖沖地迎了上來：「臣古大吉，參見我王。」

楊浩一見他叉手施禮，連忙搶前一步，攙起他道：「啊，原來是古……大人，大人免禮平身。」

「謝大王。」古大吉直起腰來，看了楊浩一眼，局促地搓搓手，吞吞吐吐地道：「大王，這個……大王剛剛回京，一路勞頓，臣本不敢此時打擾大王，不過……有一件事……咳，我看這雪該是今年最後一場了……」

楊浩不知他忽然談起天氣是什麼意思，只能莫名其妙地看著他，古大吉嘿嘿笑道：「眼瞅著一轉眼，又過了一年。小女……也就又長了一歲，鄰里家與她同齡的女娃兒，現在都是三個孩子的媽了，竹韻不急，我這當老子的實在不能不急，這個這個……」

他搓了搓手，老臉一紅道：「當日小女生擒拓跋寒蟬的時候，大王曾許諾，可應小女一請。咳咳，如今……如今拓跋寒蟬的墳頭都該長草了，大王你看是不是……」

「啊……啊啊……是是，這個……不知古大人有何所請？」

古大吉精神一振，連忙說道：「懷州都指揮使馬宗強，年輕有為，英俊不凡，而且妻子去年冬上剛剛病逝，家中如今只有兩妾，並未續絃。大吉想，如能把小女韻兒嫁與他，一雙兩好，小女終身有靠，臣這輩子也就再無遺憾了。這個……這個……如果大王肯指婚，呵呵呵……」

殿角一側廊柱後，剛剛轉過幾個人來，那是冬兒與子渝和竹韻，在楊浩心中，冬兒始終是他又敬又愛的女人，對她知無不言，從無隱瞞，關於對折子渝和古竹韻的安排，他已向愛妻和盤托出，冬兒是那種真正溫良賢淑、胸襟廣闊的溫柔女子，楊浩在前殿宴客，她便把這兩位馬上就要成為姐妹的人請進了後宮一起飲宴敘談，此時剛剛送她們出來，恰恰地聽到了古大吉的這番話。

冬兒聽了，瞟了竹韻一眼，竹韻已然漲紅了臉頰，就聽楊浩吞吞吐吐地道：「啊……馬宗強，這個……竹韻……咳咳，竹韻也不知是否喜歡他呢？」

古大吉立即把胸脯拍得震天響：「知女莫若父，這一點大王儘管放心，呵呵呵，小女……其實也不怕大王笑話，小女其實對馬指揮使一見鍾情，而且這個……啊！對了，早已兩情相悅，私訂終身了，唔……大王若是親自指婚，成其好事的話，那不是風風光光，皆大歡喜嗎？」

「胡說八道！」

這一下竹韻真急了，她漲紅著臉蛋一躍而出，對老爹嗔道：「爹，你胡說些什麼呀？我只是偶爾見過那馬宗強一面，誰喜歡他了？你不要對大王胡說。」竹韻擔心地瞟了眼楊浩，生怕老爹一番胡言會惹怒了他。

古大吉忽見女兒出現，先是一愣，隨即哈哈笑道：「大王你看，這丫頭害羞了，呵呵呵，不好意思讓大王知道而已。嗯，她不好意思，那我來說，我是她爹嘛，父母之命，大王你看怎麼樣？」

竹韻都快急哭了，好不容易守得雲開見月明，偏偏老爹又來亂點鴛鴦譜，萬一大王覺得難堪，順水推舟允了老爹，那可如何是好？

竹韻急急否認，古大吉惱了，頓足道：「大王看看，我這忤逆不孝的女兒，她娘死得早，我又當爹又當媽，一把屎一把尿把她養活大，我容易嘛我？」

在自己心上人面前被父親這樣編派，真把個竹韻羞得幾乎要找條地縫鑽進去，見此情形，楊浩咳嗽一聲，搶先說道：「這個……竹韻姑娘在甘州的時候，已經向我提過一個要求，我也已經答應她了，如今可不好反悔了呀。」

竹韻一聽大喜過望，古大吉卻甚是驚訝：「這丫頭……已經提過了？只不知……她向大王提的是什麼事。」

楊浩道：「這個嘛……女兒家最在意的，當然是終身大事。」

古大吉大喜：「終身大事？終身大事好，終身大事好哇，啊哈哈哈哈……呃……只不知臣這丫頭想要嫁的是誰家的犬子？」

楊浩猛地嗆了一口，粗魯人非要扮斯文的古大吉怪不好意思的，連忙改口道：「不是、不是，不知是誰家的公子？」

楊浩道：「這個嘛，古大人先請攜令嬡回府吧，稍後，本王會有旨意到，到時候你自然也就知道了。」

古大吉一呆，大王既然這麼說了，也就是下了逐客令，他雖是個不讀詩書的人，可是一個老練的殺手，諳於人情世故，這點眼力還是有的，連忙謝恩退下。一出宮門，他便迫不及待地對女兒道：「妳這臭丫頭，不聲不響地自己找好婆家啦？快告訴老子，那人是誰？」

竹韻嬌羞不勝，卻又不乏得意，小瑤鼻輕輕一哼，昂起頭道：「人家不告訴你。」說罷翻身上馬，揚手一鞭便向自家趕去。

古大吉嘿嘿笑道：「終於知道急了吧？居然自己開口向大王討旨要男人，嘖嘖嘖，不愧是我古大吉的女兒！」

古大吉急匆匆回了家，追著女兒盤問那「野男人」的身分，竹韻羞喜得意，便是不講，父女二人正鬧作一團，穆舍人帶著一臉天官賜福般的笑容出現在古大吉家裡，後邊還跟著四個宮中內侍。

聽罷了穆舍人帶來的冊封之意，古大吉張口結舌，半晌才一拍大腿，欽佩地對女兒道：「乖女兒，好樣的，咱們幹殺手的就得這樣，不出手則已，一出手就直取要害，奪其首級！」

穆舍人大驚道：「你們要殺誰？」

＊　　＊　　＊

西暖閣中一片靜謐，楊浩在院子裡站住了。

此時天上又飄起了零星的雪花，楊浩在雪中站了一會兒，伸出手掌，看著那晶瑩的雪花翩躚直落掌心，又化為淚滴似的一滴水，這才舉步向閣中走出。

「大王來了。」丁承宗正在閣中，看見楊浩，淡淡一笑，推動車子迎上來。

這裡是西暖閣，本來殿中溫暖如春，可是楊浩進來，卻覺得有些清冷，目光一掃，他才發現窗子開著，露出後面一片冰面，一座小亭。夏天的時候，那裡是蕩漾的一池碧水，假山上藤蘿垂掛，風景十分雅麗，而此刻卻是萬物肅殺，遠遠地，可以看見幾個年少的宮人在近岸的冰面上嬉戲玩耍著。

楊浩只瞟了一眼，便收回了目光，投注在另一個人身上，殿中只有兩個人，一個丁承宗，另一個，自然就是永慶公主。

永慶已重新蓄起了髮，此刻已非僧衣，穿的是一襲月白色的長袍，楊浩看了眼冉冉站起的她，氣質嫻靜，儼若一朵幽蓮，很難想像，這個女孩就是當初那個天真爛漫地向自己索要白糟魚和巧嘴鸚鵡的那位小公主。可是她的眉眼，分明便是那個小永慶，只不過長大了一號。

「臣告退。」丁承宗知機退下，悄然閃出暖閣，房門輕輕地關上了。

楊浩向前兩步，永慶公主已斂衽施禮：「見過大王。」

楊浩默然，曾幾何時，他要向永慶見駕施禮，而今君臣易位，永慶卻得向他俯首稱臣了。一時間，楊浩頗有一種時空易位、人事滄桑的感覺，就像他剛剛來到這個世界，望莽莽天地，日月經空，懷幽幽千古，物是人非的感覺。

「公主殿下。」楊浩肅然還禮。

永慶淡淡一笑：「永慶如今不過是託庇於大王羽翼之下一個有家難歸、有國難投的弱女子，還算什麼公主？」

楊浩喟然一嘆，默然半晌，方道：「在這裡，公主不能張揚名聲，但我西夏上下，仍將以上國皇女之尊以待公主，公主可以安心住在這裡，只要楊浩在，西夏在，就有永慶公主在！」

永慶公主凝視他良久，輕輕吁了口氣，嘴角露出一絲苦澀的笑意：「你別無所求嗎？費盡周折，救我出來，就只是為了把我供養起來？」

「我要幫公主，只因為……公主對楊浩的關愛，先帝對楊浩的知遇，楊浩對公主，並無所求。」

永慶公主眼簾微闔，兩串淚水潸然而下。

楊浩安慰道：「公主，娘娘和岐王殿下的死，並非公主的過錯。逝者已矣，公主不要難過，也不要自責了。以後，公主就請安心住在這裡便是，如果有任何需要，請向楊浩提示，無須拘謹。」

永慶公主輕輕搖了搖頭，張開淚眼，對楊浩道：「可這，不是我想要的！」

楊浩眉尖微挑，問道：「公主想要什麼？」

永慶不答反問：「大王真的想偏安一偶，無意中原嗎？」

楊浩道：「中原？真的征服了中原之後還想征服哪裡呢？欲望是無窮無盡的，可是再了不起的人，也不可能征服一切，無盡的征服，最後只能摧毀他自己。如果我說以天下蒼生為念，所以不想興刀兵，那是扯淡，真這麼偉大，我把西夏拱手送於趙光義便是了。

「我楊浩，第一想做的，是保護我的家人，希望他們能平平安安，幸福快樂。第二想做的，是有屬於自己的一番事業，不管是務農、經商、做工、從仕，抑或是擁有一塊屬於自己的基業。可是我從來沒有膨脹到忘乎所以的地步，宋國是一個龐然大物，我吃不掉它，一旦打起來，就算我們不敗，也只是一個互相消耗的結局，為他人所漁利。」

永慶輕輕點頭：「如果我早知道你是這麼想的，相信你是這麼想的，或許母后和王弟就不會死了。」

她淒楚地笑了笑，又道：「那時，我或許會很欣然地接受你的幫助，很安心地在西夏住下來，很自私地利用你的好意。可是現在不成，所以我會告訴你，你這樣想固然很好，可是這只是你一個人的想法，遼不會這樣想，宋也不會這樣想，你不想去打別人，別人卻會來打你，你想要的安寧，除非你能消滅對方，或者比它更加強大，否則根本不能實現。」

楊浩張了張嘴，卻沒有把他對隴右的打算說出來，這些軍國大事，他沒有和永慶公主討論的必要。

永慶道：「你以為，占據了隴右，形成更加龐大的勢力，就能遏制我二叔的野心，從而做到相安無事？從古至今，你見過兩個實力雄厚的大國，近在咫尺的大國，能夠和睦相處、相安無事的嗎？」

楊浩微微變色：「她知道我對隴右的圖謀？」一瞬間，楊浩已想到，种放和丁承宗必已和永慶公主先行談過，了解了她的心意，並且達成了某種協議，這才把如此重要的事情告訴了她。當然，永慶公主如今等於掌握在楊浩手中，不虞她會洩露出去。

可是這種舉動，分明也表明了他倚之為左膀右臂的重臣心腹們的心思，他們對擴張，對開疆拓土、建功立業，也是滿腔熱忱的，不管是商賈出身而且除了把家門興旺寄望於他已無欲無求的大哥丁承宗，還是飽讀詩書的鴻學大儒种放，他們都是這樣的心思，那些武將會怎麼樣就更不用說了。

永慶道：「一個人壽元有盡，才智有盡，兵力和國力有盡，的確不可能無窮無盡地征戰、擴張下去，可是這個理由，不該是你安於現狀的理由，至少，有些事是在你的能力範圍之內的，那麼你為什麼不去做？現在你兵強馬壯，麾下文士如雲，武將如雨。

「任何一個國家，開國之初的文臣武將都是最廉明也最具才幹的，你不利用這個機會，把你能做的事做好，那麼你留給你子孫的將是什麼？你能解決的問題，你卻要留給他們，讓他們牽涉入更多的戰爭？

「不錯，日月經空，輪替交換，不管哪個國家，都有初起、興盛、衰敗的過程，你再賢明，也無法保證你的子孫後代個個賢明，想要千秋萬代，安排好一萬年後的一切，根本是庸人自擾。可是如果你能安排好一百年、三百年、甚至五百年後的一切，為什麼你就只顧你生前的這幾十年？」

楊浩聽得怦然心動，腦海中一陣清明，如醍醐灌頂，忽而又一陣迷糊，昏昏沉沉，取捨不定。他沒有想到當初那個不諳世事的小公主，竟然說得出這樣的一番話來，意志已為之撼動。

永慶公主窺看著他的臉色，心中十分緊張：「折子渝教我的話，果然有些作用，似乎……他已經不再那麼恬淡安然了。」

過了許久，楊浩長長地吸了口氣，這才說道：「我幾乎……要被公主殿下說服了，呵呵……妳說的或許有道理，不過……問題是，妳所說的，我並不能解決，相反，如果我試圖去解決，才會給現在的人、給後來的人，留下一個更大的爛攤子。而且，先帝骨血，僅餘公主一人，楊浩……只想妳平平安安，並不想利用妳。」

永慶公主道：「你錯了，楊浩！不是你利用我，而是我想利用你！」

楊浩啞然：「利用我？」

永慶公主道：「準確地說，應該是互相利用。你所擁有的，結合我所擁有的，其實所能產生的力量，遠遠超出你所估計的。你能給我的，是我無法擁有的力量，而我能給你的，是你根本未曾想到的。」

是的，何止是楊浩想不到，就算是她，如果沒有折子渝的一番點撥，也絕不會想得到。在她來興州的路上，她一直自憐自傷，只覺自己是一個毫無用處的女人，她以為自己能給予楊浩的，只是一個大義名分呢，而現在，她充滿了信心。

她轉過身去，緩緩走到窗前，雪光映著她的肌膚，如玉如瓷，她用有力的聲音道：「你為什麼不試一下呢？根本不去嘗試，又怎麼會知道是否能夠成功？只走到近岸處的冰上，試試它的薄厚，還不成嗎？」

楊浩凝視著她的背影，沉聲道：「如果我真的成功了，會怎麼樣？那樣的結局，並不是妳父皇、妳母后，還有妳弟弟在天之靈想要的。」

「我知道他們想要什麼！」

永慶公主霍地轉過身來，風撩起了她的長髮，髮凌亂，眸如絲，恍若一個風中的美麗女妖：「所以，這個合作，你可以得到一切，我只要你做到一件事，一件很容易的事，對你來說，僅僅是一個承諾！」

＊　＊　＊

「殺！」

一聲虎吼，路邊山林中突然衝出許多氈巾蒙面，只露出一雙眼睛的騎士來，手中拿著雜七雜八的武器，有刀有叉，居然還有劈柴的利斧，一看就不是正規的軍隊。

「啊」的一聲慘叫，斧刃上血跡斑斑，一個首當其衝的修路奴隸被利斧將頭顱劈開，腦漿和鮮血飛濺，令人怵目驚心。

「什麼人如此大膽！竟敢傷我大遼修建鷹路的人？」一個契丹將領提馬衝上，拔出大刀怒吼道。

回答他的是一枝冷箭，冷箭閃電般射至，箭頭掠空，帶著一道藍光，顯然是淬了劇毒，這些人分明是衝著人來的，不想留下一個活口。

「噗」的一聲，利箭貫入咽喉，鮮血順著血槽噴湧，瞬間已經發黑。此時那些人已經衝進了築路隊伍，不管是修路的奴隸和民工，還是督工的遼國兵將，只管以兵刃一通招呼，一時間刀光劍影、血肉橫飛，猝不及防的敵人像割草般紛紛倒下。

騎士們浴血衝殺，所向披靡，硬是從築路隊伍中蹚開一條血路，衝出數十步去，圈馬回轉，又來了一次衝鋒，刀砍、斧剁、叉挑、箭射，無所不用其極，直到所有的敵人全部躺臥血泊之中，騎士們在首領一聲叱喝下，紛紛跳下馬來，逐個檢查，不管死了沒死，都要狠狠補上一刀，並且掏空他們身上所有值錢的東西，裝出洗劫的馬匪模樣。

待到一切收拾停當，那首領兩指探入口中，發出一聲尖銳的呼哨，所有的騎士立刻紛紛上馬，揚長而去，迅速消失在莽莽叢林之間。

雪在飄，先是淹沒了血跡，然後開始掩沒人體，就在這時，路邊突然又竄出兩騎，他們機警地四下看看，然後一人駐馬放哨，另一人迅速下馬，身上背著個褡褳，他在死屍堆裡迅速地翻動著，尋找著那些兇手的同夥，然後往他們懷裡塞了件東西。

儘管他們出其不意的偷襲使他們占了絕對的上風，但還是死了十幾個人，這些兇手來去如風，求的就是一個速度，當然不可能帶著一堆屍體上路，不過他們並不擔心，他們身上沒有任何標誌性的東西，但是現在有了。

遙遠的遼東，在偏遠的西陲主導下，一把引燃三國大戰的火苗，悄悄地點起來了……

六百十二　火起

暮春三月，草長鶯飛，大地一片勃勃生機。

若在江南，這樣的天氣其實是頗為惱人的，雖說吹面不寒楊柳風，卻也有那柳絮綿綿，如雲中飄雪，吸進你的鼻孔，灌進你的脖頸，教人防不勝防。而在塞外，這樣的天氣裡，卻如秋高氣爽時節，是最令人心曠神怡的時候。

這時候的大草原，水草茂盛，樹木蔥鬱，植被覆蓋面相當廣闊，還沒有後世那種惡劣的陽春三月飛沙走石的鬼天氣，不過就是在這樣讓人神清氣爽的時節，年輕美麗的大遼太后蕭綽，心情卻非常不好。

遼東鷹路受阻，接連受人襲殺的事情早已報到了上京，一開始北院宰相還以為只是普通的搶劫，因為在大遼人眼中，女真根本就是未開化的野蠻人，殘忍、嗜殺，一言不合就大打出手，毫無秩序和文明，一如中原士子們對他們的看法。

可是這樣的案子接二連三地報上來，他開始發覺有些不對勁了，搶劫有軍隊保護的築路隊伍，付出與收益完全不成比例，什麼人樂此不疲，專門對築路的工匠們下手？而且不動手則已，一動手必屠滅所有現場人員？他馬上下令徹查，其實許多疑點和相關的證據，都已搜集上報，只是上頭不予重視，也就沒人當一回事。

這一次北院宰相親自下令調查，立即便發現了重重疑點，而且從遼東那邊傳回的消息，近期沒有大股的匪幫出沒，也沒有哪個部落或其他商旅遭受類似的洗劫，北院宰相不敢怠慢，馬上把自冬季以來發生的所有涉及築路人員的搶劫事件羅列出來，整理成冊，並附上相關證據，呈報太后。

屠殺築路官兵、民夫的神祕兇手，每次都呼嘯而來，呼嘯而去，不留一個活口，也不遺下一個傷兵，本來神龍見首不見尾，很難教人查找到他們的身分，問題是有人在死屍上面做了手腳，更妙的是，做手腳的人並不是栽贓，事情的確是他們做的。

蕭綽震怒之後冷靜下來，立即發覺事情沒有表象那麼簡單，一向組織鬆散、渾渾噩噩，在山水之間討飯吃的女真人，不遺餘力地破壞通往遼東的道路，意圖何在？難道那些愚昧落後的女真人竟然發現了我築路的本來目的？

蕭綽沉住氣，先令人依據證據指向的安車骨部落祕密進行了一番調查，這樣大的舉動，對一個部落來說，即便是安車骨這樣的大型部落，幾百個部族裡的男丁長期在外，也不可能做到沒有一絲消息外洩，只不過部落中傳出的消息，是少族長率領數百名男子東渡日本，和倭人做生意去了。

蕭綽派的人非常細心，調查了最詳盡的情報才返回上京，蕭綽從情報中立即發現了一些蛛絲馬跡，首先：去年冬天之前，安車骨部落曾向各個部落搜集收購了大量的皮貨山珍，東銷日本，也就是說，安車骨部落已經沒有存貨，需要從其他部落進行收購了。

其次，這幾百名部落男丁都是馬術精湛、箭術精奇的年輕勇士，並沒有一個老成持重的長者或者能言善道的商人，這樣一批人，說他們是出海經商，還不如說他們去行軍打仗更加可信。

隨著懷疑對象的鎖定，有關這個部落開拓海上商路，吞併完顏部落，征服其他諸部的諸多事情，尤其是安車骨部聯絡女真諸部會盟，約定了諸部之間不得私相仇殺、不得掠奪他人財物等簡陋的法律，更讓蕭綽暗暗心驚。

女真人以前沒有律法，現在所立的律法，其實還非常粗糙，只可以說它是一項部落聯盟的統一約定，但是熟讀經史，尤其熟知草原部落發展歷史的蕭綽卻知道，這是一個國家建立的第一步，女真人驍勇善戰並不可怕，可怕的是他們有了紀律、秩序，進而就會發展出自己的一套文明制度。

安車骨部落已經知道擺脫宋遼的經濟羈縻，別闢蹊徑開拓商路，知道團結諸部，建立律法，知道鷹路的建成意味著大遼對女真人地盤更直接有效的控制，並且果斷地拿出魄力予以破壞，這令蕭綽馬上感到了他們潛在的威脅。

一個只知道砍殺的部落永遠成不了氣候，但是當一支部落學會了思考，並且開始想法設法壯大自己、打壓敵人的時候，它就有資格成為一個對手了。只不過蕭綽現在還不知道真正使安車骨部落得以中興的人是少族長珠里真，這也是正常的，珠里真但有什麼主張，或者得折子滷面授機宜，都是說與他的父親知悉，然後由他的父親蒲里特發號施令，外人眼中這位女真的傑出人物自然就是蒲里特。

蕭綽的直接反應就是立即發兵討伐安車骨部落，她知道安車骨部落現在還只是具備了中興的資格，還沒有和大遼抗衡的實力，可是大遼這幾年偃旗息鼓，一直在調理內部多年爭鬥造成的創傷，試圖恢復元氣，貿然興兵，就必須得將兵權下放，而她對軍隊的調整還沒有完全結束，如非得已，她不想自己正在逐步推行的一切半途而廢。

於是蕭綽心生一計，先以「貢物輕薄，有辱上國」為由，勒令安車骨部落頭領蒲里特上京謝罪，消息傳到遼東，在心中有鬼的安車骨部落頓時激起一片軒然大波，以珠里真為首的人堅決反對族長赴上京。激進少壯派只覺這些時日一手施惠一手施壓，征報女真諸部易如反掌，信心為之膨脹，摩拳擦掌的，大有可與遼國一戰，並可一戰勝之的意思。而老成持重派則建議頭領裝病拖延，總之絕不能往上京一行。

而安車骨蒲里特卻拒絕了這種種建議。當時的女真還不夠強大，當時的遼國更不是腐朽沒落走下坡路的時期，當時的遼國在女真人眼中仍然具有絕對的政治權威和軍事威懾力，女真人再怎麼囂張，也不敢以雞蛋碰石頭，哪怕是兒子珠里真與室韋人頭領巴雅爾已經祕密達成了攻守同盟。

最重要的是，蒲里特在自己的兒子身上，看到了女真人的希望，看到了女真人的未來，他雖然不是一個雄才大略的英主，卻不影響做為一個老族長應有的眼光，兒子所做的一切，使得他的部落產生了日新月異的變化，就連世仇完顏部落，也澈底被他們打敗，他相信，按照這個勢頭發展下去，經過他的兒子、孫子持續不懈的努力，有朝一日，女真人也可以掌握自己的命運，主導自己的生活，再不受遼人和漢人壓迫。

可現在不行，現在與遼國翻臉，就可能把這一切毀於一旦。

於是，蒲里特力排眾議，攜帶大批牛羊、山珍海味和北珠、海東青等貴重貢物親赴上京請罪，他還抱著一絲幻想，希望遼人根本沒有發現他們暗中的動作，因為他們的行動可以說十分詭祕，行動地點又在五國部落境內，女真人大大小小幾百個部落，遼人沒有可能那麼準確地找到他們的頭上，十有八九，遼人的責難與鷹路被毀無關，而是發覺了安車骨部落的崛起，想從他們身上狠狠地敲搾一筆好處。

蒲里特想的也算合理，但他萬萬不會想到，安車骨部落的振興和崛起得益於折子渝這個女諸葛的幫助，而他們的大難也來自於折子渝的算計，正是成也子渝，敗也子渝。

折子渝當初無心之中布下這招棋，只是考慮到心上人自立一國，在宋遼兩大強國的夾縫間求生存殊為不易，給這些大國多製造點外部牽制，有益於楊浩的發展，可是她的被擄促成了楊浩的怒奪蕭關，於是一切計畫被迫提前，這招伏棋也就只好提前拿出來使用了。

至於此時啟用這步伏棋很可能使安車骨部落成為過河卒子，來一個有去無回，那就不在折子渝的考慮當中了。再慈悲再博愛的人也有個範圍，何況這丫頭根本不是悲天憫人的活菩薩，她只為自己的親人打算，惹了她的人，她就是阿修羅，阿修羅一怒，紅蓮業火焚天滅地，管你池魚去死！

蒲里特一到上京，立即便被軟禁起來，幾經盤問，用盡酷刑，蒲里特堅不吐實，主審官以其部落安危相脅，不想這一來反倒讓蒲里特誤以為朝廷已經掌握了確鑿的證據，馬上就要對他的部落下手，唯恐兒子投鼠忌器，束手就擒，於是在升堂公審時，一頭撞死在公案之上。

安車骨部落早有人暗隨蒲里特進京，時刻關注族長安危，一見族長撞死，不由得肝膽欲裂，立即飛馬離開上京，回報珠里真。

蕭綽得到蒲里特的死訊，便知道再無良策以最小的代價解決安車骨部落和鷹路問題，如今只能付諸一戰。

她倒是個拿得起放得下的女中丈夫，也不懲罰那主審官，立即下令：發兵討伐女真安車骨部落。

蒲里特一死，珠里真繼位成為族長，安車骨部落已變成了少壯派的天下，與其坐以待斃，不如先發制人，蒲里特在少壯派頭領們的慫恿下立即會盟女真諸部，歷數遼國欺壓盤剝女真各部的種種罪行，要迎戰遼人，為父報仇，其氣概頗有點努爾哈赤七大恨誓師伐明的氣派。

女真諸部在遼人淫威之下苟延殘喘多年，遼人奪其財物，淫其妻女，就是他們的族長，也是稍有觸逆，便非打即罵，其中更有一族之長只因為不肯獻出自己的嬌妻供遼使淫樂，而被人讒稱造反，引兵平了他的部落，將他鞭笞至死，丟入狗圈做了食物。女真人對遼國早已恨比天高，雖然也有少數部落頭領膽小怯懦，不敢應和，但是對大多數部落來說，珠里真的宣言卻像是在澆了油的乾柴上丟下一枝火把，熊熊的復仇之火開始燃燒了。

大遼對女真一戰，就在這一年春暖花開的時節裡開始了……

＊　　＊　　＊

「子渝，妳就讓我看一看嘛，我就看一下，就看一下。」

唐焰焰追著折子渝，惹得折子渝又好氣又好笑，她護住了衣帶嗔道：「看什麼看？有什麼好看的？我才兩個月吶，根本看不出來嘛。」

「不看拉倒，稀罕！」唐焰焰嗤之以鼻。

旁邊，諸位王妃一邊逗著孩子，一邊笑吟吟地看著這對冤家吵來吵去的。

時間已經到了五月中，妙妙和娃娃臨盆在即，唐焰焰在獨霸後宮、對楊浩大施淫威多日之後終於也成功懷孕，比折子渝正式入宮時還早了兩個月，如今已經有五個月的身孕了。她也不知聽誰說的，孕婦的肚子如果是尖的，就會生男孩，如果是圓的，就會生女孩。

其實娃娃和妙妙馬上就要生了，可她卻不在乎這兩位王妃生男生女，只想和折子渝別別苗頭。她們都是聰慧的女子，就算是焰焰，也只是性子粗放罷了，並不是個蠢鈍的人，既已做了自己姐妹，也知道萬不可也暗相爭鬥，那樣做，且不說楊浩那裡必然生厭，就是冬兒這位大姐頭那裡也過不了關，彼此倒也相安無事，而且日子久了，彼此的感情還比其他王妃深厚，畢竟……她們還是深閨少女的時候就認識，出身來歷也比較相當，所以有什麼話都能說到一處去。

不過爭勝之心卻還是有的，焰焰很想早於子渝生個兒子，揚眉吐氣一番，可是自己的肚皮溜圓，她就緊張起來，如果看了子渝的肚皮也是圓的，那她就不擔心了，大家都生丫頭，再重新比過便是。可是……看看折子渝仍然纖細苗條的腰身，焰焰也不禁洩氣，現在她的小腹平平，就算她肯寬衣解帶，恐怕也看不出什麼來。

一旁竹韻笑嘻嘻地道：「焰焰姐姐只管生自己的就是了，何必一定要攀著子渝姐姐，妳要和子渝姐姐比，恐怕會輸的，妳也不看折家大姐兒子一個接著一個，眼下又懷孕了，要是還是兒子，楊尚書家就七個兒子了，楊夫人是子渝姐姐的胞姐，乃姐如此，妹妹又豈會差了？」

「哼，哼哼！」唐焰焰恨得牙根癢癢的：「小妖精，妳算是哪頭的呀，妳可別忘了，當初飛羽隨風三大首領，咱們兩個和小燚可是同甘苦共患難過，偏要幫她說話，她許了妳什麼好處了？」

折子渝扮個鬼臉道：「我和她在汴梁，可是出生入死的交情。」

娃娃掩口偷笑，打趣道：「這還用問嗎？子渝有孕在身，不能侍奉郎君，官人專寵竹韻一人，她豈不感恩戴德？妳看她現在的樣子，每天都是面帶桃花，眉梢眼角春意一片，閨中不知如何得趣呢。」

竹韻登時紅了臉，羞得頓足道：「娃兒姐姐又來取笑我，哪有像妳說的啊，昨夜……昨夜官人可是宿在女英姐姐房中。」

妙妙正襟危坐，咳嗽一聲道：「嗯，這個我可以作證，昨夜官人的確是宿在女英姐姐房中的……」

竹韻大為得意：「還是妙妙老實。」

女英羞道：「妳們說妳們的，怎麼又說到我頭上了？」

妙妙繼續道：「不過……竹韻姐姐也是宿在女英姐姐房中的。」

冬兒聽了，「噗哧」一聲笑了出來，暈著臉道：「官人……官人總是這般荒唐。」

各位王妃之中，也只有冬兒，楊浩對她既敬且愛，又知她生性靦腆，接受不了大被群歡的風月花樣，所以從不在她房中如此荒唐。

竹韻瞪了妙妙一眼，哼道：「算啦、算啦，誰教人家進門晚呢，妳們願意取笑就取笑我吧。其實……其實我也好想早些懷上官人的孩子呢……」想起楊浩對她說過的「能生幾個就生幾個，能生多久就生多久，」竹韻心裡一陣甜蜜，一陣歡喜，倒是根本不在乎旁人的取笑了。

這時有人清咳一聲，帶著笑音道：「竹韻若是也在此時有孕，那我這大王，豈不是空有如花似玉的一眾美人，卻有看沒得吃了嗎？」隨著聲音，楊浩轉了出來。

「官人……」眾美人款款起身向他施禮，娃兒笑道：「官人說的好可憐，這不是還有兩位國色天香的美人侍奉官人嗎？」

楊浩笑吟吟地瞟了眼冬兒和女英，女英暈著臉輕啐一口，卻沒有說話。原來，這兩位娘子屬於體質過於敏感的類型，根本經不起楊浩大開大闔的伐撻，就算是用上了坤道鑄鼎的功法，也很難讓楊浩盡興，偏偏楊浩這內功越加精深，房事的需求便也越加旺盛，如果不是有個「不怕死」的竹韻，這兩位美人還真應付不起楊浩的需索。

方才幾個女人坐在一起，隨口談笑些什麼，冬兒晏晏微笑，也不覺什麼，但是丈夫一到了這裡，雖是同床共枕、一修雙好的男人，她還是覺得有些不妥，便岔開了話道：

「好啦好啦，越說越荒唐啦，孩子還在那邊玩呢，教他們聽見了不像話。」

楊浩看了一眼，只見楊姍領著弟弟、妹妹，正在池塘邊釣蛤蟆，楊佳穿著開襠褲，手裡舉著根穿了魚線魚鉤的小竹竿，跑來跑去，喳喳呼呼，估計真有蛤蟆也早讓他嚇跑了，幾個宮女緊張地隨在他的身後，生怕這小祖宗跌到池塘裡去。

楊浩笑道：「不妨事，他們懂些什麼？」

折子渝見他這個時辰回宮，卻知必定有事，便問道：「官人今天怎麼這麼早就罷朝回宮了？」

楊浩笑道：「不是我要回來，而是有人找上了門來，指名道姓，要見我家五公子，楊浩只好親自充一回跑腿送信的，正好也偷個閒，歇息一下。」

折子渝詫異地道：「見我？誰要見我？」

心中靈光一閃，折子渝忽地恍然大悟：「啊！莫非是遼東……」

楊浩點頭道：「不錯，正是遼東來人了。」

折子渝眼珠一轉，嘴角露出一絲甜笑：「這麼說，九略已經可以正式展開了？」

楊浩神色有些凝重地點點頭：「不錯，九略，九略，我只希望不會是為山九仞。」

折子渝白他一眼道：「怎麼就不能是九九歸一呢？」

她微微一撣衣衫，挺直了腰桿道：「我去見他！」

六百十三　出手

折子渝換上了久違的公子裝，手持摺扇一柄，風度翩翩，溫良如玉。人靠衣裝，對那些把她奉若神明的女真人來說，如果子渝一身宮妃女兒家裝扮出現，固然是麗色驚人，恐怕說服力就不是那麼足夠了，就算是在尚部分保持著母系社會傳統的女真部落，如今女人也只有薩滿巫師才教人心存敬畏。

珠里真派來的人是他的堂叔烏林苔，論年紀卻比珠里真還小了兩歲，兩人按輩分是叔姪，實則情同兄弟，此人在女真人裡算不上勇武之輩，不過比較聰穎，算是珠里真身邊幕僚類的一個人物。

此刻，他正畢恭畢敬地向折子渝敘說著發生在遼東的事情。

「不知怎地，遼人懷疑到了我們頭上，他們編造了個罪名，勒令我老族長赴上京請罪，趁機軟禁了他逼問實情，老族長堅不吐實，碰案而死，如今遼人發兵，步步進逼……」

折子渝打斷他的話道：「你方才說，珠里真少族……哦，現在是族長了，珠里真族長與室韋的巴雅爾締結了同盟？」

提起巴雅爾，烏林荅立即露出不屑的冷笑：「他？哼！他們也飽受遼人凌辱，卻不敢與敵人為敵。當初珠里真與巴雅爾義結金蘭，對天盟誓要同進同退，可是如今遼人已侵入我女真領地，燒殺搶掠，巴雅爾卻藉口室韋諸部的首領們無法達成統一意見，不肯出兵相助。臨陣退縮，毀諾背信，不是男人！」

折子渝微微一笑：「或許巴雅爾真的無法統一室韋各部首領的意見，又或者他起了退縮之心，既然室韋人下不了決心，你們何不助其一臂之力呢？」

烏林荅一怔，愕然道：「這個……五公子，我們女真人，如今自顧不暇，如何相助於室韋人？現在遼人沒有去打他們呀。」

折子渝拈起細瓷如玉的茶杯，湊近紅唇，輕酌淺飲，臉上帶著淡淡的微笑：「烏林荅是個爽直的漢子，看來還沒聽懂我的意思。我要你們助他一臂之力，是幫助他下定反抗遼人的決心。他們本就深恨遼人，如今又有你們與遼人為敵，為其盟友，這樣的情況下，如果他們的族人受到戰火波及，被遼人燒殺搶掠一番，他們是否仍然要坐山觀虎鬥呢？」

烏林荅恍然大悟：「五公子高見，烏林荅明白了。不過，遼人之勢，兇猛如虎，即使有室韋相助，恐仍難敵遼人，珠里真讓我來，就是想求教於五公子，尚望五公子指點迷津。」

折子渝目光一凝，似笑非笑地問道：「珠里真只叫你問計於我，不曾想過求我西夏出兵？」

「沒有！」烏林荅搖頭：「我族中的確有人這樣提過，不過珠里真說，我女真人受惠於五公子，卻與西夏國無甚交情，西夏君臣未必肯出兵相助。再者，就算西夏國君肯出兵，遼人地域龐大何止萬里，麾下雄兵數十萬，據駐於各地，遼人盡可出兵敵之，遠水不救近火，與我女真無甚好處，反拖了朋友下水。」

「呵呵……」折子渝輕輕一笑：「珠里真很明事理，分析的也很對。西夏實力遠非遼人對手，且西夏君臣就算肯出兵，也解不了遼東之圍，遼人駐屯於西線的軍隊，足以與我們僵持下去。不過，女真與室韋聯手不是遼人之敵，我西夏出兵也非遼人之敵，卻未見得遼人便天下無敵，這世上還是有人實力在遼人之上的。」

烏林荅目光一閃，微露恍然之色：「五公子是說……宋國？」

折子渝道：「不錯，宋國。你們本是遼國藩屬，如果你們取水路遣使入宋，向宋國稱臣乞援，那會如何呢？」

烏林荅在女真人中果然算是見識廣博的才智之士，微一思索，便搖頭道：「恐怕不成。據我所知，當初于闐國也以中原藩屬自居，可是他們與喀喇汗人大戰時，向宋廷乞援，宋國卻未派出一兵一卒，我聽說，宋人只派了百十人的僧侶前去，嘿！那些和尚，誦經念佛，便抵得住敵人的刀槍嗎？」

折子渝笑道：「一個藩屬的名義，怎能換得宋人出兵？若無好處，山高路遠，宋國自然不會遠征于闐，可是涉及遼國便不一樣了，唐四分五裂，疆域各有歸屬，宋之所承，唯中原一地，虎狼環伺，無險可守。宋國欲圖西域，有北方猛虎眈眈而視，束手縛尾，如欲北進，一無大義藉口，一懼遼人實力，唯恐兩敗俱傷。

「但是燕雲十六州，宋國志在必得，如今不動手，只是時機未至罷了，如果你們向宋國稱臣，便給了宋國一個合理的藉口，有你們在遼東牽制，宋國豈有不抓住這個機會，趁勢興兵北進的道理？」

烏林荅聽了，似意有所動，但還是不敢盡信折子渝的推斷。

折子渝又道：「遼人兵強馬壯，虎視四周，亦為我西夏所忌憚，只是我西夏國小勢微，難敵大遼，如今又與隴右爭戰，脫不得身，不過如果你們有心向宋求助，我可略施小計，在遼國內部再製造些混亂，幫著宋帝下這個決心，如何？」

「這個……」

折子渝笑容一收，說道：「兵貴神速，拖延不得。遲一日，你們便多死一些族人，多被毀壞一個村寨，除非你們肯向遼人臣服，自縛雙手，讓他們斬了你們這些起事首領的腦袋，繼續讓他們盤剝，繼續讓他們欺壓你們的父母、兄弟、子孫，繼續凌辱你們的女人，否則的話，你還有第二條路可走嗎？」

烏林荅想起族人所受的種種屈辱，雙眉一揚，臉上露出決然的剛烈之氣：「烏林荅，願遵五公子之計行事！」

＊　＊　＊

五月天，上京城，濃蔭如蓋。

樹下一鋪涼席，小皇帝牢兒正在席上玩耍，一旁蕭綽只著宮中日常的衣著，坐在席上，輕搖團扇，冷冷笑道：「室韋五部也摻和進來了？哼！為了一個部日固德，他們還真敢與我大遼為敵呀，看來這幾年我大遼休養生息，息事寧人，真是慣壞了他們！讓耶律休哥去，打出我大遼的威風來，要不然……我遼國五十多個藩屬，都要蹬鼻子上臉了！」

「遵太后旨意！」

大遼樞密恭聲應旨，匆匆退了下去。

「娘！」牢兒奶聲奶氣地叫她：「女真，小小的，怕什麼？」

蕭綽轉嗔為喜，抱過兒子，在他屁股蛋上拍了一把：「兒子，當你把一個人當成對手的時候，就不要小看了他。無知小民可以狂妄，因為他們再狂妄，也不過就是痛快了那張嘴巴，無礙天下，可是做皇帝的，不可以。一個皇帝如果也這樣想，那就是災難的開始，懂嗎？」

牢兒眨眨眼，蕭綽道：「突厥，匈奴，鮮卑，都曾有過轟轟烈烈的輝煌，它們，還有我們契丹，在沒有崛起以前，都是草原上的一個小部落，和現在的女真人一樣弱小，就像螻蟻一般的存在……」

她屈指一彈，將爬到袍上的一隻螞蟻彈到涼席上，淡淡地道：「真正的螻蟻，永遠都是螻蟻，而一個部族，卻可以生長壯大起來，由一隻螻蟻變成一頭猛虎，要想不受到它的威脅，最好的辦法，就是在它還是螻蟻的時候，就輾死它！懂嗎，兒子？」

「嗯！」牢兒似懂非懂，卻馬上跑過去，抬起光光的小腳丫，在席子上追著那隻螞蟻使勁地踩起來，逗得蕭綽「噗哧」一笑。

*　　*　　*

王科是宋國駐遼國的使節，四十多歲，正當壯年，為人處事謹慎沉穩，平日裡除了於館驛中練字繪畫，只要出門，就是往南城去。上京的南城和北城涇渭分明，南城主要是漢人聚居區，有一幢大酒樓名叫雁迴樓，地道的汴梁風味，王大人偶爾會到酒樓去，品嘗一下故鄉風味。

這些天裡王大人出門的頻率就多了些，遼國正與女真和室韋人開戰，市井間傳言紛紛，身為宋國使臣，王大人也負有搜集情報的責任，對這樣重大的舉動，自然格外矚目。民間的傳言雖然盡多誇張，不過在他看來，卻遠比透過官方管道打聽到的消息更加可靠，所以出入雁迴樓就特別勤快起來。

穿著一身尋常士子的衣服，黑白兩色，圓領長衫，就算是遼人也常常這樣打扮，何況身在漢人聚居的南城，毫不起眼，王科帶著一個小廝、兩個侍衛，扮作尋常主僕，進了雁迴樓。

他是這兒的常客，不過從掌櫃的到店小二，都不知道他的真正身分，只曉得這人是個慣在上京做生意的。王科不得不小心一點，雖說這做生意的掌櫃不會做什麼對他不利的事，但是如果知道了他的真正身分，對他在酒館中打探消息，就不太方便了。

北國的漢人，歷經唐末百餘年戰亂，最後被石敬塘連著燕雲十六州一塊送給了契丹人，這才過上穩定的生活，頭些年契丹人對漢人的盤剝還比較重，就是這樣，北地漢人也沒想過要投靠那個陌生的宋國，待後來由於北地漢人眾多，契丹皇帝也意識到對這個龐大的族群必須改變政策，從律法、制度上，對他們的歧視便越來越小，及至蕭綽秉理朝政，唯才是舉，不非漢胡，漢人的地位進一步提高，可以說現在北國的漢人比渤海國人、奚人對遼國都更忠心。

因為他們不管仍然務農還是經商務工，繼承的仍是農耕社會的那一套，希望社會穩定，政局安定，至於這皇帝姓李、姓趙還是姓耶律，對這些小民來說毫無關係，王科也是到了上京之後，才漸漸認識到這一點，以前他一直以為北國漢人生活如地獄一般，日夜翹首南望故國流淚呢。

點了麻腐雞皮、紅絲水晶膾、軟羊、旋炙豬皮肉、鮓脯新法鵪子羹等幾道菜肴，又叫了壺醪糟，王科自斟自飲，側耳傾聽著眾人高談闊論。

「嘿！聽說室韋人也跟著摻和進來了？」

「可不是，朝廷派了耶律休哥大將軍出征呢，這下要他們好看了。」

酒樓裡，多是漢人，不過大多數都是世居北國的漢人，早已以遼人自居，說起耶律休哥來，便也自豪得很。

「殺雞焉用牛刀！女真人和室韋人作亂，哪用得著耶律休哥大將軍出征呀？那些蠻人一聞休哥將軍大名，便往那窮荒僻壤裡一躲，往哪裡找去？休哥將軍得追著他們鑽山溝嗎？豈不有辱大將軍的威名。」

「你懂什麼？太后娘娘這是殺雞儆猴，打他個狠的，讓四方蠻夷都老老實實的，莫再惹是生非……」

王科沒有聽到什麼有價值的消息，順手挾了一箸麻腐雞皮，剛剛端起酒來，耳邊忽聽一個聲音十分恭敬地道：「公主，請。」

聲音不大，在那高談闊論中細若游絲，尋常人自說自話，對這麼一句乍爾傳來的話很可能就自動過濾了去，可是王科本是在朝為官的人，對爵位官祿一類的東西較常人敏感，他出來飲酒又是為了打探消息，本就在耳聽八方，登時聽在耳裡。

王科霍然抬頭，向那聲音望去，就見一個身材纖巧的女子在幾個人的簇擁下正向店外走去，那幾人散開左右，與那女子保持著一定的距離，同時也把她與其他人隔開了距離。看其模樣，都是僕從身分。走起路來，那僕婦婢女們腳步姍姍，舉止合儀。前邊兩個導引的男子頷下無鬚，白白胖胖，低眉順眼的模樣像是……宮裡的內宦。

到了門口，那女子似嫌陽光刺眼，腳步微微一頓，旁邊立刻有人遞過帷帽來，那女子接過帷帽往頭上一戴，這一側臉的工夫，王科便瞧清了她的眉眼，看那模樣，依稀便是一個人，王科心裡不由咯登一下。

那時是在金殿上，先帝殯天，新帝登基，遍封群臣的時候，那女子也如眼前這個女子，一身的白，以他的官階，那時站立班中比較靠後的位置，恰也只能看到她的半臉，那眉眼輪廓一般無二。王科的身子登時一震：「怎麼可能？難道是她？」

王科是晉王潛邸的出身，是趙光義的心腹，也是少數幾個知道永慶公主還活著的宋臣，當下不敢怠慢，王科吩咐那小廝留下，立即帶著兩個侍衛追了出去。

那幾個人出了門，便讓那戴了帷帽的女子上了輛馬車，四下裡護擁著往北城行去，王科趕緊上馬就追，追了一陣，漸漸到了皇城範圍，以他的敏感身分，可就不便前行了。遠遠看去，但凡行至有官兵把守處，有人上前說上幾句，那把守的城衛士兵便閃過一旁，笑嘻嘻地招手放行，王科看了一陣，心中急急思索一陣，撥馬便往回走。

遠處那一行車隊的人看見王科走了，原本裝腔作勢的樣子頓時放鬆下來。

車上那位永慶公主摸著自己的臉頰笑道：「他走了？咱們哪天執行下一步計畫？今天要是沒有旁的事，我可卸妝啦，韻王妃傳我的這易容法倒是奇妙，只是大熱的天，臉上膩膩的，透不過氣來。」

另一個扮侍女的飛羽密諜便笑道：「妳扮公主，大搖大擺地在那兒吃酒，我就得在妳身後眼巴巴看著，還不知足？」

「妳們不要笑鬧了。」那扮太監的白胖漢子訓斥了一聲，聲音倒是陽剛氣十足，全無方才細聲細氣的動靜，他又轉向另一個白臉漢子說道：「大頭兄，這一回有賴你多多幫忙。回頭還得看那王科回不回雁迴樓，如果他向店家詢問我等身分，渝王妃說，讓他霧裡看花，捉摸不定，效果最佳，那我們見好就收，到此為止。如果這王科無所表示，那我們還得勞煩大頭兄，咱們還得找機會在他面前再演一齣戲。」

大頭笑道：「無妨、無妨，上京城天子腳下，能人無數，不過這市井之間及至皇城，我還算是有點面子的，大哥能記起我來，我就開心，幫這麼點小忙算什麼？」

那人一笑：「說起大王，大王很掛念你，大王說昔日兄弟，很快就要相聚，唯有你獨自留落北國，如果可能，還是希望你能隨我們一起回去。」

大頭的臉上也有些激動，他抿了抿嘴脣，還是搖了搖頭：「我的家……在這兒，西夏就不去了。兄弟貴在知心，也不必朝夕相處。呵呵，我大哥能成為一國之君，我也替他高興呢，現在我不能說，可早晚有一天，我能對人家講的，那時我就對自己的兒子說：你爹的結拜大哥，是一國之君。要是他想混出點名堂，我就讓他去報效我大哥。我的丈人、我的娘子，對我都甚好，這上京……我不想離開了。」

看到出大頭還是有些心動的，只是他的確捨不得自己的家，也知道家人不會跟他遠赴西北，而且他也有些自知之明，做個天牢的牢頭他還綽綽有餘，可到了西夏能幹什麼？大哥做了皇帝，小六和鐵牛都是大將軍，可他並沒有那樣的才華，在這裡他很風光，他找到了自己的尊嚴。

他從小就靠別人的施捨，現在不想繼續接受別人的施捨了，哪怕那施捨他的人，是他的兄弟。

旁邊那人似也明白他的心意，只是輕輕一嘆，沒有再說什麼。

王科急急返回酒樓，小二迎上來笑道：「哎喲，王爺，你這是去哪兒了？飯菜都涼了。」

「哦，我……出恭。」

王科一愣答道：「帶我去淨手，飯菜再熱一下。」

「好　，您跟我來。」

小二引著他往後走，王科往四下一看，含笑問道：「方才，有一女子出門而去，那女子……你可識得她身分？」

小二詫異地道：「女子？哪個女子？」

王科前後一說，小二眨眨眼道：「這個嘛，老爺您恕罪，酒樓裡人來人往的，小二可記不住。」

「哼，你們幹的就是這樣營生，眼睛毒得很，哪有什麼不記得的？」王科自袖中摸出一錠大銀，往他手裡一拍，說道：「不瞞你說，那女子姿色姝麗，令人心動。老爺我……咳，老爺我長年在北國經商，身邊也沒個知冷知熱的人兒，不曉得那女子是什麼身分，我想……我想……」

小二恍然大悟，吃吃笑道：「王爺您瞧上那女子了？呵呵呵，窈窕淑女，君子好逑，光明正大嘛。不過您這好事，我看著夠嗆。您還是別打人家主意了……」

小二嘴裡說著，生怕他把銀子搶回去，趕緊塞進了袖中。

王科眉頭一擰，故作不悅地挺起胸膛：「怎麼著？王老爺家財萬貫，配不上那女子嗎？你說，她是什麼身分？」

小二左右看看，壓低聲音道：「那女子什麼身分，小的也不曉得，只不過上一次那女子來，是雅公主陪著的，就連雅公主對這女子，都客客氣氣的，想必這身分，低不了。」

「啊！竟然如此嗎？」王科故作沮喪，心中卻是暗暗吃驚：「雅公主？那是皇室女兒，如果這女子果真是永慶公主，自然由雅公主陪同最為合適。難怪聖上尋遍天下都找不到公主下落，難道……她不但到了北國，而且和北國皇家搭上了線？公主……公主她這是要做什麼？」

王科心裡飛快地轉著念頭，又故作不甘地道：「不會吧？就連……雅公主都對她客客氣氣的，小二哥，你可別誆我。」

小二急了，連忙道：「怎麼會呢？不瞞您說，王老爺，上一遭雅公主陪著這位姑娘來酒樓飲酒，是小的送菜進去的，小的記得清楚，她們點的都是汴梁有名的菜肴，小的先傳了幾道菜進去，後來送一條紅燒鯉魚進去時，恰見那女子舉袖拭淚，說什麼……說什麼……」

他眨巴眨巴眼睛，好像想不出來了，王科心急如火，連忙又掏一錠銀子，塞進他的手去，小二眉開眼笑，說道：「聽她說什麼吃著這飯菜，卻有故鄉風味，不由讓人想起家鄉，想起她的爹爹娘娘、還有自家兄弟，忍不住便要落淚。

「小的就見雅公主好言勸慰，還說什麼太后娘娘已把這事記在心裡，只是大遼這兩年不太平，一時半晌的還騰不出空來，教她安心住在這兒，有什麼缺用只管說，再過兩年，太后一定發兵，為她討還公道。」

小二咂巴咂巴嘴，點頭道：「小的琢磨著啊，這女的一定不簡單……」

「不簡單？當然不簡單！」

五月的豔陽天，王大人的頭頂卻是嗖嗖直冒冷氣，他回到前廳，食不知味，勉強應了個景，立即結帳回去，到了館驛之中，立即寫下一封密信，喚來心腹，囑他以十萬火急的速度急呈汴梁。那心腹不敢怠慢，領了七、八個人，俱是一人雙馬，立刻啟程上路。

王科大人的密信和女真的使節，前後腳地進了東京汴梁城……

六百十四　興兵

宋國對幽燕，確實是志在必得的。因為宋得天下，先天不足，宋朝不比漢唐，漢唐繼承的分別是秦隋兩朝的疆域，北疆西域盡在手中，而宋得天下前，唐朝已滅亡一百多年，中原諸侯混戰，及至宋朝一統中原時，西域和北方都已被外族掌握並統治多年了，在當地已經有了扎實的基礎。

占據北方的是遼帝國，擁有燕雲十六州這塊戰略要地，居高臨下，隨時可以鐵騎南下，策馬中原。而西北本來還是有希望收復的，問題是遼帝國的統治者也並非鼠目寸光的平庸之輩，他們知道一旦宋國得了西域，便如虎添翼，那時再攻幽燕勢在必行。

而遼國一旦失去幽燕之地，不只是淪喪大片領土的問題，而且戰與和的主動權將操諸宋人之手，宋國一旦出現一個志在四方的君主，大軍隨時可以出雄關，將他們打敗，甚至落得個像匈奴和突厥一樣的下場，被漢人趕到西方去。所以為了保住幽燕，必先保西域，以牽制宋國不能傾力北伐。

這一點宋國也看得很清楚，所以立國之初就定下了先南後北，一統天下之策。趙匡胤建封樁庫以儲備軍資，對外只說有朝一日要用錢贖回幽燕，以此迷惑北國，而到了趙光義的時候，南方已經完全平定，雖偶有叛亂，但已不能撼搖宋國的根本，宋國十年生聚，兵強馬壯，封樁庫錢糧堆積如山，足以支撐一場動員全國兵力的大戰了。

所以，趙光義登基伊始，就已接手皇兄的大略，繼續從各個方面做著北伐的準備，在北方沿線設置糧倉、軍械庫，抓緊訓練軍隊，他現在所欠缺的僅僅是一個契機，一個合適的機會。

現在，似乎機會已經到了。

女真和室韋分別派來了密使，向宋國稱臣，並乞請宋國出兵，討伐遼國。

女真和室韋是遼國的藩屬，他們背遼向宋，對宋國來說是一件揚眉吐氣的大事，要知道宋現在的藩屬國遠不及遼國之多，如今隔著遼國有異族來降，豈不正是四夷臣服的象徵？趙光義當然高興，可是這種順服是有代價的，那就是宋國要出兵討伐遼國，以解女真與室韋之圍，為此，趙光義立即召集心腹重臣，商討此事。

此時的大宋朝廷，經過一番大清洗，已經徹底換上了趙光義的人，潘美、曹彬這樣的軍中鼎柱，現在都賦閒在家貽養天年了。而文臣方面，更是煥然一新，除了一個牆頭草的張洎，幾乎全都是趙光義在開封府潛邸時的舊人，諸如程羽、賈琰、宋琪等人。

儘管現在的文武臣僚都是趙光義的心腹，但是群臣議事，對是否征遼，發動多大規模的戰爭，要達到什麼戰略目的，仍是意見相左，僵持不下。對於發生在遼國東北的這場戰亂，朝中文武都認為應該加以利用，只是在如何幫助他們方面，以及是否出兵方面，達到何種目的方面各有異議。

羅克敵目前在武將序列中排名第一，雖然樞密使曹彬仍然在位，卻已託詞重病賦閒在家，只掛著個空銜，羅克敵目前是掌握軍中實權的第一號人物。這是他主掌軍權後所遇到的第一樁戰爭，對頭又是強大的遼國，羅克敵不無謹慎，經過一番慎密的思索，他才出班奏道：「聖上，臣以為，遼國如今是當之無愧的北方之王，雄踞草原的一頭猛虎。而北方諸部族與之相比，皆豺狼也。以狼搏虎，無異於以卵擊石，然而若是群狼搏虎，則虎雖兇悍，亦首尾不得相顧，其結果必然是兩敗俱傷。

「因此，女真、室韋之亂，對我宋國是一個機會，我們不應該放過。依臣之見，憑女真、室韋之力不足以撼動遼朝根本，我們若想利用這個機會，可予女真和室韋財帛糧米軍械方面的支持，以助其支撐下去。同時，可效仿宋攻西夏時遼國出兵牽制之策，調一路兵馬北伐，牽制其主力，使其無心兩面作戰，迅速結束對女真和室韋的征討。」

趙光義聽到這裡，有些不悅地道：「羅卿不知朕的心意嗎？這麼做，於我宋國有何好處？」

「當然有好處。」羅克敵已思慮清楚，侃侃而談地道：「據臣所知，遼朝對其藩屬壓迫盤剝甚重，各藩屬勢力皆懷怒而不敢言，如果女真和室韋安然度過難關，得以保全並壯大，必然鼓舞其他草原部落，群狼皆生異心，處處與遼國為難，遼國便要顧此失彼，國力必然削弱，到那時，我朝再以傾國之力行致命一擊，必可一戰而鼎定。同時虎狼畢竟是虎狼，不管是虎還是狼，皆非善類，只可利用，不可寄以心腹，這一點還請聖上三思。」

趙光義聽得有些焦燥起來，依著羅克敵的主意，要扶持培植這些對遼國懷有二心的這些藩屬都得拿捏好分寸，不能一蹴而就，得逐步滲透，在扶植的過程中，逐漸把他們控制起來，僅這一步恐怕要取得成效，都得一、二十年的光景。

而遼國呢，瘦死的駱駝還比馬大呢，何況現在的遼國遠非瘦駝可比，現在遼國主少國疑，孤兒寡母，這樣的好機會不利用，要等到一、二十年之後，那時少帝已成壯年，還能這麼好對付嗎？最重要的是……到那時，這收復燕雲的功勞屬於誰？前人栽樹，後人乘涼，雖說這建功立業的不是自己的兒子就是自己的孫子，但總不如這榮耀加諸己身來得快意。這計策實不可行。

趙光義轉眼看見了國舅李繼隆，顏色又轉柔和，忙問道：「霸圖啊，你怎麼看？」

李繼隆，字霸圖，祖籍上黨，其父是大宋開國名將李處耘。李繼隆的妹妹經趙匡胤撮合嫁與趙光義為妻，便是當今的李皇后，因為李繼隆的父親李處耘與趙匡胤的結拜大哥慕容延釗不和，所以李繼隆雖滿腹韜略，卻受到父親的牽累，始終受到壓制。

這樣的人自然不會是趙匡胤的死黨，趙光義上位之後，因為口口聲聲說一切都要遵循先皇舊制，所以當時沒有大的動作，直到這次藉著清洗前朝老臣的機會，才把李繼隆提拔起來，如今李繼隆是侍衛馬軍都虞候，在軍中也是個實權人物。

李繼隆思索片刻，謹慎地道：「聖上，臣以為，今日之遼帝國，遠非昔日匈奴、突厥那種部落聯盟可比，遼國實力較之以前那些為禍中原的單于可汗強大十倍，想當初，漢唐兩朝對付匈奴和突厥這樣的大部落時尚且要大費周章，我宋國如今面對強敵，更不可貪功冒進、輕率行事。臣以為，羅大人所議甚有道理。」

趙光義一聽國舅也這麼說，不禁大失所望，武將班中有一員將，乃是殿前都虞候崔翰。崔翰，字仲文，京兆萬年人。少有大志，丰姿偉秀，曾從周世宗征淮南，平壽春，取關南，以功補軍使。宋初，遷御馬直副指揮使，後委端州刺史。他是前朝老將，因為近幾年一直在地方上任職，所以沒有受到大清洗的波及，朝中武將提拔了太多的新人，總得有幾個老將壓陣才行，這崔翰帶兵頗有一手，趙光義便把他調回京，充任殿前都虞候，算是樞要部門的職務了。

崔翰眼見曹彬、潘美等老將一個個都靠邊站了，抱著明哲保身的態度，為人處事甚是小心，也特別注意體察上意，一見聖上滿臉不豫，曉得聖上有心北伐，他略一思忖，便迎合奏道：「聖上，臣以為，所當乘者，勢也；不可失者，時也。乘此破竹之勢，取之甚易。

「如今女真、室韋棄遼來投，便是我宋國藩屬，遼人侵我藩屬，我朝出師有名，此之為勢。女真、室韋居遼之東、遼之北，有他們牽制遼朝，我宋國趁機出兵，遼國便得腹背受敵，必難支絀。所以，臣以為當趁此良機，大舉北伐，光復幽燕，機不可失，失不再來啊。」

趙光義一聽龍顏大悅，轉首又問一眾文官。張洎此人雖然品行差些，但是確有實才，而且不僅通古博今，善理民政，對於軍事也不是一個門外漢，曾向朝廷獻練邊軍之策，朝廷依此辦理，卓見成效。他仔細想想，也覺得以宋國此時強大的實力，而遼朝又恰有內患，如果準備充分、指揮得當，北伐未必不可成功，便也應聲附和。

不過賈琪、宋琰、程羽等人的意見卻不統一，他們都是真心輔佐趙光義的人，也都是有真才實幹的人，不過這三人說好聽點叫作為人謹慎，說不好聽點，那就是守成有餘、進取不足，三人思慮良久，總覺得出兵北伐有些冒險，雖說勝敗乃兵家常事，可是遼宋除了在打漢國的時候藉著漢國的由頭小小切磋了一番，兩國還從未直接向對方宣戰過。

勝了，於聖上來說是錦上添花，一旦失敗，豈非得不償失？有此考慮，三人表達的意見便比較保守。趙光義對他們的意見還是頗為重視的，見他們也有些猶豫，那熱切勁便又淡了些。

這廂商量了兩天，還沒一個結果，王科從遼朝派回來的人便把密信送到了趙光義的御案前，趙光義看罷來信，不禁又驚又駭：「永慶已然流落北朝？不問可知，蕭太后必然以之為奇貨可居，一俟平定內部，兵馬強壯之後，她就會祭出永慶公主這件法寶，大舉揮軍南下了。」

王科信上還說，此事還待仔細打聽，眼下尚無十分把握確定，可是……這種事怎能等他查個水落石出？寧可信其有，不可信其無，結合眼前對遼是戰是和的僵局，由於這封信，一切便迎刃而解了。

北伐，不止是他大哥趙匡胤的夙願，也是他的夙願，因為北伐的成功，代表著無上的榮光，帝王尚有何求呢？不就是彪炳千秋的功業嗎？

而對他來說，還有一層目的，他需要這曠世之功來為他文過飾非。隨著宋皇后母子三人被擄走以及離奇而死，有關先帝駕崩的種種謠言又開始甚囂塵上，重新被人提起。別看這些都是無形的力量，可是那種無形的壓力，也能讓人寢食不安，尤其教人擔心的是身後之名。

如果他能奪回幽燕，那就再也不必為此擔心了。他是宋國的二世皇帝，將來的謚號必然是太宗，他宋太宗的命運就會像唐太宗一樣，不管弒兄殺弟滅其子嗣，幹下多少齷齪事，都可以被讚譽為雄才大略的千古明君。

因為儒子們一直宣揚：國之四維，禮義廉恥。守國之度，在飭四維。四維不張，國乃滅亡。如果一個君王身上有著不可洗刷的汙點，德行大大有虧，可他卻能立下不世功業，天下在他治理下卻是國泰民安，那該如何向世人解釋？

所以，英雄必然是和聖人畫上等號的，有功者必然有德，縱然他真的有什麼劣行惡跡，也可藉一枝妙筆避重就輕，矯飾過去。

而現在，他又有了第三個理由：永慶！

先下手為強，後下手遭殃！

趙光義拍案而起，厲聲道：「顧若離，立即宣文武兩班重臣到皇儀殿候駕！」

顧都知見他臉色駭人，不敢多問，連忙答應一聲，匆匆退了出去。

趙光義雙手據案，又看一眼平攤於書案上的那封密信，眼中射出慄人的光芒：「北伐，必須馬上北伐！趁你病，要你命，一箭三雕，一併了結！」

* * *

群臣應召來見，發現態度一直有些搖擺不定的聖上忽然變得異常堅決起來，他已經不再詢問眾臣是否應當北伐，而是命令眾文武立即擬定北伐的詳細計畫，馬上就到六月分了，北伐正當其時，時不我待，不可再延貽半日。

趙光義的一道聖諭，整個宋國龐大的戰爭機器都開始運動起來，籌備糧草、軍械、軍餉的，集結、調遣軍隊的，動員州縣民工的，徵調馬匹車輛的，翰林院的學士們也不閒著，咬文嚼字地弄出一篇討伐遼國的檄文，其內容無外乎是先歷數燕雲十六州的歷史歸屬問題，再談燕雲十六州的漢人百姓如今處於何等的水深火熱之中，再說遼國部落這麼些年來打草穀、劫掠犯邊的劣跡，最後再提一下女真、室韋千里來投，我朝聖天子的仁義王道。

在趙光義的催促中，滿朝文武的通力合作下，再加上這麼多年來為了北伐早已開始的前期準備，僅僅用了一個月的時間，所有準備工作便一切完成，趙光義御駕親征，統率戰將百員、健卒虎士三十萬，揮戈北向，浩浩蕩蕩直奔遼國。

趙光義主意既定，便召集眾臣早已商量妥當，燕雲十六州地理，幽、薊、瀛、莫、涿、檀、順七州位於太行北支的東南方，其餘九州在山的西北方。幽州居中，最是險要，他的主意就是揮軍北上，直取幽州，奪下這一點，便可以此向兩翼擴張，東與女真聯通，再藉女真與室韋聯通，形成一張鯨吞大遼的鉗口。

遼朝文臣得知宋國大舉興兵北伐，不禁嚇了一跳，消息急急傳到宮裡去，蕭綽聞訊不禁勃然大怒。

她立即召集文武商量對策，文武百官在宮中計議半日，一道道徵調錢糧、兵馬的詔書便飛出了上京城。

蕭綽令韓字、耶律善布、耶律濟等兵發固安、涿州，命北院大王耶律希達、伊實王薩哈等率兵戍守燕地，遼在幽州屯駐的漢兵有神武、控鶴、羽林、驍武等軍調撥北院大王麾下；又有契丹、九女、奚、南北皮室的族帳軍盡皆聽用。與此同時，馬不停蹄地從東京（遼陽府）、中京（大定府）調集兵馬，預計總兵力可達二十五萬。

軍事上如此安排，嘴仗也是要打的，遼國文人殫精竭慮，也炮製出了一篇討伐宋國的檄文，同樣先從歷史上講唐亡近五十年後，契丹已然立國，彼時世間尚無宋國，晉皇帝石敬瑭當年割「燕雲十六州」予契丹，從法律上、事實上，該地都已成為契丹領土，而此時周和宋還沒建立。不管是周世宗北伐還是趙光義北伐，實際上都是對契丹的侵略。

檄文又講宋立國之初，國小力微，故交好契丹，開寶七年主動遣使至遼，與遼簽定和約，兩國友好，互不侵犯，如今一統中原，立即撕毀和約，興兵侵略，出爾反爾，利欲熏心，盡喪大國風範云云……

趙光義親率大軍闖入遼國，待見了遼人的這篇檄文，通篇看罷，不見一字提起永慶，心中稍安。他本已做了最壞的打算，準備一旦遼國祭出永慶公主這招棋來，就把宋娘娘母子三人被擄的罪名強行栽到遼人頭上，永慶公主身陷敵手，說些什麼自然由不得自己的本意，這裡又是遼國境內，麾下兵馬與遼人除了在戰場上不可能有什麼接觸，他完全可以控制得住局面，如今遼人不提永慶，他自然也不會自討沒趣，只冷笑一聲，把檄文棄置地上，拔劍北向，揮軍突擊猛進……

＊　＊　＊

「去，把繩子繫在樹上。」

小楊佳把繩頭遞給猴子，那猴子接過繩子，鬼頭鬼腦地四下看看，縱身便躍上樹上，很快就按著楊佳的比畫，把繩子繫好。楊佳拍手大笑，另一頭也已繫好，繩下墜著一塊板子，一具鞦韆這便做好了。楊佳坐到板上，雙手抓著繩子，興奮地對丫鬟道：「快快快，推我，再高一些。」

「楊佳，你忘了上回摔個屁股開花的事啦？」

楊姍領著一隻小白狗，像個小大人似地走過來，很嚴肅地訓斥弟弟：「再摔得慘兮兮的，看誰給你擦鼻涕，去，玩別的去。」

楊佳愣頭愣腦地從鞦韆上下來，楊姍眼中精光一閃，突然閃到他身後，一屁股坐到了鞦韆上，哈哈大笑道：「我的啦，鞦韆是我的啦，哈哈哈……」

「妳……欺負人！」楊佳氣極敗壞地叫起來，楊姍晃著腦袋眉開眼笑地氣他：「不服氣呀你，狗狗，把他給我趕開。」

「汪！汪汪！」小狗狗仗人勢地叫起來，雖然狗不大，齜牙咧嘴的樣子卻很兇，楊佳掉頭就跑，楊姍樂不可支，笑得前仰後合，眼淚都笑了出來：「膽子真小，太沒出息啦，小狗狗都怕，哈哈哈哈……」

她只得意了片刻工夫，就聽大姐楊雪叫道：「小佳，你帶小白幹什麼去？」就見楊佳得意洋洋地又跑回來，那小狗一見跳上去又叫，只叫了兩聲，楊佳伸手一指，叫道：「給我咬牠！」

「嗷」的一聲狼嚎，從楊佳背後竄出一條通體雪白、體型龐大的巨狼，兩耳尖削如刀，牙齒雪白鋒利，兩隻兇睛放出碧幽幽的光芒。

那小狗嗚咽一聲，趴伏在地上，連動都不敢動了，楊佳一見捧腹大笑，笑得正得意，心疼自己小狗的楊姍從鞦韆上蹦下來，跑到他身邊，在嘴裡哈了哈手指，便往他的頭上使勁一彈。

「哎喲！」楊佳搗著腦袋，眼淚汪汪地叫：「大姐、大姐，二姐打我……」

一旁花叢中走出了楊雪，楊雪已出落成了一個水靈靈的小姑娘，杏眼桃腮，膚如沃雪，酷肖乃母羅冬兒，她身著一身武士短打扮的夾紅襖，腳下鹿皮的抓地靴，頭戴雉羽白鳳盔，小蠻腰上挎著一口金吞口鑲寶石的羅馬風格短劍，肩後背一具量體打造的小弓，呵！雖還未到十歲，已經有點小美人的韻味了。

「小姍，妳又欺負弟弟！」

大姐頭就是大姐頭，楊雪瞪了楊姍一眼，便摸著楊佳的頭哄他道：「乖啦乖啦，你可是男子漢喔，別教人笑話。爹爹說啦，再等你大兩歲，送你去天山靈鷲峰隨靜音師祖學幾年武藝呢，等你有了大本事，二姐彈你多少下，你都彈回來。」

楊佳一聽破涕為笑，伸著手指開始數起來：「一下，二下，三下……」

楊姍翻了翻白眼，哼道：「敢打我，我告訴大娘，大娘說啦，男人不許打女人。」

楊雪瞪她道：「就許妳欺負弟弟？走，二娘要打獵去，妳跟我一起去，練練騎射。」

「我不要。」楊姍轉身就跑：「我這才想起來，娘親要我練的字還沒寫完呢，我去寫字啦，大姐妳自己去吧。」

楊姍說著，一溜煙地跑開了。

不遠處，土丘堆築的假山軒亭上，楊浩含笑看著兒女的打鬧，耳朵聽著蕭儼的稟報：「定國節度使宋偓已自府州調回汴梁，隨駕出征，宋廷另遣指揮使宋遷駐守橫山，並帶來兩萬兵馬，以補充麟府兩州兵力。同時……隴右尚波千已遣人與夜落紇、羅丹議和，雙方約定以會寧關、白石山為線，各據東西而停戰，由此收縮童羽、巴薩、狄海景等人回返，增兵於蕭關，對我蕭關守軍加強了攻勢。」

楊浩微微一笑：「這個結局，想必是宋廷出面調和的結果了，麟府增兵，嚴陣以待，蕭關那邊促使尚波千加強攻勢，趙光義是怕我扯他後腿呀，呵呵呵，由他去，我們就和尚波千好好地打一架，讓他老人家放心地北上好了，不過……要是萬一打過了頭，那可純屬意外……」

六百十五　過招

六月底，驕陽似火，大宋皇帝趙光義親率精銳禁軍自鎮州出發，六天後抵達金如屯，募熟悉遼國地形的百姓百人為嚮導，第二天抵達東易州，過拒馬河，悍然進入遼國領土。

若論單兵素質，宋國禁軍裝備精良，訓練有素，而遼人生性強悍，是天生的戰士，雙方各具優勢。遼人兵種以騎兵為主，機動力強，不過這一番戰爭的主動權不是掌握在他們手中，遼國立國五十多年，已經步入封建文明社會，擁有了大量的城池和定居的城市百姓，有城就得守，宋軍逼其棄長就短，而城池攻防戰和陣地攻防戰方面，騎兵的威力根本發揮不出來，論步卒戰力，普天之下，誰能掠宋人之兵鋒？

是以趙光義進入遼國境內，一路攻城拔寨，勢若破竹，遼國易州刺史劉宇、涿州判官劉厚德眼見宋軍強大，頓時戰意全無，相繼獻易州、涿州予宋，這更助長了宋軍的士氣，趙光義一面將投降的遼軍編入自己的隊伍，一面繼續北進，毫不停歇，十天後便抵達幽州城下，駐蹕於幽州城南的寶光寺。

宋軍整整三十萬大軍，僅僅用了十天，就抵達了幽州城下，中間還攻克了兩座大城，這樣的行軍速度，在那個時代簡直是駭人聽聞，消息傳回宋國，大街小巷人人歡呼，似乎勝利已唾手可得。誰也沒想到一向強悍的遼人竟然是隻紙老虎，如此不堪一擊。

宋軍的閃電戰術把遼人也嚇壞了，遼朝得知宋軍僅用了十天時間，三十萬大軍便直抵幽州城下，也不禁嚇得目瞪口呆，這時各路援軍還未全部趕到，蕭綽等不及援軍集合完畢，便令先行趕到的人馬立即馳援幽州。

幽州守將是耶律學古，見宋軍氣勢洶洶，耶律學古不敢出戰，倚仗堅城死守待援，幽州城內屯有御林軍、神武軍、控鶴軍等精銳漢軍部隊近兩萬騎，以及契丹、奚、渤海等各族兵馬數萬人，城內儲備的糧草足夠支持數年，只要城池不被攻破，他還是有信心守到援軍趕到的。

遼國上京臨潢府、中京大定府、東京遼陽府周圍的衛戍部隊則馬不停蹄，趕向南京幽州，一場真正的較量在幽州城下開始了……

* * *

西夏興州府，楊浩在得知趙光義兵抵幽州城下的時候，立即決定兵發蕭關，進攻隴右。時候到了，此時除非他直接進攻宋國，並且取得重大勝利，否則趙光義絕不會放棄唾手可得的勝利，回師國內。

「隴右尚波千，一直對我西夏虎視眈眈，他接納夜落紇、李繼筠，並且派呼延傲博助李繼筠兵出蕭關襲我峽口，鼓動甘州回紇及拓跋百部之亂，就是一個明證。尚波千一日不死，亡我之心不絕，今蕭關已在我手，尚波千日夜揮師猛攻，今又與夜落紇、羅丹媾和，抽調大量兵馬集結於蕭關一線，可見在尚波千心中，我西夏才是他的死敵。

「宋太祖有言：臥榻之旁，豈容他人酣睡，孤深以為然，孤決定興兵南下，討伐尚波千，以种放、張浦鎮守興州，楊繼業為前敵主帥，艾義海、張崇巍、拓跋昊風、楊延朗為前後左右四軍主將，李華庭為先鋒，穆余嶠為監軍，立即開拔，不得延誤。」

楊浩如是說。

穆余嶠穆舍人是宋國奸細，現在他的使命已經結束了，李華庭接到的密旨中第一條就是讓穆余嶠穆大人在戰鬥中「自然死亡」！

自從他剛剛投奔西夏時，「飛羽隨風」就已把他的底細查得清清楚楚了，在此之前，從未有一個國家把情報工作看得如此之重，撥付大量經費培養扶持這樣專業的一個機構，而楊浩卻在僅據蘆嶺州一隅之地時，就開始苦心經營。辛勤的付出獲得了回報，楊浩的情報組織論效率，堪稱天下之冠。

大軍浩浩蕩蕩開赴蕭關，聲稱要坐鎮興州的楊浩，也悄然隨著楊繼業的中軍，向蕭關開拔了。

此時，趙光義正在攻打幽州城，攻勢最猛烈的時候，一個時辰就發箭逾百萬，可以想像那是一幅怎樣壯觀的場面，真的是箭如雨下，當日戰後，城中遼人只招集婦孺老弱隨手撿取，片刻工夫，撿拾起來的箭矢堆積得就像柴禾垛一般高大，但是幽州城仍是巋然不動，要攻下它，僅僅遠攻是不夠的，必須要讓宋軍踏上它的城頭，而要做到這一點並不容易。

幽州的五、六萬兵馬，足以把整個幽州城守成銅牆鐵壁，而宋國三十萬大軍把幽州困得水洩不通，卻無法把三十萬兵力全部擺上戰場，於是各部輪番攻城，竭力消耗著城中的兵力。

此時，遼國北院大王耶律奚底、乙室王耶律撒合、統軍使蕭討古三路援軍已經趕到幽州，卻被宋軍左右先鋒傅潛、孔守正率部阻截，隨即宋軍主力蜂擁而至，十萬遼軍被二十多萬宋國禁軍的虎狼之師殺得潰不成軍，只得放馬逃竄。

宋軍撒開雙腿狂追不捨，好在遼軍大多是騎兵，逃得雖然狼狽，卻不至於發生一旦潰敗，便全無反擊之力，只能任人宰割、損失慘重的局面。

這時遼國第四路援軍到了，這一次趕到的是耶律斜軫，這員老將剛剛趕到，就見前幾路援軍拿出了吃奶的勁拚命逃跑，情知此時正面迎敵，在銳氣正盛的宋軍面前絕對討不了便宜，於是紮營於得勝口，樹起青色大旗，軍中各色旗幟都有它特殊的含義，青幟代表招納降卒。

正玩命逃跑的遼軍一見得勝口樹起青幟，總算是有了主心骨，不約而同向得勝口逃去，一時衝亂了耶律斜軫本陣的陣形，趙光義一見大喜，如此天賜良機怎能放過，立即揮軍猛攻，不想耶律斜軫早已暗伏一路兵馬於側翼，就在雙方交戰的膠著時刻，側翼遼軍發一聲喊，如尖刀一般直插宋軍腹心，倚仗快馬長刀，衝亂了宋軍陣形，宋軍被迫撤退，耶律斜軫集結前三路援軍的敗兵，隨同本部人馬一同反攻，直至幽州城下清河一帶方才收兵，與宋軍隔河對峙。

城中守軍一見遠處援軍旗幟飄揚，軍心大定，城池守得更加穩固，而此時遼國援軍仍是源源不斷，趙光義如虎入狼群，卻是夷然不懼，仍將三十萬大軍駐紮於幽州城下日夜強攻，至於遼人的各路援軍，你不來打我不管你，你若來打儘管放馬過來。

趙光義這麼做其實也不無道理，他的兵主要是步卒，如果不這樣做就要被敵人牽著鼻子走，最後三十萬大軍很可能就要被拖垮，而幽州是敵人必救的要害，掌握了這一點，他就能引敵主動來攻，問題是他沒有卡住幽州附近的關隘要道，阻截遼國援軍的集結，未免有些托大。準確地說，由於一路北來勢如破竹的勝利，使他有些輕敵，認為遼國在經過了頻繁的內亂之後，孤兒寡母當國，國力已然衰敗，根本不堪一擊。

而他殫精竭慮方才創作出來的「平戎萬全大陣」，在連續的戰鬥中大放異彩，也給了他更大的信心。雖說兵無常形，但是一旦把敵人定在這兒，必須與自己正面一戰時，所能用的手段有限，戰略戰術不過就那麼幾種，拚的不過是兵力和戰鬥力，這樣的情況下，陣圖的作用是非常大的，諸部兵馬之間按照陣圖有序配合，強敵絕對無機可趁，這也是趙光義不把越來越多的遼國援軍放在眼裡的真正原因。

此時，大宋東京汴梁的天牢，又迎來了一頂小轎。

轎旁還是四個小黃門，手執拂塵，神態傲然。坐鎮天牢的楚雲岫楚押司站在天牢門口看著那頂小轎苦笑不已。

轎中的人還是當今太子，一如他上次來的時候，他要見的還是那個扮作女人刺殺皇帝的欽犯，可是上一次有皇城司甄楚戈甄大人和內侍都知顧若離顧大人把他「請」回去，這一次他是監國，整個東京汴梁城以他為尊，還有誰能阻攔他呢？

「楚雲岫，你還要阻攔本宮嗎？」

趙元佐端坐轎內，轎簾高挑，面沉如水，語氣森然。

楚押司知道，如果他再說一次不，他的項上人頭就要不保了。他早已使人暗暗去知會甄大人和顧大人了，可這兩個人就好像石沉大海，根本不見露面，看來他們也知道，這一次根本沒有辦法阻攔太子，乾脆就避不露面。如果阻撓，這欺君抗旨的罪名就得由他楚某人一力承擔，如果屈服，將來聖上回京，問起罪來要追究的仍然是他。

楚雲岫笑得有點苦，可是在將來死和馬上死之間，他別無選擇，他只能苦笑著俯下身去，無奈地說道：「臣……怎敢違旨，太子……請進！」

壁宿一直做為重犯關押在天牢裡，按理說，像這樣的刺君重犯早該開刀問斬了，問題是一開始趙光義留著他的命還有大用，他需要壁宿的供詞，為自己殺害胞弟多找一個理由，及至後來趙光美還未回京，便被人刺殺於長安，趙光義抓住機會開始對朝臣進行大清洗，這個小蝦米早被他忘到九霄雲外去了。

而朝中重臣被清洗了一遍，不知多少人落馬，多少人上位，人事更迭太頻繁，落馬的自顧不暇，只顧明哲保身，上位的彈冠相慶，忙著拉幫結派，誰還管這死囚？真正惦記著他的，只有東宮太子趙元佐一人。

進入天牢，一道道門卡都有重兵把守，走了許久，才來到關押壁宿的牢房。

在這暗無天日的大牢裡關了這麼久，壁宿長鬚及胸，亂髮披肩，臉頰瘦削見骨，一身泥垢，指甲尖長，猶如一個野人，與當初那副俊俏模樣已完全判若兩人。做為重犯，他仍然戴著腳鐐重枷，即便在牢中也沒人給他除下，他孤身一人，無人為他打點，不天天受刑就已是優待了，誰會憐惜他呢？

粗如手臂的鐵柵欄間只有一掌寬的縫隙，只在挨近地面的地方有個一尺見方的洞，一個飯盆就放在那兒，像個狗食盆子一樣骯髒，門上拴著粗大的鐵鏈，那鎖頭直似一塊磚頭大小，楚押司親手開了鎖，陪著趙元佐走進去，趙元佐看到壁宿的時候不禁皺了皺眉，扭頭對楚雲岫道：「這個人……就是當初扮作女尼的那個刺客？孤看著……怎麼不像？」

楚雲岫道：「臣不敢欺瞞太子，此人就是那兇犯，牢中歲月，度日如年，形銷骨立，實屬尋常。」

趙元佐見斗室狹小，大白天的比黃昏時候還要昏暗，天窗不過拳頭大小，只透過一線光來，牢中骯髒不堪，氣味難聞，不覺點了點頭：「嗯，也有道理。你出去，孤有些話，想親自問他。」

楚雲岫一聽，為難地道：「這個……」

趙元佐怒道：「怎麼？本宮的話你敢不聽？」

楚雲岫忙道：「臣不敢，只是……此獠兇頑，臣擔心太子殿下安全，所以……」

趙元佐冷笑一聲道：「他身戴重枷，能奈我何？滾出去！」

楚雲岫無奈，只得拱手退下，趙元佐吁了口氣，又對四個小黃門道：「你們也出去，走得遠遠的，如果聽得見一言半句，孤就割了你們的耳朵。」

四個小黃門一聽，忙不迭答應一聲，慌慌張張地退了開去，趙元佐緩緩走上兩步，沉聲問道：「孤來問你，當日行刺天子，可是齊王授意？」

自他進入牢房，壁宿一直盤坐在地上，長髮披肩，不言不動，好似石雕木塑一般，直到聽見那牢頭尊稱他為太子，耳朵才不引人注目地急動了兩下，可他仍是閉目養神，老僧入定一般，直到此時才緩緩張開眼睛，在牢中關了這麼久，他已形銷骨立，不成人形，可這一張開雙眼，卻似兩道冷電，炯然有神，這是內家功夫已臻極高境界的象徵，牢中歲月，雖然不無摧殘，但是對他的磨練顯然也大見成效。

趙元佐又踏前一步，厲聲道：「本宮問你，為何不答？」

壁宿雙眼微微一瞇，反問道：「你是當今太子？」

「正是孤家！」

壁宿格格一笑，突然長身而起，獨臂一縮，重枷嘩啦一聲落地，他出手如閃電，已然扼向趙元佐的咽喉。

在眾多大內侍衛眼前連傷天子、太子兩人，盡人皆知他是個名震天下的刺客，可是誰又知道他還是北地有名的神偷「渾身手」呢？這諢號可不是白叫的，苦熬經年，「渾身手」終於熬到了脫困的機會……

六百十六　千鈞一髮

綏戎堡前大軍雲集，馬軍、步軍、炮軍，隊列整齊，旌旗鮮明，鼓角聲鳴，馬嘶不斷。楊浩一身戎服，端坐馬上，李華庭、楊延朗、拓跋昊風、艾義海、張崇巍、柯鎮惡，虎將雲集，將他和楊繼業簇擁在中央。

「由此南去，勝羌寨、通遠寨、蕩羌寨、通峽寨、臨羌堡、囉沒寧堡、通會堡、定戎堡，一天之內，孤要全部拿下。」

楊浩一番話，聽得眾將怵然一驚，西夏鐵騎雲集，除了正規軍，党項八氏的部族軍也已集結完畢，正陸續開過蕭關，傾西夏國全力，要對付尚波千，眾將領還是有必勝信心的，不過尚波千並不是一個軟柿子，他苦心經營隴右多年，在這裡根深柢固，麾下兵馬不下二十萬，要打敗他容易，要想完勝，恐怕最快也得半年，而大王居然誇下海口，要在一日之內拿下四寨四堡，這根本就是不可能的事。

對面就是尚波千的人馬，尚波千的人馬業已集結完畢，大軍嚴陣以待，遠遠看去，人喊馬嘶，氣壯如山，旗旛蔽日，刀光鋒寒，又豈是好捏的柿子？

「楊元帥，孤把大軍盡付於你，這一戰，孤只作壁上觀，看眾將士，為孤擒賊！」

「臣遵旨！」楊繼業抱拳領命，他全身甲冑，披膊與護肩如虎吞日，胸背甲與護腿連成一體，頭戴角獸盔，兜鍪及護項連臉部和頸部都遮掩起來，只露出一雙威風凜凜的眼睛。在他背後，端坐在高頭大馬上的，是鞍韉整齊、佩刀掛盾、手執紅纓長槍的三千鐵騎。

烈日之下，頂盔掛甲的三千鐵騎一動不動，與整個軍陣森嚴的氣氛合為一體，只有軍陣中無數飄揚的旗幟獵獵作響，「噗噗」地發出一點聲音。與對面尚波千的兵馬相比，楊浩的本陣少了幾分喧囂，卻多了幾分淵渟岳峙的凝重。

帥旗下，楊繼業開始用鏗鏘有力的聲音調兵遣將，點到名字的將領紛紛稱諾，撥馬回歸本陣，大軍開始徐徐調動，原本凝如山岳的軍陣開始展露出騰騰殺氣。

對面，尚波千端坐馬上，背後一桿大旗，臉色凝重地看著對面徐徐展開的隊形。

「楊浩來者不善，適逢宋國北征遼國，無暇顧及我們，這一戰，我們務須小心，只消抵住西夏軍第一波強大攻勢，必可挫其銳氣。這裡是我們的地盤，只要雙方進入僵持狀態，我們就能漸漸扭轉頹勢。就算我們憑自己的力量不能把他們趕回河西，時日一久，宋國方面也會做出反應，只要橫山那邊稍稍施加壓力，西夏必然人心浮動。到那時，我們不但能給打敗西夏軍，把他們趕回河西，說不定還能一舉收復蕭關。」

「大哥何必長大人志氣，滅自己威風？小弟與西夏軍交過手，西夏軍不可爾爾，何足一提。西夏軍論兵力，當與我們不相上下，而我們卻占了天時、地利、人和，這一戰，咱們該計較的應該是能否一戰斬了楊繼業的狗頭，揮師北上，直驅河西才是。」禿逋得意洋洋，眺望著對面的西夏軍隊，不屑一顧地道。

另一個吐蕃首領王泥豬斥道：「老三，莫要輕敵，聽大哥的，欲取勝，先求穩。」

禿逋哼了一聲，頗有些不以為然。

尚波千道：「我們自然不會怕了西夏，不過夜落紇和羅丹，雖然應承與我和解，但是這兩個老狐狸有幾分誠意殊未可料，如果我們在這裡苦戰脫不得身，那兩個老賊是否會生起貪念，實難預料，一旦他們在我們背後橫插一手，那對我們卻是大大地不利。」

禿逋道：「王如風和張俊不是還鎮守在蘭州嗎？夜落紇和尚波千那些殘兵敗將，何足為懼？」

尚波千皺了皺眉，回首問道：「童羽、狄海景、巴薩什麼時候會到？」

身旁一名幕僚忙道：「大人，接到大人的將領後，三位大人日夜兼程，趕來會合，昨日晚間收到的消息，已在寺子岔堡。而童大人已過天都寨，或許一個時辰之內，就能趕到。」

「甚好！」尚波千面色稍霽：「一會兒兩軍交戰，有這路大軍突然殺出，當可收以奇效，呵呵……」

「咚咚咚……」

「通通通……」

戰鼓轟鳴，號角響起，西夏軍陣前一聲叱吒，身披烏黑色鎧甲的騎兵齊刷刷揚起了長槍，左手執盾，右手平端長槍，槍桿挾於肋下，鋒利的槍尖直指敵陣。

那盾牌都是繪著猛獸圖案的牛皮騎盾，紅纓大槍是以積竹為柄，漆成黑色，握處纏著細密的麻絲，即輕且韌，鋒利的三稜槍刃足有一尺半長，血槽宛然，殺氣騰騰。

「喝！」楊延朗大喝一聲，躍馬提槍，率領所部便疾衝過去，那騎兵看似亂哄哄一衝而上，可是每三名騎士之間，都始終保持著一定的距離，相互照應，每三匹馬，就是一個楔形，而所有的楔形，又會合成了一個巨大的楔形。

楔形衝陣！楊延朗甫一交鋒，沒有試探，沒有透過側翼衝鋒、襲擾、牽制等措施打亂對方陣形，竟然就想直接鑿穿？

對面是多少軍隊？尚波千的二十萬大軍固然沒有全部擺到正面戰場上來，前方的兵力也不會少於十萬，兵馬過萬，無邊無際，何況是十萬大軍。

楊延朗的輕蔑激怒了禿逋，禿逋大喝一聲：「猖狂小輩，某來應戰。」說罷使鋼刀一拍馬股，率領本部人馬迎頭衝上，尚波千阻攔不及，只得令王泥豬率部為其側應，自居中軍押陣。

大地顫抖，蹄聲如雷。為眼前這片曠野憑添無窮的殺氣，衣甲碰撞金鐵交鳴之聲，策馬揚鞭叱喝之聲，煙塵瀰漫，天地變色，狠狠的碰撞之下，人仰馬翻，慘嚎連天。楊延朗一馬當先，猶如長槍的鋒刃，狠狠切開敵軍衝鋒的將士，突入他們的軍陣。無數的戰士緊隨其後，兇猛地突擊。

而對面，生性兇悍的禿逋也毫不示弱，禿逋手執大刀，嚎叫劈斬著，一隻碩大的鷹鉤鼻子上都濺滿了鮮血，彷彿一隻正在啄食血肉的禿鷲，所過之處波分浪裂，他的人馬緊隨其後，亦以其人之道還治其人之身，狠狠衝擊著西夏軍的隊伍。

楊延朗和禿逋相隔六個馬身，彼此已能看見對方的模樣，可是中間卻隔著無數往復廝殺的戰士，他們無法圈馬過去一戰，也不可能減緩馬速，狠狠地對視一眼，兩人交錯而過，殺向敵軍的後陣。

此時，楊繼業和尚波千不約而同地再遣兵將，向對方的側翼軍隊發起了攻擊，一場全面的大混戰，就在綏戎堡下展開了……

*　　*　　*

「聖上治理這天下，難道不是國泰民安？如今我大宋雖不敢說是夜不閉戶，路不拾遺，可是百姓安居樂業，國家日漸興旺，較之以前諸侯混戰，萬千黎民流離失所，不是強勝百倍？你們……你們這些亂臣賊子，為謀一己私利，若真的刺殺了聖上，傷了當今太子，一旦天下重陷震盪，無數百姓受苦，你承當得起如此罪過嗎？」

李賢妃果然無愧於一個賢字，自己落在壁宿這刺王殺駕的欽犯手中，絲毫不怕他會傷害自己，居然還痛心疾首地譴責他的罪行。

壁宿冷笑道：「天下，天下，天下，你們口口聲聲都是天下，這天下到底是什麼人的天下？這天下又到底有多大？妳所謂的天下，不過是妳趙氏一家的天下，妳所謂的天下，不過是妳宋國的天下，趙光義不管使了何種手段，想要的都是他的家天下千秋萬代，不要對我擺出一副為天下仗義的嘴臉來。」

他扭頭回望了一眼，又冷笑道：「只有你們的天下才是天下，只有你們的子民才是子民，別人都該死嗎？天生萬物，你們吞併他國是上合天理，你們屠戮別人是順應天道，這就是你們的道理？娘娘，妳有妳的道理，我有我的道理，你們皇家為了家國天下、萬世基業，做你們該做的事，而我……一介匹夫，只想捍衛我的親人，保護我的親人，誰傷害了她，我就要為她報仇。什麼天下，什麼黎民，當你們舉起屠刀的時候，什麼時候想起過他們？統統都是臭狗屁！」

兩個人一路吵著嘴，一路出了汴梁城，身後空無一人。沒有人敢出現，壁宿已經聲明：「但有一人追趕，若被我看見，必殺李賢妃。」

李賢妃是當今太子的生母，誰敢冒此奇險？

原來，天牢押司官楚雲岫使人急報顧若離、甄楚戈，這兩位大人明哲保身不肯露面是不假，卻也沒有對此置之不顧，兩個人私下裡一碰頭，商量了一下，覺得聖上不在京裡，能阻止太子的，大概就只有宮裡那幾位人物了，於是顧若離便急急去見皇后。

李皇后和李賢妃此時正在宮中下棋，李皇后無所出，卻是正宮皇后。李賢妃倒是多子多女，當今太子趙元佐便是她的親生兒子，母憑子貴，賢妃娘娘在宮裡的地位僅次於皇后。

聽說了太子的荒唐行徑，李皇后甚是不悅，李賢妃很是惶恐，便想去勸阻太子，皇后閒來無事，便與她聯袂而來，一到天牢，正趕上壁宿扼著太子的咽喉，在大內侍衛團豎立如林的槍戟環顧下，一步步蹭出牢來。

壁宿以太子性命要脅，要離開天牢，禁軍衛不敢放他離去，可是更怕他狗急跳牆傷了太子，就這麼一步步僵持著出了天牢。楚雲岫面對這種局面，急得幾乎要暈過去。不放壁宿，他一介草民，有什麼可顧忌？若真的殺了太子，就算把他斫為肉泥，自己的九族都要被誅了。可要放他走，那又如何使得？這個欽犯曾重傷聖上和太子，若讓他以太子為人質，一俟他逃出汴梁城，再順手結果了太子性命，那不是雞飛蛋打一場空？

楚雲岫進退兩難，放也不成，不放也不成，眼見壁宿雙眼兇光亂射，生怕他豁出個魚死網破殺了太子，可放他離去又不知他是否能信守承諾放回太子，正急得汗流浹背的當頭，皇后娘娘和賢妃娘娘到了。

一見如此情景，一后一妃盡皆大驚失色，她們一個是皇后，一個是太子的親生母親，要她們作主放壁宿離去，她們還是作得了這個主的，可是壁宿能捨生刺駕，分明與趙宋皇家有大仇，焉知他一旦逃出汴梁，不會順手結果了太子性命？一旦太子喪命……且不說李皇后心驚膽顫，李賢妃母子連心，更是哭成了淚人兒一般。萬般無奈之下，李賢妃便提出，以自己替代太子為人質，保他安然離開汴梁。

壁宿確實是想以太子為質逃出汴梁，一旦出去，這個太子他是不會放的，必然順手結果了他，可是李后、李妃與宋廷的人顯然也想到了這一點，以致談不攏來。壁宿無奈，本已打算殺了太子，多少也算賺回了些本錢，不想李賢妃提出了這個折衷的辦法。

壁宿心中最想殺的人實是趙光義，眼見李賢妃提出了這個辦法，她是太子生母，以她的身分，也足以保障自己安全，於是便答應下來，當下放了堅決拒絕不肯由母代子的趙元佐，以李賢妃為質，大搖大擺地離開了汴梁城。

眼見離城已有七、八里距離，後邊官道上冷冷清清，果然不見半個人影，壁宿突然斥喝一聲：「下馬！」

李賢妃愕然，卻知身在強賊手中，不敢違拗，乖乖下了御馬，壁宿把那馬韁繩接過來，繫在自己的馬鞍粱上，冷冷盯了李賢妃一眼，說道：「妳……是個好母親，我不殺妳，但……妳大宋皇帝與我有血海深仇，但有一口氣在，我必殺趙炅！」

說著揚手一鞭，一人雙馬，絕塵而去，把個李賢妃孤零零地丟在了大路上。

「母親，母親……」

也不知什麼時候，皇城司的人壯著膽子偷偷摸上來，瞧見李賢妃一人踽踽行於路上，連忙使人向後面跟行於路的皇后和太子稟報，一面急急擁上來保護。

那趙元佐見那欽犯倒也守諾，沒有難為母親一個婦道人家，一顆心登時放下，哭得淚人兒一般地迎了上來。

李賢妃靜靜地候他到了面前，突然揚手一個耳光，這一記耳光把趙元佐打愣了，左右人等也盡皆怔住。

趙元佐和父親爭執的那些事，李賢妃都是清楚的，她一聽太子去了天牢，就知道他要幹什麼，他想弄清楚這刺客究竟是皇叔派來的，還是另有指使。他想知道，父親到底做了多少對不起叔父的事情。

原本，李賢妃對兒子也是有點愧疚的，因為這個兒子從小學的就是三綱五常、仁義禮智，突然讓他顛覆了從小培養的信仰和品格，理念的大廈為之崩潰，也難怪他會如此痛苦。可是今天壁宿那番話，卻生生地教訓了她。當她一個人獨行路上，緩緩地往回走的時候，她的腦海裡一直回想著壁宿所說的那番話。

「不錯，妳有妳的道理，我有我的道理，每個人都有他想捍衛的東西，什麼天下社稷，什麼道義正理，天下有多少個天下？宋有宋的天下，遼有遼的天下，西夏有西夏的天下……所謂的天下，不過就是妳所擁有的那一片地方。天下沒有絕對的道理，妳維護了妳想維護的，就必然損害了別人想要維護的，把那仁義道德說穿了，不過是維護自己這一個團體的一種秩序。」

為什麼一個匹夫草民、一個不入流的刺客都看得如此透澈，都明白其中的道理，自己這個傻兒子卻把一些自欺欺人的東西視為放諸四海皆準的正義道理，放著自己的好日子不過，糾結在那些狗屁不通的東西裡面，惹得父子反目，還把一個陰魂不散的刺客縱虎歸山？你和別人講道義，誰來和你講道義？

一見趙元佐迎上來，李賢妃突然怒從中來，一記耳光想也不想便搧了過去。這一記耳光一下子把趙元佐打傻了。

李皇后驚道：「賢妃妹妹，妳……妳這是做什麼？」

李賢妃有心教訓兒子幾句，可是近臣內侍、宮衛禁軍四下裡也不知圍了多少人，有些道理雖然是真道理，卻是不便說與人聽的，尤其是身為皇家的一員，她張了張嘴，終只化作長長的一聲嘆息：「娘娘，咱們回宮吧。這個不肖子，不要去管他！」

眼見鑾駕起行，趙元佐撝著臉頰，仍然呆呆地站在那兒，他不明白，一向疼愛他，從小也不動他一根手指頭的娘親，為什麼要打他？

「我到底做錯了什麼？」趙元佐在心底裡憤懣地吶喊。

*　*　*

幽州城下，戰火如荼。

就地收集材料，僅僅用了半個月的時間，軍匠們趕製出了八百臺石砲，箭雨、石雨每天不花錢似地往幽州城裡傾瀉，登雲梯、擂城門、壘土山、挖地道，種種戰術無所不用其極。城中守軍兵來將擋，水來土淹，也是見招拆招，竭力抵抗。

遼國援軍面對宋軍這個龐然大物一點辦法也沒有，宋軍的龐大陣圖一旦運轉起來，簡直就是一臺巨大的可怕絞肉機，這個大陣比起當年子午谷趙匡胤與蕭后的一戰時更加完善縝密，尤其是經過一個多月的不斷完善補充，與地勢進行完美結合，其重甲步兵配備的是當時世界上最精良的武器，接受的是最科學的訓練，組成最精妙的陣法，正面作戰天下無敵，簡直填多少兵進去都填不滿這個無底洞。

遼國援軍眼睜睜地看著宋軍大模大樣地圍城、攻城，卻一籌莫展，宋軍只和你打陣地戰，根本不來主動擾戰，你能如何？這數十萬大軍就堆在幽州城下，人吃馬餵，每天花錢如流水，簡直都要教人崩潰了。

這時候，宋軍卻已騰出手來，開始剪除幽州周圍的城池了。耶律斜軫本來是來增援幽州的，可是幾番大戰接連受挫，損兵折將卻奈何不得趙光義最得意的「平戎萬全大陣」，士氣無比低落，在接連吃了幾次敗仗之後，耶律斜軫麾下的渤海軍主帥大鸞河率所部渤海軍降宋了。

渤海國是被遼國吞併的，如今才沒過幾年，渤海軍不夠忠誠情有可原，可是此後不久，又有一人降宋，雖然他沒能把自己的軍隊都拉過去，只帶了兩百多個親信，卻在遼軍陣營中引起了軒然大波。因為這個是遼國鐵林軍都指揮使李扎盧存。

鐵林軍是遼國最精銳的軍隊之一，在歷史上也頗負盛譽，宋代三大重甲騎兵，就是遼國的鐵林軍、原本歷史上西夏國的鐵鷂子、金國的鐵浮屠，而李扎盧存也是遼國契丹系的高級將領，此人降宋，消息傳來，遼軍士氣一落千丈。

他的降宋，立即產生了骨牌效應，遼順州守將建雄軍節度使劉廷素、薊州守將劉守恩相繼舉城納降，幽州城正式成為一座孤城，形勢岌岌可危。

消息傳回上京，舉朝譁然，宋軍一連串的勝利，孤兒寡母的當政，把遼人的雄心打擊得蕩然無存，許多朝臣不禁想起了匈奴、突厥相繼丟失汗帳，遠奔西域的下場，開始考慮放棄燕雲十六州，收縮兵馬，保其故地。有一個人倡議，便有十個人、百個人響應，一時間遼國朝堂上喧囂的都是同一個聲音：「放棄燕雲十六州，收縮兵馬，以保全遼國！」

「胡說八道！再有敢言棄我國土、退兵自保者，殺無赦！」

蕭綽按劍而起，天然嫵媚的眉宇間竟是一片煞氣，駭得滿堂文武無人敢言，只剩下這個女人擲地有聲的豪言：「昔我大遼，縱橫天下，莫有敢擋者，縱以柴榮、趙匡胤之才略，亦奈我何？而今幽州城危在旦夕，守軍面對三十萬敵軍，苦守月餘，不失寸土，唯候我大遼虎狼之師赴援解圍，你們居然膽怯畏戰一至於斯？」

環顧滿堂，蕭綽剛烈、決然地道：「你們退，本宮不退！本宮要攜皇上，御駕親征，如果要死，大遼勇士，死也要死個轟轟烈烈，本宮與皇上，就戰死在幽州城下！」

眼見一個妙齡女子竟有如此血氣之勇，滿朝文武慚顏不敢相對，蕭綽一番決然的話也激起了他們的兇悍之氣，當下眾文武鼓起餘勇，再向各部急徵兵馬，繼續組織援軍，準備馳援幽州。

與此同時，蕭綽急詔，令耶律休哥不管是戰是和，都要盡快結束與室韋、女真之戰，立即回師，保衛南京！

＊　＊　＊

屍橫遍野，遍地狼藉。

楊繼業和尚波千坐鎮中軍，不斷投入兵力，戰團越來越形壯大，從山巔俯瞰下去，整個平原上到處都是橫衝直撞的兵馬，殺得驚天動地、日月無光。

就在此時，西南方向地平線上煙塵騰起，先是一縷黑線，然後迅速向前推進，煙塵滾滾如同一條張牙舞爪擇人而噬的黃龍，風馳電掣一般飛捲而來。兩軍交戰正酣，猛地殺出一路奇兵，令所有人都為之一驚，靠近西南方的交戰雙方最先靜了下來，然後好像瘟疫一般，傳遍了整個疆場。

大旗漫捲，迎風獵獵，斗大的一個「童」字映入眼簾，尚波千營中突然爆發出一陣排山倒海般的歡呼聲，他們的「援軍」……到了！

六百十七　勝敗

兵敗如山倒，尚波千東突西殺，已殺得天昏地暗，他只認準南方，奮力向前衝去。他的大軍浩浩蕩蕩，還有大量的後備軍隊沒有投入戰鬥，今天是首戰，他本就沒指望能一戰定君臣，這場仗還有得打呢，怎能馬上投入全部兵力？

可是眼下，恰恰是這尚未投入戰鬥的後備軍隊，被童羽的大軍攔腰截斷，尚波千手中鋒利的鋼刀已經捲了刃，刀上滿是黏稠的鮮血、肉糜、骨頭碴子，得勝鉤上掛著的鋼叉上也是滴滴嗒嗒淌著血，那都是旁人的鮮血濺上去的。

無數的人馬擠在這裡，太稠密了，他的鋼叉在這種環境下用起來遠不如鋼刀趁手，這一路廝殺，他還沒來得動用自己的長兵器。好不容易衝到後陣，就見前面蜂聚蟻集一般，密集的騎兵隊伍呼嚎著向他衝過來。

那兵都是童羽的巴蜀兵，喊著他聽不懂的方言，可他們胯下的駿馬，都是他尚波千費盡心機為他們配備的啊！

尚波千的心在滴血，他搞不明白，童羽怎麼就降了楊浩，怎麼就肯辜負他的信任，在如此緊要的時刻，向他的腹心狠狠地捅上了一刀，以至一敗塗地。

當童羽率領大軍疾衝而來的時候，所有的吐蕃兵都以為自己的援軍到了，一路援軍左右不了戰場的形勢，但是戰場上軍心士氣是十分重要的，在雙方交戰正酣的時候，己方突增一路生力軍，足以令得敵軍沮喪，失去戰鬥欲望。

可是誰也沒有想到，這路援軍風馳電掣一般殺到戰場上，二話不說便挺槍拔刀，突入了尚波千的後陣，浩浩蕩蕩的鐵騎洪流迎上全無防備、正在雀躍歡呼的隊伍，立刻就像燒紅的鋼刀切牛油一般，毫不費力地刺進了尚波千的後陣，把他本來穩如泰山的後陣攪了個天翻地覆。

王泥豬驚呆了，瞪著一雙牛眼大叫道：「童羽在做什麼？被馬蹄子刨了腦袋不成，怎麼傻乎乎地殺進了咱們的隊伍？」

尚波千卻在剎那間便明白了一件事：「童羽已降楊浩，大勢去矣！」

他不知道縱橫巴蜀的大盜童羽，走投無路、敗走隴右的義軍首領，何時與楊浩搭上了線，但是眼前血淋淋的事實卻告訴他，此戰已敗，而且是慘敗。

就算童羽率領他的人馬站到楊浩那一邊，也不過是壯大了對方的軍威，這五萬人馬的加入，還不足以讓尚波千三軍混亂，全無還手之力。可是童羽是在關鍵時刻突然趕到，一頭扎進了他的後陣，別說是他尚波千，換了任何一員良將，驟然遇到這樣的場面，都唯有一個下場：兵敗如山倒。

尚波千無暇發怒，立即下令全軍撲向後陣，務必將童羽突入後陣的兵馬衝開，這是唯一的生路。他麾下的將領也都意識到了其中的凶險，在尚波千的指揮下，全軍返身向自己的後陣殺了過去。至於當面之敵，他們已經顧不得了，楊繼業一見童羽依約趕到，立即揮動令旗，喝令全軍掩殺。

各路將領這才知道楊浩為何在戰前誇下海口，居然要一戰而奪四堡四寨，如果打得好，這一戰便將尚波千的人頭留下，怕也不是難事啊！眾將領提起精神，率本部人馬一窩蜂地衝了上去，什麼衝鋒側擊、陣形旗鼓，現在根本就是在痛打落水狗，想殺多少人，只看你跑的多快，誰還講究那個。

這一通殺，真的是屍橫遍野，血流漂櫓，箭雨呼嘯，槍戟如林，整片大地上波翻浪湧，哀號漫天。

「尚波千，留下狗頭再走！」

眼見就要衝開兩面作戰的童羽人馬，斜刺裡忽地百餘鐵騎趕到，一色的輕甲，一色的紅披風，一色的斬馬刀，看起來威風凜凜、殺氣騰騰，前方一員虎將，縱馬橫刀，所過之處波分浪裂，人仰馬翻，眼看將到近前，那馬上的大鬍子將軍忽然暴叫一聲，騰地一下站了起來，手中斬馬刀一招力劈華山，當頭劈下。

「開！」

尚波千大駭，眼見這人衝得甚急，根本無暇提馬閃開，只得硬著頭皮棄刀舉鋼叉相迎，吐力開聲，猛迎上去。

尚波千馬戰的兵器是三股托天叉，純鋼的叉桿，足有鵝卵粗細，三道鋼刃，精亮放光。

那員將一刀劈下，「噹」的一聲巨響，刀頭彈起，火星四濺，尚波千猛地一閉眼，雖然彈開了這一刀，鐵屑卻濺進眼中，眼淚直流，顯得好不狼狽。

那員將正是楊浩麾下虎將艾義海，這一刀被崩開，他不由驚咦一聲，緊接著他與尚波千雙馬錯身而過，然後一圈馬，輪起崩出豁口的大刀左劈右砍，把護在尚波千周圍的幾員扈兵砍翻在地，再看尚波千時，見他閉著一隻眼，臉上淚水滾滾，模樣說不出的滑稽，不由放聲大笑：「乖孫兒，哭什麼哭？二十年後又是一條好漢，如此這般，忒沒出息。」

尚波千幾時受過這樣的侮辱，不由心中大怒，有心上前再戰，可是眼睛太不爭氣。這時禿逋浴血衝來，見此情景，挺槍便向艾義海刺去，口中大叫：「大哥快走，留得青山在，不怕沒柴燒！」

有禿逋拚死抵住艾義海，尚波千鋼牙一錯，忍恨繼續向前衝去。童羽親率大軍突入尚波千後陣，一路向前衝殺，驚愕不明所以的吐蕃兵被砍翻一片，不過他們很快便也反應過來，不管發生了什麼事，鋼刀加頸哪還有不反抗的？童羽和鐵牛一路往前衝，左右兩側的吐蕃兵則拚命向他們殺來，試圖重新合流，一時之間他們只能竭力向前衝，給吐蕃兵製造更大的混亂，還不能圈馬殺回來。

結果尚波千終於在巴蜀兵的隊伍中撕開了一道口子，與後軍合兵一處，尚波千到底年紀大了，不復當年之勇，這一通殺，殺得盔歪甲斜、精疲力竭，好不容易突入自己的隊伍。他呼呼地喘著粗氣，圈馬回頭，仍然試圖穩住陣腳，要知道一旦全軍潰敗，其傷亡較之死戰還要嚴重十分，但有一線希望，他也不會選擇逃命。

可這剛一回頭，就見一員小將拍馬如飛，直奔他而來，尚波千的模樣倒也不是人人認得，只不過他那大旗就是標誌，而吐蕃兵少有甲胄齊全的，他那全身的披掛，便也標明了他的身分，十分好認。

那小將手中一桿槍當真了得，槍尖吐縮如毒蛇之芯，抖槍一刺，槍纓便是突突亂顫，一奔眉心，二奔兩肩，一馬三槍熟稔無比。數百名使大槍的騎士緊隨其後，形成一個嚴密的楔形陣，鑿穿而過，勢若破竹。

尚波千不認得楊延朗，更不認得這楊家槍，卻看得出這小將槍法玄妙，他迷了的眼睛已經好了，只是被晃得血紅一片，一見那小將挺槍躍馬直奔他而來，這些西夏將領一個個似乎都認準了他，連一個乳臭未乾的小子也想取他性命，不由怒從心生，他大喝一聲，緊緊握起鋼叉，睜著血紅的一雙眼睛便衝了上去。

「砰！撲楞楞……」

楊延朗一搖手中大槍，便抖了一個碗口大的槍花出來，眉心、咽喉、心口、小腹，居然一馬四槍，變化之大，遠甚於方才。尚波千大駭，他手中的鋼叉可使不出這麼精妙的招術來，當下只得硬著頭皮，以一力降十巧的手法，當胸一叉狠狠搠去，以兩敗俱傷之法逼著楊延朗收槍。

楊延朗一見，果然收槍封擋，「噹噹噹」一連三擊，二人錯馬而過，二馬一錯鐙的當頭，楊延朗手中長槍突然一滑，手順著槍桿直滑至一尺半長的槍頭部分，然後長槍自肋下又突然反刺而出，直取尚波千的後腦，這一槍突如閃電，出手狠辣無匹，取位刁鑽毒辣，本可取了尚波千性命，不過尚波千錯身而過，楊延朗的部下已齊齊出槍，四桿大槍閃電般刺向尚波千的胸、頸、腰、腿，尚波千奮起餘力，揮叉一擋，磕開四桿長槍，伸手一拔腰間長刀，霹靂大喝聲中，一刀將當面一名士卒劈成了兩半。

他的刀已經捲刃，這口刀是奔走間又換上的一口刀，刀口沉重，倒也鋒利，這奮力一刀，幾乎連馬都劈成了兩半，身形前傾，坐姿有了變化，楊延朗這一槍便沒有刺中要害，鋒利的槍尖刺穿了頭盔，貼著他的頭皮直穿過去，連髮髻都刺散了。

尚波千後腦頂被豁開一道口子，頭髮和鮮血嘩地一下便披灑下來，一頭蓬頭垢面，鮮血順著後脖梗子直流到身上，把尚波千嚇得魂飛魄散，本來揚起手中長刀還要逞兇，這時急忙棄了鋼叉，一撥馬頭，落荒便逃。

楊延朗一槍刺出，便躍進了吐蕃兵中，那長槍猶如一條靈蛇，攸爾又抽了回來，長槍如蛇芯般一吞一吐，槍尖未出，掛在槍尖上的頭盔先飛了出去，「噗」的一聲砸中一個吐蕃兵的鼻梁，把鼻梁骨都砸塌了，一聲慘叫還未喊出來，他的咽喉和心口便血洞宛然，仰面栽下。隨即楊延朗大槍一振，「嗚」的一聲蕩起顫巍巍一層波紋，左右兩名吐蕃兵如遭雷殛，砰的一聲栽下馬去，還未站起，便發覺臂骨已然折斷，緊接著無數只碗口大的馬蹄便自頭頂踐踏下來，只慘嚎幾聲，便被千軍萬馬踩成了爛泥。

楊延朗解了己圍，圈馬再看，只見尚波千早已衝出西夏兵的包圍，急惶惶正向遠處逃竄，唾手可得的大功眼看就要插翅飛去，楊延朗不禁焦急起來，手中大槍一掄，掃開一圈敵軍，迅疾無比地反手摘下戰弓，搭弦扣箭，「嗡」的一聲一矢飛去，可惜戰場上人頭攢動，戰馬奔跑，楊延朗一箭去如流星，也是尚波千命大，恰有一個吐蕃兵躍馬馳過，這一箭自他肋下狠狠攢入，卻讓尚波千撿了個便宜。

經過一嚇，尚波千穩住陣腳，收攏兵馬的想法澈底拋到了九霄雲外，這一路急急南逃，先後又遭遇了拓跋昊風和張崇巍的兵馬追擊阻截，艾義海和楊延朗也是陰魂不散，尚波千接連遇險，全賴部下拚命搭救，到後來乾脆扔了大旗，只顧逃命。

主帥的大旗就是一軍的靈魂所繫，帥旗倒了，三軍再無戰意，登時一哄而散，尚波千的敗亡，已是不可挽回了。

＊　＊　＊

尚波千逃命的當口，趙光義也在逃命。

從勝利到失敗，從天堂到地獄，距離竟然是如此之近，趴在驢車上，顛簸得快散了架的趙光義，直到此時還不敢相信。

其實幽州之戰，趙光義打的還是很不錯的，尤其是閃電出擊，直取幽州，那一股狠勁把一向桀驁不馴的遼人都嚇呆了，若不是蕭綽堅決不肯屈服，此刻遼人早已放棄了燕雲十六州，龜縮到他們還在逐草而居、流徙放牧的年代所固有的大漠草原上去了。

可是遼人中還是不乏才智之士的，宋軍的陣法是最令他們頭痛的東西，二十萬援軍與宋軍對峙著卻一籌莫展，只能眼看著他們對幽州城無休止地發動進攻，原因就是他們發現很難應對宋軍這種經過無數次推敲，模擬過種種應敵情形而研究出來的陣法，於是他們在與宋軍僵持期間，一直在努力研究宋軍的陣法，希望能夠找到它的弱點。

這個弱點真的被他們找到了，他們每天衝擊宋軍大陣，將領們站在高處，居高臨下俯瞰全局，認真記憶宋軍的種種應變措施，然後潛心進行研究，很快，他們就發現，宋軍的這個「平戎萬全大陣」是無敵的，至少對他們來說是無敵的，因為他們對陣圖的了解較之中原的將領差得太遠，雖然遼人接受漢學的程度很高，底蘊終究比不了中原漢人。

不過，「平戎萬全大陣」是由人構成的，陣法沒有破綻，人卻有破綻，在連續幾天的仔細觀察，付出大量犧牲之後，他們終於發現，這個大陣有一處弱點，那處弱點就是渤海軍的營地。渤海軍是最早投降宋軍的兵馬，第二個降宋的鐵林軍統帥李札盧存只帶了兩百多人過去，而渤海軍卻是全軍投降。

這麼多的兵馬，趙光義當然不能把他們像閒漢一般地養起來，恰好他分兵攻打周邊諸城邑，又要分兵與遼國援軍對峙，布署「平戎萬全大陣」的兵馬稍有欠缺，剛剛投降的渤海軍忠誠度還不夠，不放心派他們出去攻城掠寨，或與遼軍陣前對峙，便把他們安排在了「平戎萬全大陣」之中。

渤海軍剛剛投降，不要說對這陣法全不熟悉，就連旗令號令都還沒有掌握萬全，一逢作戰，需要他們按照陣法演變的時候，他們就手忙腳亂，亂哄哄地失了章法。遼人發現，這支渤海軍，是他們能夠找出的唯一一個弱點，於是便把攻擊重點放在了渤海軍的方向。

一支精挑細選出來的兵馬，就這樣衝破了渤海軍的防地，順利進了幽州城，其他各部兵馬未有命令，不敢擅離本陣，唯恐整個大陣為之崩潰，而渤海軍驚慌失措，既來不及應變，也沒想到及時準確地上報軍情，指揮著三十萬大軍、隔著幾十里路的趙光義，直到遼軍入城很久，居然才知道消息。

這一路援軍入城，對補充幽州守城兵力來說意義不大，但這是宋軍圍城以來第一支順利突破宋軍防線進入城中的援軍，已絕望至極、陷入崩潰邊緣的幽州守軍歡聲雷動。這件事對於城內城外的遼軍來說，都有著不可估量的重大意義，因為這一件事，守軍士氣高漲，堅守之志更加堅強，而城外的遼國援軍也一掃頹態，信心重新恢復。

趙光義得知遼國援軍入城，不禁勃然大怒，立即將御營中軍從寶光寺移至城北，親臨一線，向駐紮在清河一線的遼國援軍和幽州城內守軍同時發起了攻擊。天子一怒，血流漂櫓，這一戰遼國援軍大敗，但是幽州城仍然穩穩地掌握在遼人手中，幽州城頭仍然飄揚著遼國的大旗。

在此之後，本已絕望的遼國援軍和守城兵馬重又不屈不撓地展開了抵抗，如果沒有這支兵馬入城，或許幽州城已然打起白旗，或許遼國的二十萬援軍早已頹然放棄救援，黯然北返，可是因為這一件事，他們的抵抗延長了至少一個月的時間。時間的延長，使得戰爭的勝利天平開始向遼人傾斜，這時候，耶律休哥來了。

古德里安揮軍殺進蘇聯，勢如破竹，一路高歌的時候，可曾想過會在列寧格勒遭遇朱可夫？

英國人在非洲打得義大利人抱頭鼠竄的時候，可曾想到會碰到「沙漠之狐」？很多時候，歷史的發展只是一個偶然，因為某一個人、某一件事，而澈底改變。

遠涉異國長期作戰的處境，已經使得士卒們開始有了疲憊的感覺，堅韌得好像鋼絲似的遼國守軍屢屢似乎要繃斷，卻又屢屢堅持下來的鬥志，使得徒有付出而無所獲的士兵們，開始有了些厭戰的感覺，這個時候，耶律休哥率領迭賴五院部的精兵自上京氣勢洶洶而來。

迭剌五院部、六院部，是遼國最精銳的兵馬，六院部駐紮西線，當初曾遠赴銀州追拿過慶王耶律盛。而五院部一直駐紮在東線，這還是第一次亮相。

這支軍隊剛剛打垮了女真人和室韋人的聯軍，把室韋人像趕兔子一樣趕回極北苦寒之地，把女真人趕進了深山老林，他們正要繼續不依不饒地追下去，澈底把敵人打垮打殘的時候，耶律休哥收到了蕭太后的旨意。於是，迭剌五院部的勇士們跨上他們的戰馬，揣著北珠、貂皮，挾著女真的女人，鬥志昂揚地返回了上京，把戰利品往自家宅院裡一扔，便馬不停蹄地向南京殺來。

耶律休哥抵達幽州，得知先後六路援軍在宋軍面前都是只敗不勝，連一場像樣的仗都沒有打過，也不由得暗暗吃驚。他經過一番縝密的思考，擬定了一個大膽的計畫，這個計畫得到了耶律斜軫的支持，於是在兩員虎將的配合下，一場扭轉整個戰局的陰謀開始了。

次日，耶律斜軫仍舊向宋軍發起挑戰，仍舊是大敗而歸，由於遼軍援兵順利進城，增強了守軍鬥志，使得眼看破城的勝利又將遙遙無期，趙光義的耐性業已耗光，盛怒之下，他已忘記了揚己所長、抑敵所短，發起狠來，居然想先把援軍打垮。

於是當遼軍一如既往地大敗而歸的時候，這一次他沒有揮手目送敗軍離去，而是惡狠狠地下令追擊，澈底撕爛這帖狗皮膏藥。宋國大軍浩浩蕩蕩追殺過去，兩條腿追四條腿，追得上氣不接下氣，卻只能跟在人家馬屁股後面吃土。

到了傍晚，追至高粱河附近，耶律休哥的迭剌五院部兵馬每人手持兩枝火把，在夜色中縱橫呼嘯，往復衝突，遠遠望去，也不知來了多少援軍，趙光義便令全軍傍河紮營，抵禦敵軍。但是這個地方是一馬平川的大平原，而且匆匆追至此處的宋軍精疲力盡、隊形散亂，既沒有壕塹柵欄，也沒有拒馬鹿角，更沒有布陣防禦的床弩、大盾、望樓車一類的東西，連各營的旗角號燈都還沒來得及布置，耶律休哥又怎肯放過這個機會，騎兵的優勢終於得以發揮，遼人惡狠狠地反撲了。

布防之後，趙光義也馬上發現了在此布陣駐營的缺陷，於是立即下令撤陣後退，各營輪替交換，且戰且走，退回幽州城下，可惜……晚了。不但晚了，而且不撤營後退還罷了，這一撤退，混亂不堪的當頭，正碰上遼軍反撲過來，兩下裡撞在一起，倒似趙光義主動去配合耶律休哥的攻擊一般，自入遼以來，一直戰無不勝的宋軍竟然甫一接觸，就敗了個落花流水。

戰爭是如此奇妙，昨天你勝者為王，今天就敗者為寇，勝與敗的關鍵，也許僅僅是一個機會。

大同軍、迭剌五院部軍、幽州外圍的族帳軍和漢騎軍，從各個方向，如獅子搏兔，向宋國禁軍發起了無休止的猛攻，宋軍拚死反抗，經過最初的慌亂之後漸漸穩住了陣腳，如果他們能再多支撐一會兒，等到幽州城下的宋軍趕來救援，幽州戰局到底如何還是難以預料，耶律休哥也未必就能力挽狂瀾。

可是戰場上沒有如果，只有結果。

結果就是，耶律休哥像發了瘋的猛虎，率領剛剛趕到、士氣正旺的迭剌五院部精騎，直接向趙光義的中軍大旗撲去。那黃羅傘蓋下，就是大宋國的皇帝，只要殺了他，就算還有百萬宋軍在，也將群龍無首化為蛇！

殺！殺！殺！

夜色中，耶律休哥也不知道殺了多少人，受了多少傷，當他被一槍搠中後腿，負痛下馬昏迷後，才被親兵們抬下來。可是耶律休哥剛一甦醒，馬上又要衝上去，走不動，就讓人抬著走，呼喝叱吒，指揮三軍，目標只有一個：宋軍的御營。

夜色中，月光下，趙光義的御營就像一枝熊熊的火把，二十萬遼軍就像撲火的飛蛾，捨生忘死，只是往那裡衝。每個遼人現在都明白了一個道理，耶律休哥給他們創造了一個機會，但是能否保住他們的家園，還是一敗塗地、被迫去過那顛沛流離的游牧生涯，一切的一切，取決於那個宋軍御營的漢家天子。

如果他死，遼人便大獲全勝，如果今夜不能打敗他們，那麼明天紅日高升，迎接他們的，仍舊是無盡的絕望。

所有的遼人都瘋了，嗷嗷叫著，不計犧牲地撲向宋軍御營。本已疲憊不堪的宋軍撐不住了，左翼最先潰敗，緊接著是右翼，然後正面也完全崩潰，混亂之中，趙光義屁股、大腿各中一箭，遼人的箭上都是淬了砒霜、狼糞等物融合而成的毒素的，雖說其量甚小，不足以致命，卻能令人身體更加虛弱，難以癒合。

這時黑燈瞎火的，連軍醫也找不到了，哪還顧得包紮消毒，左右慌慌張張拔了利箭，挾了皇帝便走，兵荒馬亂之中，不辨東南西北，只揀喊殺聲稀少處逃去。

歷史上以御駕親征而一敗塗地的，曾經有淝水之戰，前秦苻堅近百萬大軍被東晉水陸士卒八萬人殺得落花流水。本來的歷史上還有明朝土木堡之變，瓦剌太師也先八萬韃靼兵大破明軍五十萬，再有一次就是眼前了。

勝利來得如此突然，當遼人大獲全勝的時候，他們自己都以為是在做夢。

失敗來得如此突然，當宋軍悽悽惶惶、奔散逃命的時候，他們幾乎也以為自己是在發一場噩夢。

* * *

這一夜，尚波千也在逃命，披頭散髮，渾身血痂，士卒逃散，身邊緊緊相隨的已不足百人之數，義弟禿逋、王泥豬盡皆在混戰中不知去向。馬蹄達達，夜色深沉，星疏月朗，前方黑黝黝一座城隘靜靜地矗立在大地上。

「大人，我們到了九羊寨了。」親衛驚喜交集地叫道。

神智恍惚的尚波千猛地精神一振，九羊寨，這是他的老營啊，城中至少還有一萬兵馬，還有那城中、四郊的百姓，胡人無論男女老幼皆擅騎射，幾乎是有一人便是一兵，到了這裡，他還有機會，還有機會！

尚波千一提戰馬，疲憊的一人一馬都拿出了最後的力氣，向著他最後的希望拚命地衝去。

《步步生蓮》卷二十六零落幾多紅藕花完